Chère lectrice,

Où est passé le prince Charmant ? Ou galope donc ce jeune homme romantique que nous fréquentions dans nos rêves, amoureux fou et parfait chevalier ? Faut-il se résoudre à ne plus le rencontrer que dans les livres de contes ?

Surtout pas ! Il continue forcément de galoper quelque part. Seulement, nous n'avons plus le temps d'attendre qu'il traverse une forêt entière pour nous apporter le petit déjeuner au lit, ni de faire des effets de pied à la terrasse d'un café en espérant qu'il viendra nous rendre notre chaussure. Pour le reconnaître, ouvrons les yeux où que nous soyons, et chaque lieu familier deviendra un ailleurs merveilleux qui peut le faire surgir. Ne laissons jamais le quotidien nous entraîner dans sa spirale, et mettons-nous à l'écoute du monde qui n'aura plus rien de banal. Qui sait, alors, si un visage ordinaire et familier ne nous paraîtra pas… charmant.

Et tant pis si, de nos jours, le prince Charmant file un mauvais coton et a tendance à prendre la poudre d'escampette avec la Belle au bois dormant ! L'essentiel n'est-il pas de l'avoir croisé au moins une fois ?

La responsable de collection

Une preuve d'amour

ROZ DENNY FOX

Une preuve d'amour

éMOTIONS

*éditions*Harlequin

Cet ouvrage a été publié en langue anglaise
sous le titre :
WHO IS EMERALD MONDAY ?

Traduction française de
ELISA MARTREUIL

HARLEQUIN®

est une marque déposée du Groupe Harlequin
et Emotions® est une marque déposée d'Harlequin S.A.

Photos de couverture
Couple : © STOCKDISC / GETTY IMAGES
Paysage : © PHOTODISC / GETTY IMAGES

© 2001, Rosaline Fox. © 2005, Traduction française : Harlequin S.A.
83-85, boulevard Vincent-Auriol, 75013 PARIS — Tél. : 01 42 16 63 63
Service Lectrices — Tél. : 01 45 82 47 47
ISBN 2-280-07931-3 — ISSN 1768-773X

1.

Attablée devant une tasse de café fumant, Emmy Monday feuilletait un ancien numéro du journal de Shreveport à la recherche de la page « offres d'emploi ». Elle hésitait : devait-elle rester en Louisiane ou partir travailler dans un autre Etat ? Heureusement, elle n'était pas femme à se laisser miner par ce genre de dilemme. Changer d'école, changer de travail, changer d'homme… Cela ne lui faisait plus peur depuis bien longtemps car, avec le temps, elle avait appris à surmonter ses déceptions et à rebondir.

Bien sûr, elle allait devoir adapter son curriculum vitæ, car son parcours professionnel, trop atypique, risquait d'inquiéter les éventuels employeurs. A trente-deux ans, elle avait déjà exercé un nombre incalculable de métiers ! Serveuse, femme de ménage, monitrice de colonie de vacances, horticultrice… Elle avait également travaillé dans un cirque ambulant et, ces derniers temps, dans un casino où elle faisait merveille aux tables de black-jack.

Elle posa son journal et remua distraitement son café en méditant sur les événements de la veille. Hier soir, Richard Parrish, le directeur du casino où elle travaillait, était venu frapper à sa porte à 2 heures du matin, ce qui était normal pour un homme de sa profession. Depuis trois ans déjà qu'ils se fréquentaient, ils s'étaient toujours donné rendez-vous à des heures bizarres. Emmy avait cru que leur liaison les satisfaisait tous les deux, telle qu'elle était, même si Richard, en plusieurs occasions, avait parlé mariage. Mais elle ne l'avait jamais pris au sérieux. Jusqu'à la veille au soir...

— Tu l'as cherché, lui avait-il déclaré en lui annonçant ses fiançailles avec Mélanie Fletcher, croupière elle aussi au casino.

« D'accord, je l'ai cherché », pensa Emmy, non sans agacement.

Elle aurait pu se marier avec Richard ; elle aurait sans doute fini par le faire. Elle n'était pas amoureuse de lui ? Et alors ? Elle trouvait ridicules toutes ces histoires de mariage d'amour et de bonheur éternel. Ce que Richard, d'ailleurs, n'avait pas manqué d'ajouter à la liste des reproches qu'il lui avait adressés la nuit dernière : elle ne se livrait jamais complètement, elle tenait tout le monde à distance, elle avait peur de s'engager.

Pour conclure, il lui avait prodigué quelques conseils sur un ton peu amène.

— Ecoute, Emmy, il est grand temps que tu fasses la lumière sur ton passé et que tu te sortes de la tête ces idées sur ton hérédité. Si tu ne viens pas à bout de tes fantômes, tu ne seras jamais heureuse. Et ça, aucun homme amoureux ne peut l'admettre.

Ensuite, il l'avait virée ! Oh ! Avec de la compassion dans la voix et un gros chèque de licenciement, du jamais vu, selon lui, dans l'industrie du jeu ! Mais Emmy n'était pas dupe. La vérité, c'est qu'elle représentait tout simplement une menace pour Mélanie, qu'elle entendait d'ici : « Débarrasse-toi d'Emmy, Richard ! » Ce qu'il avait fait comme ça, « clac ! », fulmina Emmy en faisant claquer ses doigts.

Une gorgée de café sucré dissipa le goût amer qui lui restait de cette nuit de cauchemar. Mais les accusations de Richard continuaient à la hanter. « Qui est donc Emerald Monday ? Qui est-elle réellement ? » ne cessait-elle de se répéter.

Perdue dans ces sombres pensées, Emmy renversa malencontreusement sa tasse sur le journal. Elle se leva précipitamment pour éponger... C'est alors que, au milieu de la page détrempée, le titre d'un article lui sauta aux yeux, lui donnant un violent coup au cœur.

Mystérieux ossements découverts près d'un lac dans l'est du Texas.

A la ligne suivante, elle vit apparaître le nom de la ville d'Uncertain et manqua s'étrangler. Son cœur se mit à battre la chamade. Non, ce n'était pas possible. Elle devait avoir la berlue.

Elle s'empara vivement du journal.

« Uncertain, Texas. Les os d'une femme de quarante-sept ans viennent d'être trouvés à proximité de sépultures indiennes du début du XIXᵉ siècle, non loin du lac Caddo. Tout porte à croire qu'elle a été assassinée. »

Emmy ne put retenir un cri. Le tremblement incontrôlable de ses mains la contraignit à poser le journal sur la table pour poursuivre sa lecture.

« Le 28 mars dernier, une archéologue, Tessa Lang, découvre des restes humains qui n'avaient manifestement pas l'âge des tombes indiennes. Elle décide donc de remettre le corps aux autorités compétentes à des fins d'identification. Les résultats des analyses, connus cette semaine, établissent qu'il s'agit de Frannie Granger, une veuve, femme de ménage, résidant à Uncertain, et qui accueillait chez elle des enfants abandonnés, inéligibles pour l'adoption. Mme Granger était très appréciée dans son quartier, où sa disparition soudaine avait causé un grand émoi à l'époque. Nous n'avons pu obtenir aucune déclaration du shérif, Logan Fielder, qui est injoignable. »

Emmy ne put s'empêcher de relire l'article. Elle réprima un sanglot à la mention de ces enfants « inéligibles pour l'adoption » qui avaient été placés chez Frannie. Emerald avait été la toute première d'entre eux, suivie par deux garçons, Jed et Will, dont elle avait délibérément et depuis fort longtemps enfoui le souvenir dans sa mémoire — avec celui de sa maman Frannie, d'ailleurs.

Se plonger dans cette période si heureuse de son enfance lui aurait été trop pénible.

Elle se rappela alors ce jour où maman Frannie n'était pas rentrée de son travail. Dès le lendemain midi, une assistante sociale était venue chercher Emmy à l'école et, sans même lui permettre de dire au revoir à Jed Louis et Will McClain, ses deux frères d'adoption, elle l'avait conduite à Houston, chez un couple dont les deux filles légitimes l'avaient si violemment rejetée qu'Emmy s'était à son tour enfermée dans une attitude de refus. Jusqu'à cet article dans le journal, elle n'avait jamais su avec certitude pourquoi on l'avait brutalement retirée à sa seule véritable famille. Personne ne lui avait expliqué non plus que maman Frannie n'avait pas regagné son domicile ce soir-là, ni les suivants. A l'époque, Emmy en avait conclu que Frannie Granger, comme tant d'autres adultes, avait fui ses responsabilités.

A présent, la jeune femme s'en voulait d'avoir si mal jugé celle qu'elle considérait comme sa mère. Mais comment aurait-elle pu savoir ? Dieu sait qu'elle avait tout fait pour apprendre la vérité ! A deux reprises elle avait fugué pour tenter de gagner Uncertain en stop mais, à deux reprises, on l'avait rattrapée. Les services sociaux lui avaient trouvé d'autres familles d'accueil avec, chaque fois, des résultats plus catastrophiques. A court de solutions, l'administration s'était résolue à la placer dans un foyer collectif à Corpus Christi. C'en était trop pour Emmy ! Un ressort s'était alors cassé en elle et elle avait cessé de se battre, malgré la colère sourde qui subsistait au fond de son cœur. Elle avait même abandonné l'espoir que Jed, Will ou Frannie la retrouvent un jour. Et d'ailleurs, avaient-ils jamais essayé ? Ce doute permanent était incontestablement au cœur de son instabilité.

Elle le comprenait aujourd'hui. Depuis sa fuite éperdue du foyer de Corpus Christi le jour même de ses dix-huit ans, c'était vers l'est du Texas que chacun de ses pas n'avait cessé de la ramener, là où elle avait la conviction que ses racines étaient enfouies.

Emmy ne pleura pas à la lecture de l'article. Elle en avait perdu l'habitude et, de toute façon, la disparition de Frannie était si ancienne qu'elle avait pu surmonter son chagrin. Par contre, elle ressentait le besoin de connaître les faits, de s'approprier son passé, un passé que l'enquête allait peut-être lui révéler.

Il fallut deux jours entiers à Emmy pour faire le point et décider ce qu'elle allait faire. Grâce à Richard Parrish, et surtout à Mélanie Fletcher, elle avait désormais le temps et les moyens de se rendre à Uncertain, cette ville dont le nom, à une lettre près, correspondait si bien à son passé, à son présent et à son avenir !

Cinq jours plus tard, elle avait vidé son appartement et quittait Shreveport au volant de son bon vieux pick-up, un Ford Ranger. Elle avait entassé à l'arrière la petite douzaine de cartons qui contenaient tout ce qu'elle possédait au monde. Comme elle avait été ballottée toute enfance, d'une famille à l'autre, d'une ville à l'autre, elle savait que, pour éviter de souffrir, il était préférable de ne s'attacher à rien. A rien du tout. Le seul objet qu'elle ait conservé de son passé, elle le devait au hasard. L'assistante sociale qui était venue l'enlever précipitamment chez Frannie avait rangé ses vêtements dans le premier panier qui se présentait… le couffin dans lequel Emmy avait été abandonnée. Si un fil la reliait à son histoire, c'était bien celui-là. Et elle s'y était désespérément accrochée, à tel point qu'elle avait cassé le nez d'un de ses deux frères parce qu'il s'était avisé de l'utiliser pour transporter quelque bricole.

Avec un sourire attendri, Emmy s'assura dans le rétroviseur que le précieux objet était toujours bien calé entre les cartons, contre le hayon arrière. Puis son regard s'attarda sur Shreveport, la ville où elle avait vécu plusieurs années et qui disparaissait dans le lointain… Elle était déjà déchirée entre le désir de retourner à la tranquillité de son appartement, et celui d'aller de l'avant, de découvrir la vérité, quitte à s'aventurer sur une route semée d'embûches. Ah ! Comme tout était plus facile, au fond, quand maman Frannie était considérée comme disparue…

Mais on venait de retrouver son squelette, songea-t-elle en frissonnant. Le corps de sa chère maman Frannie réduit à un tas d'ossements et jeté sans égard sur un tertre funéraire indien ! L'idée en était insupportable. Et de quel droit cette archéologue, cette Tessa Lang, se permettait-elle d'offrir Frannie Granger en pâture à la curiosité du monde ?

Jed et Will détesteraient cela eux aussi.

Jed et Will… Dieu seul savait où ils se trouvaient, ces deux-là. Combien de nuits avait-elle passées à attendre que l'un ou l'autre vienne la chercher, pour la ramener chez maman Frannie ? Elle les revoyait le jour de leur arrivée à Uncertain. Jed avait six ans et Will treize. Jed était tout de suite devenu le petit homme de la maison. C'était un garçon solide sur qui on pouvait compter. C'est cela qu'Emmy avait aimé en lui. Will, au contraire, était un adolescent renfrogné aux yeux de qui rien ni personne, ne trouvait grâce, pas même sa sœur adoptive, qu'il considérait comme une petite peste. Mais, du jour où tous trois avaient compris qu'ils avaient intérêt à se serrer les coudes pour affronter les autres, Will s'était métamorphosé et avait systématiquement volé au secours d'Emmy quand quelqu'un lui cherchait des noises à l'école. Enfin, l'été précédant le drame, ils avaient fait la promesse solennelle de ne jamais se séparer, quoi qu'il advienne. Alors, se demanda Emmy, pourquoi Jed ou Will n'étaient-ils pas venus la chercher ? Ils auraient pu écrire, ou téléphoner, au moins.

Et Riley Gray Wolf, qu'était-il devenu ? Le cœur d'Emmy s'arrêta de battre à l'évocation du jeune homme. Comme autrefois. Riley descendait des Indiens Caddos, qui avaient donné leur nom au lac. Elle était tombée amoureuse de lui à neuf ans, le jour où il avait pris la défense d'un petit handicapé. Riley, lui, n'avait pas remarqué Emmy tout de suite, mais il s'était lié d'amitié avec Jed et Will et, pendant des années, elle n'avait pas lâché les trois garçons d'une semelle.

Et puis, un jour, leur relation avait changé du tout au tout. Emmy sentait encore sur ses lèvres son premier baiser, timide au début. Au début seulement… Elle avait treize ans.

Frannie se fâchait quand Emmy s'éclipsait avec Riley. Un soir, quelques jours avant sa disparition, elle avait chassé le garçon de la maison en lui ordonnant de laisser sa petite fille tranquille. Emmy n'avait jamais plus revu son prince charmant. Mais, pendant longtemps, elle avait espéré qu'il viendrait l'arracher à son triste sort. Jed… Will… Riley… Tous les trois l'avaient trahie. Alors, comme ses éducateurs le lui avaient maintes fois recommandé, elle avait peu à peu oublié les trois garçons. La tâche n'avait pas été aisée et ne l'était pas davantage aujourd'hui, alors qu'affluaient en elle les images anciennes.

Si Richard Parrish avait pu deviner combien cela la ferait souffrir, il aurait réfléchi à deux fois avant de lui conseiller de se plonger dans son passé. Non qu'il ait été le premier à la pousser dans cette voie. Ainsi, son professeur de sociologie à l'université s'était proposé de l'aider à utiliser l'Internet pour rechercher ses parents naturels en l'assurant que si elle trouvait des réponses aux questions qu'elle se posait, elle résoudrait ses problèmes relationnels. Emmy avait décliné l'offre avec une extrême violence, lui donnant, par la même occasion, un petit aperçu de ses « problèmes relationnels » ! Car Emmy n'avait pas été officiellement « abandonnée », quand elle était bébé. Elle, on n'avait même pas pris la peine de la remettre à un service d'aide sociale qui aurait pu la faire adopter. On l'avait déposée là, dans un couffin, à la foire à la brocante de Canton, au Texas, le plus grand marché aux puces du monde à en croire les affiches, qui se tenait chaque premier lundi du mois. Oui, posée là, comme n'importe quel objet destiné à être vendu ou échangé. Et ce professeur aurait voulu qu'elle se précipite sur les traces de celle qui s'était débarrassée d'elle ? De rage, elle avait arrêté ses études.

Au fait, pourquoi ne les reprendrait-elle pas maintenant ? songea-t-elle. Il y avait une université à Dallas… A trente ans et quelques, elle n'était quand même pas trop vieille !

Non, elle n'était pas trop vieille. Et pourtant, en atteignant les faubourgs de Marshall, au lieu de continuer vers Dallas, elle obliqua vers Uncertain.

La ville avait peu changé. Emmy sentit une vague de nostalgie déferler sur elle. Sa gorge se noua. Ses yeux la picotaient. Allait-elle se mettre à pleurer ? Pas question ! Emmy Monday avait versé sa dernière larme le jour de son placement au foyer de Corpus Christi. C'est à ce moment-là qu'elle avait dit adieu à la petite fille sensible et sentimentale qu'elle était alors. Et à ses rêves aussi… Alors, non, elle ne se laisserait pas submerger par l'émotion. Elle avait traversé bien d'autres épreuves.

Elle prit une profonde inspiration, comme pour s'armer contre toute faiblesse. Et maintenant, par où commencer ? Trouver à se loger ? Rendre visite au shérif, même si cela ne l'enchantait guère ? Ou, tout simplement, s'acheter à manger ? Cette boule, au creux de l'estomac, signifiait peut-être tout bonnement qu'elle avait faim. Cependant, avant toute autre chose, elle voulait jeter un coup d'œil à la maison de maman Frannie. Si elle existait encore…

Elle était toujours là ! Mais quand Emmy s'en approcha, le toit refait à neuf, les bardeaux fraîchement peints sur les pignons, les coquets rideaux blancs en dentelle que d'autres que Frannie avaient accrochés aux fenêtres la plongèrent, sans qu'elle comprenne pourquoi, dans un abîme de tristesse. Elle serra et desserra les mains plusieurs fois sur le volant pour se détendre. Un long moment s'écoula ainsi. Puis elle remarqua le panneau « à louer » posé derrière la fenêtre du salon. Les jambes flageolantes, elle se laissa glisser de son siège et s'engagea dans le chemin dallé qui serpentait jusqu'à la porte d'entrée. Elle nota le numéro de téléphone. Celui de l'agence immobilière ? Du propriétaire ? Rien ne le précisait.

Emmy n'avait pas besoin d'une maison aussi vaste, avec trois chambres. Au début, Jed et Will avaient partagé la plus grande. Mais ils avaient des caractères si différents que Frannie avait jugé préférable d'attribuer à chacun son territoire. Aussi avait-elle décidé, dès que Will eut renoncé à ses escapades nocturnes, de faire aménager la véranda pour l'y installer. Au grand dépit d'Emmy et de Jed ! Est-ce que les travaux avaient été achevés ? Elle voulut en avoir le cœur net.

Elle dut traverser une véritable forêt vierge pour gagner l'arrière du bâtiment, où flottait une odeur de vase et de pourriture. Le jardin, en pente, se terminait sur une zone marécageuse en bordure du lac Caddo et, en haut, jouxtait un terrain en friche. Enfin… jadis ! Car aujourd'hui, au beau milieu d'une pelouse impeccablement entretenue, délimitée par une clôture, se dressait une maison de briques rouges. Alors qu'Emmy restait plantée là, abasourdie, un rideau s'écarta et le visage peu amène d'une femme s'encadra dans la fenêtre. Cherchant une contenance, Emmy salua d'un geste de la main, mais n'obtint aucune réaction. Elle tourna les talons ; elle ne voulait surtout pas que la police l'accuse d'avoir pénétré sans autorisation sur une propriété privée. D'ailleurs, elle n'avait aucune raison de s'attarder puisqu'elle avait vu ce qu'elle voulait voir : une pièce avait bien été aménagée dans la véranda. Elle y avait aperçu un canapé en osier blanc et une débauche de plantes.

— Parfait, murmura-t-elle en hâtant le pas vers son pick-up. Apparemment c'est un meublé. Reste à m'assurer que le loyer est raisonnable…

Mais l'argent était secondaire en regard des émotions suscitées par les lieux. Avant même de décrocher le combiné de la cabine téléphonique, Emmy sentit son ventre protester et des gouttes de sueur perler à son front. Une crise d'hypoglycémie, vraisemblablement. Il était largement plus de midi et elle n'avait rien mangé depuis la veille au soir. Il n'y avait certainement pas foule à la porte de l'agence immobilière. Elle pouvait bien prendre le temps d'avaler un morceau avant de passer son coup de fil.

Emmy, qui était encore sous le choc des récents événements, ne voulait pas courir le risque d'être reconnue. Aussi opta-t-elle pour le Caddo Kitchen, un snack autrefois presque exclusivement fréquenté par les adolescents du coin et où les serveuses étaient si mal payées qu'elles ne restaient jamais bien longtemps. Avec un peu de chance, elle passerait inaperçue.

En entrant, Emmy constata avec soulagement que les clients étaient peu nombreux et que tous lui étaient inconnus. De la banquette où elle s'installa, au fond de la salle, Emmy examina les lieux. La décoration avait été entièrement refaite. A n'en pas douter, la clientèle n'était pas la même qu'autrefois. Envolé le juke-box ! Disparues les affiches des vedettes de rock ! A la place, des brochets naturalisés et divers articles de pêche ornaient les murs, tandis qu'au plafond des filets ondulaient doucement dans la brise des ventilateurs. Rien d'étonnant dans une ville qui vivait essentiellement du tourisme lié à la pêche.

Une serveuse posa bruyamment devant Emmy la carte, un verre d'eau et deux couverts enveloppés dans une serviette.

— Plat du jour : soupe aux pâtes et au poulet, annonça-t-elle en mâchonnant son chewing-gum.

Elle marqua un temps d'arrêt pour faire claquer deux bulles.

— Je ne vous ai pas déjà vue quelque part ? Mais si ! Vous êtes Emmy Monday ! Je n'oublie jamais un visage. Moi, c'est Cassie. Cassie Ames. Cassie Morris, maintenant, précisa-t-elle en se laissant tomber sur la banquette en Skaï en face d'Emmy.

— Je vois que tu as du mal à me reconnaître. Normal, j'ai troqué les lunettes contre des lentilles de contact. Et puis mes cheveux n'étaient pas roux autrefois, plutôt queue de vache, gloussa-t-elle en arrangeant une mèche.

Emmy était pétrifiée, mais Cassie était trop occupée à jacasser pour s'en rendre compte.

— C'est incroyable ! Tu n'as pas changé d'un poil, toi ! Tu as toujours tes beaux cheveux blonds. Toutes les filles te les enviaient ! Et puis, tu es aussi mince qu'avant, à part, bien sûr, des rondeurs là où il faut.

« Clac ! » Le chewing-gum éclata de nouveau et Cassie se passa la langue sur la lèvre inférieure pour en détacher les lambeaux qui s'y étaient collés.

— C'est pour ça que toutes les filles te détestaient.

Emmy rougit et voulut protester, mais Cassie ne lui en laissa pas le temps.

— Tu étais la seule à avoir les yeux verts. Nous, ils étaient soit marron, soit bleus. C'était d'un banal ! C'est bien à cause de la couleur de tes yeux que tu t'appelles Emerald ? Ça veut bien dire « émeraude », non ? Moi, j'ai toujours cru qu'avec un nom comme ça, tu ferais du cinéma, ajouta-t-elle, rêveuse.

Emmy bégaya quelques platitudes polies en essayant de dissimuler son agacement. La plupart des gens pensaient, à tort, qu'elle devait son prénom à la couleur de ses yeux, mais elle n'avait nullement l'intention de détromper Cassie, ni de lui expliquer qu'elle n'était pas devenue une vedette d'Hollywood.

— Je vais prendre une salade César, avec un verre de thé glacé, dit-elle pour couper court.

— Oui, oui. Tout de suite.

Cassie logea son chewing-gum dans un coin de sa bouche, annonça la commande au cuistot et, dans le même souffle, reprit son bavardage.

— Dommage que tu ne sois pas arrivée le mois dernier, Emmy. On a organisé la première réunion d'anciennes élèves du lycée. C'est Amanda Jennings et ses copines qui en ont eu l'idée. Tu te souviens d'Amanda ?

Cassie s'interrompit une seconde pour faire une nouvelle bulle avec son chewing-gum.

— Elle s'est mariée et a divorcé trois fois. A part ça, elle est toujours pareille.

Amanda Jennings… Comment Emmy aurait-elle pu l'oublier ? Sa famille était propriétaire de la banque locale et habitait une villa prétentieuse, où Frannie avait été employée de maison. Dès son plus jeune âge, la petite fille avait su jouer du pouvoir attaché à son nom. Emmy l'avait cordialement détestée. Pas tant parce qu'Amanda lui avait fait clairement sentir qu'elles n'appartenaient pas à la même classe sociale, mais surtout parce qu'elle avait humilié et ridiculisé Jed et Will. Même Riley avait été à ses pieds. Mais qu'est-ce que les garçons lui avaient donc trouvé, à cette poseuse ? Emmy ne l'avait jamais compris.

— Cela n'aurait rien changé que je sois là, déclara Emmy du bout des lèvres. Je n'aurais pas été invitée. Je n'étais pas élève du lycée.

Il y eu un bref silence. Puis Cassie reprit, d'un ton plus embarrassé.

— Au fait, Emmy, je voulais te demander… Je suppose que si tu es revenue, c'est parce que tu as appris que Jed était le principal suspect dans l'affaire Frannie Granger ?

— Quoi ? Jed ? Mais… mais, c'est impossible ! s'étrangla Emmy.

Elle, qui avait prié intérieurement pour que ce moulin à paroles de Cassie se taise, attendait maintenant avec impatience des explications. Mais le cuisinier hurla :

— La salade César !

Heureusement, l'interruption fut brève. A peine Cassie eut-elle posé l'assiette devant Emmy, qu'elle reprenait son histoire.

— Oui, en tout cas c'est l'avis de Logan Fielder, le shérif. Cela dit, il y a des gens qui pensent qu'il ferait mieux de s'intéresser à Hank Belmonte, s'il arrive à lui mettre la main dessus. Tu te rappelles ? C'était l'ivrogne qui faisait des petits boulots ici et là. A l'époque où Frannie a disparu, il avait commencé des travaux de menuiserie — chez ta mère adoptive, justement, et aussi chez le père d'Amanda, Ray Jennings. Il n'a terminé aucun des deux chantiers.

— Dans ce cas, c'est lui le suspect le plus logique, non ? déclara Emmy en piquant rageusement une feuille de salade.

Mille questions se pressaient à ses lèvres, mais elle n'eut pas besoin de les poser. Cassie ne pouvait plus s'arrêter.

— Tu as vraisemblablement appris que Jed a hérité de son oncle la propriété de Beaumarais, qu'il gère lui-même depuis qu'il a fini ses études. Un vrai chef d'entreprise, maintenant ! Au fait, il s'est marié, il y a une semaine, à peu près. Sa femme est très chouette. Et courageuse aussi. Je ne suis pas sûre que j'oserais épouser quelqu'un qui est soupçonné de meurtre. Mais elle, si !

Jed, marié et vivant à Beaumarais ? Emmy était abasourdie. La gorge nouée, elle demanda :

— J'espère que le shérif a interrogé d'autres personnes que Jed.

— Oui ! Il a vu toutes les familles chez qui Frannie faisait des ménages. Il a convoqué Riley Gray aussi. Mais il avait un alibi en béton.

— Riley Gray Wolf ?

Emmy sentit son cœur s'affoler.

— Il se fait appeler Gray tout court depuis qu'il est un avocat d'affaires renommé, expliqua Cassie. En voilà un qui a rudement changé, même si, à première vue, il est toujours le même. Il est riche, marié et il a une fille de quatre ou cinq ans, je ne sais plus trop. Elle est adorable.

Emma eut l'impression de recevoir un coup de poing dans l'estomac. « Riley et Jed, tous les deux mariés ! » songea-t-elle.

— Est-ce que… Est-ce que Riley s'est marié avec euh… Amanda ? demanda-t-elle d'une voix à peine audible.

Elle redoutait la réponse mais, c'était plus fort qu'elle, il fallait qu'elle sache.

— Ah non, pas du tout ! Il a épousé une fille qui vient de l'Oklahoma. Elle s'appelle Lani Sky. Peu après ton départ d'Uncertain, Neva Gray Wolf, la mère de Riley, est tombée malade. Elle a perdu son travail, vendu sa maison et elle est partie rejoindre son frère, qui vivait dans une réserve de l'Oklahoma avec les derniers Indiens Caddos en emmenant ses deux enfants. Riley est revenu habiter ici, il y a six ans environ.

Là, Cassie, manifestement gênée, détourna le regard, avant de poursuivre d'une voix hésitante :

— Je n'aime pas trop parler de sa femme. Il s'est passé quelque chose et il a coupé les ponts avec sa propre famille.

Emmy avait trop de questions qui lui brûlaient la langue pour rester silencieuse plus longtemps.

— Et sa sœur, Josey, elle est restée dans l'Oklahoma ? Et Neva ? Dis-moi qu'elle vit toujours !

La mort du père, au Viêt-nam, avait été un coup très dur pour toute la famille et, en particulier, pour Riley. Il était inconsolable. S'il avait aussi perdu sa mère…

— Neva ? Elle s'est rétablie. Quant à Josey, elle aussi habite de nouveau dans le coin, mais je la vois rarement. Elle est maître potier à Marshall, à la fabrique.

Emmy sentait ses nerfs craquer. Elle en avait assez entendu. Trop, même. Elle plia sa serviette et sortit son porte-monnaie pour régler.

— Ce n'est pas étonnant que tu aies gardé la ligne, remarqua Cassie. Si tu veux, je peux te mettre les restes dans une boîte en plastique.

— Non, merci. C'est gentil. Il faut que je passe à la banque et que je trouve un endroit pour la nuit. Ça m'a fait plaisir de te voir, Cassie, dit-elle poliment.

— Va voir chez Kit and Caboodle. Leurs bungalows ne sont pas mal et tu auras un rabais si tu loues au mois. Ils se trouvent en face de la marina St Cloud.

— Merci du tuyau.

— Je suis contente que tu sois venue ici. La prochaine fois, il faudra que tu me racontes ce que tu as fait pendant toutes ces années. En tout cas, ça t'a réussi.

Cassie accompagna Emmy jusqu'à la porte.

— Kevin et moi, on a cinq gosses. L'aîné est déjà au lycée, tu te rends compte ? Ça fera seize ans en mai qu'on est mariés.

Kevin Morris... Oui, Emmy se rappelait ce petit bonhomme grassouillet qui avait toujours le nez fourré dans un livre. Mais comment Cassie faisait-elle pour élever cinq enfants tout en étant serveuse ? Emmy savait d'expérience combien ce travail était épuisant. Elle se promit de laisser un pourboire plus généreux la prochaine fois.

Emmy aurait bien voulu trouver un coin tranquille pour réfléchir à tout ce qu'elle venait d'apprendre. Mais l'après-midi était déjà bien avancé et il lui fallait encore passer à la banque pour déposer le chèque de Richard et se renseigner sur les formalités à remplir pour transférer son compte de Shreveport à Uncertain... pour le cas où elle déciderait de prolonger son séjour. Ensuite, elle appellerait l'agence immobilière.

Le hall de la banque Cypress Bank and Trust sentait le vieux et le renfermé. Emmy reconnut immédiatement l'odeur et les lieux, car elle était venue là plusieurs fois avec Frannie. La société bancaire, ainsi que le bâtiment, avaient appartenu au grand-père maternel d'Amanda et, selon la rumeur, Ray Jennings avait épousé Catherine pour son argent. Pour son physique aussi, certainement ! Emmy se souvenait que, dans le temps du moins, la femme de Ray était le portrait d'Amanda, avec quelques années en plus et davantage de distinction, même si elle avait tendance à abuser, comme sa fille, du maquillage et de l'eau oxygénée.

Tandis qu'Emmy patientait dans la file d'attente, elle vit Ray Jennings sortir de son bureau en compagnie d'un fermier. Elle sentit le banquier fixer sur elle un regard insistant. Il continua à la dévisager, tout en raccompagnant son client jusqu'à la porte donnant sur la rue. Le père d'Amanda était exactement comme Emmy se le rappelait : plein de son importance. Et l'œil lubrique !

Emmy n'avait pas pensé que les opérations qu'elle avait à effectuer prendraient si longtemps et elle craignit de ne pas pouvoir joindre l'agence immobilière avant sa fermeture. Elle quitta donc la banque si précipitamment qu'elle bouscula un client qui entrait.

— Oh ! Pardon ! Je ne regardais pas devant moi, s'excusa-t-elle.

L'homme, tout en ajustant sa cravate, fit un pas en arrière et, du haut de son mètre quatre-vingts, gratifia Emmy d'un large sourire, d'autant plus irrésistible qu'il éclairait des yeux d'un noir intense. Des yeux que leur propriétaire promenait avec intérêt sur elle…

— Emmy ? Ça, alors ! Mais où… Quand… ? La voix virile s'emballait.

Emmy se sentit soulevée de terre et plaquée contre une large poitrine masculine. « Riley ! Mon Dieu ! C'est Riley ! » exulta-t-elle en reconnaissant le visage qui lui avait été, jadis, si familier. Le « bonjour » qu'elle parvint enfin à murmurer était inintelligible. Sa langue restait collée à son palais. Ils se seraient fatalement croisés, un jour ou l'autre, dans une ville aussi petite qu'Uncertain. Mais là, si vite ! Sans avoir eu le temps de se préparer à cette rencontre !

— C'est bien toi ? Je n'arrive pas à y croire, dit-il sans relâcher son étreinte.

A contrecœur, il finit par la poser à terre, après lui avoir répété plusieurs fois combien il était heureux de la voir. Il ne pouvait pas détacher son regard du visage d'Emmy.

— Où étais-tu passée ? Comment vas-tu ?

— Bien, dit-elle, après un temps d'hésitation.

En fait, à cet instant, elle n'aurait pas pu aller plus mal. Elle était étourdie, suffoquée même, par l'émotion. Ses yeux restaient rivés sur ce visage que, pendant dix-neuf années, elle n'avait vu qu'en pensée. Elle reconnaissait si bien cette mèche de cheveux noirs qui lui barrait le front et tombait devant ses yeux aux cils incroyablement longs ! Cet homme devant elle correspondait exactement au Riley Gray Wolf adulte dont elle avait rêvé.

Mais elle se rappela aussitôt les propos de Cassie. Riley n'était le même qu'en apparence. D'abord, il ne s'appelait plus Gray Wolf mais Gray, et il n'était plus l'ami inséparable d'Emmy Monday. Ensuite, il était marié et père d'un enfant.

Elle eut froid, soudain. Elle s'écarta de lui.

Riley, qui ne s'était pas départi de son sourire ébahi, regarda sa montre.

— Je venais déposer de l'argent. Mais ce n'est pas urgent. Laisse-moi juste le temps de reprendre mon souffle. J'ai l'impression d'avoir été renversé par un camion. Dis donc, on pourrait aller boire un café tous les deux et, si tu es libre, enchaîner sur un dîner ?

« Avec toutes les mauvaises langues qu'il y a ici ? Sans qu'il parle d'inviter sa femme ? » s'étonna Emmy en faisant glisser sur son nez les lunettes de soleil qu'elle avait relevées sur son front en entrant dans la banque. Il ne fallait pas qu'on puisse déceler dans ses yeux la douleur qui enflait en elle.

— Je regrette beaucoup, Riley, dit-elle d'un ton détaché. J'ai plein de choses à faire. Une autre fois, peut-être.

Sur ce, de peur que la tentation de renoncer à toute prudence et d'envoyer au diable toutes les commères d'Uncertain ne soit la plus forte, Emmy s'éloigna, courant presque, dans la direction de son Ford Ranger.

*
**

Sans voix, les mains enfoncées dans les poches de son pantalon, Riley regarda Emmy sauter dans un pick-up jaune tout cabossé, dont le hayon arrière, visiblement faussé, retenait on ne sait comment une pile de boîtes en carton. Il se protégea les yeux du soleil pour mieux la voir, s'assurer qu'elle n'était pas un mirage, qu'il n'avait pas été victime d'une hallucination…

« Bon sang qu'elle est belle ! » s'émerveilla-t-il. Oui, la petite Emmy, qui l'avait hantée pendant des années, était devenue une femme superbe. Il avait toujours su qu'il en serait ainsi. La main qui s'abattit sur son épaule, le ramena sur terre.

— On dirait que tu as perdu ton savoir-faire avec les dames, Gray.

Ray Jennings, une fine moustache poivre et sel soulignant son sourire narquois, se joignit à Riley pour observer le véhicule jaune qui démarrait.

— Je l'ai remarquée tout à l'heure, poursuivit-il. Elle me rappelle quelqu'un. Mais qui ?

— C'est Emmy Monday, murmura Riley qui reprenait difficilement ses esprits. Un des trois enfants que Frannie Granger avait recueillis. Je suppose qu'elle est venue apporter son soutien à Jed.

Jennings regarda le pick-up disparaître à un coin de rue, puis reprit la conversation.

— Tu crois que Logan l'a convoquée ? A ton avis, il va aussi lancer un avis de recherche contre l'autre frère ? Comment s'appelle-t-il déjà, ce voyou ?

— Will. Will McClain. Il n'a peut-être pas toujours suivi le droit chemin, c'est vrai. Mais ce n'est pas un voyou.

— Si tu le dis… Enfin, peu importe. Il doit être en prison à l'heure qu'il est. Espérons-le, du moins, ricana Jennings. Jed est un bon gars. Il ferait bien d'oublier complètement les deux autres. Cela vaut pour toi aussi, Gray. Un homme ayant ta situation devrait réfléchir à deux fois avant de se mettre à fréquenter une moins que rien, même blonde.

Sur ce, Ray disparut aussi soudainement qu'il était apparu.

Riley médita la dernière remarque de Jennings. Il trouva presque comique que le banquier, qui n'avait jamais caché son mépris pour les Indiens, fasse soudain abstraction de la couleur du sang qui coulait dans ses veines, maintenant qu'il était devenu avocat et se moquait pas mal de l'opinion de Ray et des autres.

La rebuffade qu'il avait essuyée avec Emmy serait plus difficile à accepter, songea Riley. Comment pouvait-il oublier l'angoisse dans laquelle l'avait plongé sa disparition ? Toutes les démarches qu'il avait entreprises pour tenter d'apprendre où les services sociaux avaient placé Emmy ? Il avait fait un tel scandale dans les bureaux de l'aide familiale que la police l'avait arrêté pour trouble à l'ordre public. Sa pauvre mère avait dû emprunter pour payer sa caution. Sans l'intervention d'Hamish Abrams, qui avait été son mentor et à qui il avait racheté, plus tard, son cabinet, la mention « délinquant juvénile » aurait été inscrite dans son casier judiciaire.

Riley mourait d'envie de s'élancer à la poursuite d'Emmy. Ils avaient tellement de choses à se dire, depuis dix-neuf ans ! Mais il se retint. Ray n'avait peut-être pas entièrement tort. Que savait-il exactement d'Emmy Monday ? Pourquoi ne leur avait-elle jamais donné signe de vie, à lui ou à Jed ? D'accord, ils étaient tous les deux partis à l'université, cette année-là. Mais si elle s'était renseignée, n'importe qui lui aurait indiqué où ils étudiaient.

Oui. Il ignorait tout de cette femme, qui venait de repousser avec tant d'insouciance son invitation à discuter autour d'un café. Et puis, il avait sa petite fille à prendre en considération. Sans parler bien sûr de son cabinet florissant, qu'il avait acquis à la sueur de son front. Une seconde avec Emmy avait suffi à tout lui faire oublier, apparemment.

La mine renfrognée, Riley pénétra dans la banque d'un pas résolu, pour régler cette affaire d'argent qu'il avait été si prompt à remettre à plus tard, pour les beaux yeux d'une dame. Une dame qui, de toute évidence, ne tenait pas à renouer leur amitié.

Amitié ? Mais non ! Pour lui, il s'était agi de bien plus que cela. Il n'avait peut-être que seize ans à l'époque, mais il avait été éperdument amoureux d'Emmy Monday. Si elle avait pu le congédier aussi aisément, balayant d'un revers de main tout ce qu'ils avaient représenté l'un pour l'autre, c'est qu'elle n'était pas devenue la femme qu'il avait espérée. Alors, tant mieux si elle n'avait pas accepté son offre !

2.

Emmy roula dans la ville à la recherche d'une cabine téléphonique, l'esprit entièrement occupé par Riley. Il était toujours aussi beau ! Et quelle allure ! De toute évidence, la réussite sociale lui allait bien… Elle redoutait déjà de le croiser dans la rue. Zut ! Elle n'avait pas pensé à lui demander l'adresse de sa sœur, Josey, qui avait été sa meilleure amie. A l'époque, Josey faisait de la poterie, du tissage et de la vannerie. Emmy en avait passé, des heures avec elle ! Elles s'étaient liées d'amitié avant qu'Emmy ne commence à s'intéresser aux garçons en général et à Riley en particulier…

Agacée par ces pensées, elle décida, tout en manœuvrant pour se garer, de ranger Riley Gray Wolf — ou Riley Gray, comme on voulait —, au rayon des souvenirs. Sur cette résolution, elle entra dans la cabine téléphonique et composa le numéro de l'agence. Au bout de trois sonneries, elle entendit une voix féminine, très mélodieuse.

— Allô ?

— J'appelle au sujet de la petite maison, près de Moss Road. Elle est toujours à louer ?

— Oui, mais il reste encore quelques cartons à déménager. La maison appartient à mon mari. Il est en rendez-vous pour le moment et doit rentrer pour le dîner, vers 7 h 30. Si vous voulez bien rappeler.

Emmy tortilla le cordon du téléphone.

— Je suis très intéressée, finit-elle par bredouiller.

Son interlocutrice parut surprise.

— Vous seriez prête à louer cette maison sans l'avoir visitée ?

— Eh bien, euh… Je la connais déjà. J'habitais là autrefois. Elle est d'ailleurs plus jolie maintenant.

— Vous êtes sûre de ne pas vous tromper d'endroit ? Cela fait un moment que Jed — je veux dire mon mari, l'a achetée. Lui-même et y a grandi.

— Jed ? Jed Louis ? C'est votre mari ? La maison Granger lui appartient ?

— Oui. Vous le connaissez ? Je n'ai pas bien saisi votre nom…

Emmy eut le sentiment que la voix de la femme s'était durcie. Mais peut-être était-ce le fruit de son imagination.

— Il n'avait aucune raison de vous parler de moi. Je m'appelle Emmy Monday. Nous avons tous les deux été recueillis et élevés dans cette maison par notre mère adoptive.

— Emmy !

Un cri de joie fusa.

— Mais si ! Jed m'a parlé de vous. Il va être tellement heureux que vous soyez revenue ! Je suis certaine qu'il voudra que vous veniez habiter chez nous, à Beaumarais.

— Non, non ! Je ne peux pas accepter. On m'a dit que vous veniez de vous marier. De plus, ça fait des années qu'on ne s'est pas vus. On est comme des étrangers l'un pour l'autre, maintenant.

— Je comprends ce que vous ressentez. Mais vous avez tellement de choses à vous raconter ! Ecoutez, on n'a qu'à se donner rendez-vous à la maison de Jed. Il ne me pardonnerait jamais d'avoir fermé la porte à la seule famille qu'il a encore.

Elle ajouta alors, en baissant la voix :

— Je présume qu'on vous a dit dans quel pétrin il est ?

— J'en ai eu des échos, oui. Assez pour savoir que l'accusation portée contre lui est totalement absurde. Au fait, je ne suis pas la seule famille de Jed. Il y a Will aussi. Will McClain. Il habite dans les parages ?

— Non. Mais je laisse à Jed le soin de vous mettre au courant de tout ce qui s'est passé depuis que vous vous êtes perdus de vue. Si vous ne voulez pas habiter avec nous, Emmy, au moins promettez-moi de venir dîner ce soir. Disons, 8 h 30.

Après un bref silence, elle ajouta :

— Il me faut dix minutes pour être à la location. Je peux vous y retrouver tout de suite, comme ça, si la maison vous convient, vous aurez le temps de déballer vos affaires et de vous reposer un peu avant le dîner.

— J'accepte votre invitation. J'ai vraiment hâte de voir Jed. Par contre, pour la maison, j'hésite encore.

Malgré la réticence affichée par Emmy, le ton de sa voix laissait transparaître sa joie. La femme de Jed ne s'y trompa pas.

— Bien sûr. Cela dit, je vous préviens, je peux être très persuasive ! Ah ! J'oubliais. Mon prénom, c'est Gwendolyn. Mais appelez-moi Gwen. On pourrait se tutoyer, non ?

Emmy accepta et se força à ne plus penser à Gwen, de peur d'être déçue en la voyant.

Gwen arriva la première dans la maison qui appartenait officiellement à Jed, maintenant, mais qui, pour Emmy, était et serait toujours celle de Frannie. Emmy prit son temps pour sortir de son pick-up, afin de pouvoir observer la femme que son frère d'adoption venait d'épouser. Elle ne l'avait pas imaginée si grande. Elle devait mesurer dans les un mètre soixante-quinze — au moins dix centimètres de plus qu'elle. Une épaisse natte de cheveux auburn lui descendait jusqu'à la taille, qu'elle avait très fine. Le plus remarquable, pensa Emmy, était que malgré son jean délavé, ses bottes poussiéreuses et sa chemise de cow-boy à carreaux, on sentait, à sa manière de se tenir, qu'elle avait été élevée dans la bonne société. Elle avait l'élégance naturelle de ces femmes qui traversaient majestueusement le casino de Shrevesport, laissant dans leur sillage un parfum de pouvoir et d'argent. Pas des parvenues. De vraies riches. « Jed a bien de la chance », pensa-t-elle.

Gwen avait déjà ouvert la porte et, du seuil, elle fit signe à Emmy d'approcher tout en lui lançant un « bonjour ! » chaleureux.

— On a les mêmes goûts, je vois, dit-elle en indiquant le pick-up d'Emmy, puis sa propre Land Rover verte, garée le long d'une clôture. J'espère que tu es une buveuse de café, aussi. J'ai apporté ce qu'il faut.

Emmy, un peu débordée par l'énergie déployée par son interlocutrice, ne put qu'opiner.

De la cuisine où Gwen avait disparu, parvint aux narines d'Emmy l'odeur caractéristique du café. Voilà qui l'aiderait à vaincre la nostalgie qui l'avait envahie dès qu'elle avait mis le pied dans la maison. Certes, le tapis du salon était neuf, le mobilier différent, la décoration plus moderne. Mais le passé, malgré tout, remontait à la surface : le monde de son enfance, ces années passées ici et qui avaient été sans conteste les plus belles de sa vie. Pourquoi avoir attendu si longtemps pour revenir chez elle ? Non, ce n'était pas chez elle, pas vraiment. Où était donc sa véritable maison ?

— Emmy ?

Gwen lui tendit une tasse fumante.

— Ça va ? Tu sais… Si tu préfères faire le tour de la maison toute seule, je peux attendre dans la cuisine.

Emmy fit signe à Gwen de rester, puis, la bouche encore sèche, elle s'expliqua.

— C'est très différent de mes souvenirs. Déjà, ça paraît plus petit.

— Pour moi et mes animaux, c'était bien assez grand, dit Gwen dans un éclat de rire. Je ne me battais pas avec le chat et le chien pour la salle de bains. Sérieusement, à quatre, comment faisiez-vous ?

Emmy avala quelques petites gorgées de café chaud pour se détendre.

— Tout était planifié. Maman Frannie et moi prenions notre douche le soir, les garçons le matin. Jed se plaignait sans arrêt que Will salissait la salle de bains et utilisait toute l'eau chaude.

— Jed parle parfois de cette époque de sa vie. La découverte des restes de votre mère adoptive sur sa propriété a été un choc effroyable.

— J'imagine. D'ailleurs, non, je n'arrive pas à imaginer. Comment se fait-il que cette archéologue soit venue faire des fouilles à cet endroit ?

— C'est un peu ma faute. Tu sais peut-être que Jed a un élevage de percherons. Il a une passion pour ces mastodontes. Inutile de te décrire sa tête lorsqu'il a vu les poneys nains que j'élève, moi ! Bref. Quand Tessa Lang lui a demandé l'autorisation de faire des fouilles dans sa propriété, il a refusé, de peur que les travaux n'effrayent ses chères petites bêtes. On s'est beaucoup disputés à cette époque…

Le visage de Gwen se crispa un instant. Puis elle reprit.

— Tessa avait décroché une bourse et disposait d'un temps limité pour rédiger sa thèse. Je trouvais que la position de Jed n'était pas défendable. J'ai donc conseillé à Tessa d'adresser une requête en justice et elle a obtenu gain de cause. J'étais loin d'imaginer ce qu'elle allait découvrir.

— L'article que j'ai lu ne précisait pas qu'il s'agissait d'un terrain appartenant à Jed. Ça a dû être terrible pour lui !

Gwen tournait nerveusement en rond autour de la pièce.

— Oui. Le shérif Fielder est persuadé que la seule raison pour laquelle Jed a fait tant d'histoires pour les fouilles, c'est que c'est lui l'assassin de Mme Granger.

— Ce type est un imbécile. Il ne connaît vraiment pas Jed, pour dire une chose pareille.

— Sauf que les preuves s'accumulent contre lui. Tu te souviens d'Amanda Jennings, Emmy ?

— Qui pourrait oublier notre vedette locale ?

— Eh bien, elle avait déclaré à l'époque que Jed avait séché l'école le jour de la disparition de Frannie.

— Encore une des inventions d'Amanda ! Elle adorait raconter des bobards sur les gens pour leur attirer des ennuis. Après, elle se rétractait en prenant des airs ingénus.

— Là, elle n'a rien inventé. Jed te le confirmera lui-même. Il s'était accroché avec Frannie ce matin-là et, du coup, il avait décidé de disparaître de la circulation jusqu'au soir. Il ne l'a plus jamais revue. Il s'en est voulu pendant des années de cette brouille.

— Ils s'étaient disputés ? demanda Emmy en fronçant les sourcils.

— Oui. Un désaccord qui revenait souvent sur le tapis, d'après ce que j'ai compris. Jed voulait entrer à la Julliard School et Frannie trouvait que les études de musique étaient une perte de temps.

— Et d'argent, acquiesça pensivement Emmy. Pourtant si quelqu'un était fier des premiers prix que raflait Jed, c'était bien elle ! Mon Dieu ! Si ça se trouve, c'est moi qui ai mentionné cette altercation au shérif. Quand tu as parlé d'Amanda, je me suis tout à coup rappelé que Fielder était venu m'interroger à l'école le lendemain matin. J'étais morte de peur.

Emmy promena son doigt sur le bord de sa tasse, tentant de se remémorer les faits.

— Will et moi, on lambinait toujours pour se préparer. Ça avait dû mettre Frannie en retard, ce jour-là. Maintenant je m'en souviens. Jed voulait qu'elle lui signe une autorisation d'absence. Ils sont sortis par-derrière en hurlant. Moi, je suis passée par la porte de devant et j'ai couru pour attraper mon bus….

Emmy leva la tête et regarda Gwen droit dans les yeux.

— Si Jed n'était pas là pour l'appel, Will a dû le couvrir. Qu'est-ce qu'il dit, lui ?

— Qu'il est resté toute la journée sur son bateau, sur le lac, pour se calmer. Apparemment, personne ne l'a vu, ce qui n'arrange pas ses affaires. Tu ne te souviens vraiment de rien d'autre ? supplia Gwen.

— J'aimerais bien, je t'assure. Mais ça fait si longtemps.

Gwen se détourna pour vider le reste de son café dans l'évier. Elle regarda par la fenêtre, sans rien dire, mais ses épaules voûtées trahissaient son découragement.

— Je suis contente pour Jed que tu sois à ses côtés, dit Emmy doucement. Je n'y connais pas grand-chose en droit. Est-ce qu'il a un bon avocat ?

Gwen fit un signe affirmatif de la tête puis se tourna vers Emmy.

— Riley Gray, qui s'occupe de l'aspect juridique de l'entreprise de Jed, lui a vivement conseillé d'engager un spécialiste en droit pénal, quand Fielder l'a convoqué pour la deuxième fois. J'ai suggéré Dexter Thorndyke, un vieil ami de ma famille. Thorny a accepté.

Ainsi, Riley était conseiller juridique de Jed ? Emmy n'en revenait pas. Est-ce que, du temps où tous les quatre construisaient des châteaux forts ou jouaient aux pirates dans les marécages près du lac Caddo, les trois garçons avaient discuté en secret de ce qu'ils feraient plus tard ? Emmy, elle, s'était alors imaginée mariée à un Riley Gray Wolf qui partait au travail pendant qu'elle restait à la maison à s'occuper de leurs enfants. Ce rêve intime, elle n'en avait jamais soufflé mot. Une drôle de chose, les rêves. C'était rare qu'ils se réalisent…

— Emmy ? Tu as l'air ailleurs.

— Comment ? Oh, pardon, répondit-elle en rougissant. Euh… Je ne crois pas avoir déjà entendu parler de ce M. Thorndyke… Mais j'ai l'impression que les preuves du shérif sont assez minces. Un bon avocat réussira certainement à prouver l'innocence de Jed.

— Puisses-tu dire vrai, dit Gwen avec un soupir dubitatif. Bon ! Je t'ai fait perdre suffisamment de temps. Si tu as d'autres questions, Jed se fera un plaisir d'y répondre. En attendant, si la maison te convient, je vais te laisser t'installer. Il faut que je passe en ville. N'oublie pas, hein ? Le dîner est à 8 h 30. Je suppose que tu connais le chemin de Beaumarais ?

Emmy vit en pensée, au sommet d'une colline, la grande villa blanche dont Jed répétait à qui voulait l'entendre qu'elle lui appartiendrait un jour. Tout le monde, à part Will et Emmy, s'était moqué de lui. Les parents des autres enfants du coin travaillaient qui dans le pétrole, qui dans l'industrie du bois, qui dans l'élevage. Comment pouvait-on leur reprocher d'avoir pensé que des enfants perdus n'auraient jamais un sou vaillant devant eux ? En ce qui concernait elle, ils ne s'étaient pas trompés. Mais Emmy ignorait tout de ses ancêtres, tandis que Jed, lui, avait toujours su qu'il était le fils illégitime d'une riche héritière.

— Gwen, ce serait mieux de demander d'abord à Jed s'il est d'accord pour que je vienne dîner et aussi pour que je loue notre ancienne maison. Il faut lui donner un peu de temps pour qu'il s'habitue à l'idée d'être confronté à un autre fantôme du passé, non ?

Gwen s'arrêta à la porte.

— Franchement, Emmy, Jed va être ravi de t'avoir en face de lui en chair et en os. Depuis peu, il parle sans arrêt de se lancer dans des recherches pour vous retrouver, toi et Will. Il a peut-être peur que lors des prochaines fouilles, ce ne soient vos cadavres qu'on déterre. Remarque, pour le moment, Fielder n'a pas donné l'autorisation à Tessa de recommencer à creuser. Pourtant, elle le harcèle !

— J'ai du mal à croire que tout ça est vrai, dit Emmy en rejoignant Gwen dehors. Je n'étais qu'une gamine, mais je sais que tout le monde aimait Frannie. Sa vie, c'était son travail et nous trois. J'ai beau me creuser la cervelle, je ne comprends pas ce qui a pu pousser quelqu'un à la tuer.

— Jed non plus.

— Je suis contente que tu aies été là pour le soutenir au moment des obsèques. Je sais que c'est un peu tard, mais j'aimerais aller mettre des fleurs sur sa tombe. Tu pourras m'indiquer où elle est ?

Gwen, embarrassée, fit une grimace.

— Fielder veut encore garder le… le corps. Il n'y a pas eu de cérémonie pour le moment, ce qui rend les choses encore plus pénibles pour Jed.

— C'est affreux ! Tu vois, j'hésitais à m'installer ici. Mais comment est-ce que je pourrais partir et abandonner Jed ?

— Oh, Emmy…

Gwen cherchait ses mots pour exprimer sa gratitude quand une voix d'enfant l'interrompit. En se retournant, Emmy vit une petite fille, avec des couettes d'un noir de jais, à califourchon sur la clôture. Elle portait des baskets usées, un jean et un corsage rose à collerette qui mettaient en valeur la délicatesse de sa silhouette. Emmy lui adressa un sourire. Elle n'était pas experte mais, à son avis, la fillette devait avoir quatre ans, cinq ans tout au plus.

— Bonjour, Alanna, dit Gwen.

— Est-ce que tu reviens vivre dans la petite maison, mademoiselle Gwen ?

— Non. Je suis mariée, maintenant. Tu te rappelles ? Tu étais demoiselle d'honneur même. Alanna, je te présente Emmy Monday. C'est elle qui va habiter ici.

— Nous n'avons pas parlé du loyer, rappela Emmy. Je n'aurai peut-être pas les moyens…

Gwen balaya d'un geste les protestations d'Emmy.

— Je ne suis pas venue ici pour vivre à vos crochets, objecta Emmy. J'ai quelques économies. Et puis je prendrai un travail si je prolonge mon séjour.

— C'est joli comme nom « Emmy », dit la petite voix. Et puis tu as l'air gentille, pas grincheuse comme Mme Yates, la dame qui me garde. Ce soir, je demanderai à papa si tu peux la remplacer.

— C'est qui ce petit prodige ? chuchota Emmy à l'adresse de Gwen. Puis, à haute voix, elle félicita la petite fille pour son prénom.

— Emmy, je te présente Alanna Gray, dit Gwen. C'est son père qui est l'ami de Jed et son conseiller juridique.

— Riley habite la maison d'à côté ?

Emmy, comme clouée au sol, considéra la gamine d'un air éberlué : la fille de Riley ! Effectivement, en regardant bien, les yeux noirs et le sourire malicieux de la fillette rappelaient ceux de son père. L'image qu'Emmy gardait de Riley était celle d'un jeune homme maigre mais musclé, à la démarche de jeune mâle sûr de lui. Tout en lui avait respiré la virilité. Manifestement, le côté féminin d'Alanna lui venait de sa mère. Sa mère… Qu'est-ce que Cassie avait dit à propos de la femme de Riley ? Rien de précis en tout cas.

— Mademoiselle Emmy, tu pourras demander à Mme Yates de me laisser venir chez toi pour jouer avec ton chien et ton chat ?

— Je n'ai pas d'animaux, répondit un peu brusquement Emmy, qui était encore en état de choc.

— Elle va être très déçue, lui chuchota Gwen. Mme Yates est allergique aux poils. Comme Alanna adore les animaux, je la laissais jouer avec les miens quand j'habitais ici.

Elle ajouta en parlant d'une voix normale cette fois :

— Oh ! J'ai oublié de te dire qu'en plus de mon élevage de poneys nains, je fais office d'agent pour animaux.

Devant le silence d'incompréhension d'Emmy, elle expliqua :

— C'est moi qui fournis la plupart des animaux qu'on voit dans les publicités, à la télévision ou dans les magazines. Et je m'assure qu'ils sont bien traités et ne sont pas exploités.

Peu à peu, Emmy reprit ses esprits. Elle jeta un regard furtif à Alanna tout en s'adressant à Gwen :

— Ton métier a l'air passionnant, Gwen. Euh… Je… je suppose que si Alanna a besoin de quelqu'un pour la garder, c'est que sa maman travaille. Qu'est-ce qu'elle fait ?

Gwen baissa la voix pour répondre, bien que la petite soit partie courir après un écureuil.

— La mère d'Alanna est morte quand elle était bébé, expliqua Gwen en suivant la fillette d'un regard plein de tristesse.

— Morte ? Mais… Cassie, une fille que je connaissais autrefois et que j'ai revue en arrivant ce matin, m'a dit que Riley était marié et avait un enfant. Elle aurait pu me prévenir que sa femme était décédée… Quand je suis tombée sur lui à la banque tout à l'heure, littéralement tombée sur lui d'ailleurs, il m'a proposé d'aller prendre un verre. Comme il n'a pas parlé d'inviter sa femme à se joindre à nous, j'ai refusé assez sèchement.

— Tu croyais qu'il draguait ? s'exclama Gwen. Ça ne fait pas longtemps que je le connais, mais il n'a pas l'air d'un coureur de jupons. Il se consacre entièrement à son travail et à sa fille. Jed a toutes les peines du monde à le faire sortir un peu de chez lui.

— Il a bien changé, alors. Autrefois, il avait deux ou trois petites copines à la fois. Même quand il était trop jeune pour entrer dans les cafés, il jouait au billard et aux fléchettes au Crazy Jake's Pub, quatre ou cinq soirs par semaine. Il aimait beaucoup la compagnie, à l'époque.

La petite fille remonta sur la clôture et se mêla à la conversation.

— Mon papa, il a un billard et un jeu de fléchettes. Mais j'ai pas le droit de jouer. C'est pour les grandes personnes, se plaignit-elle sur un ton dramatique.

— Quand j'étais petite, j'ai embêté ton papa jusqu'à ce qu'il accepte de m'apprendre à jouer aux fléchettes. Il était très patient et il ne se moquait jamais de moi. Quand tu seras un peu plus grande, je suis sûre qu'il t'apprendra aussi.

— Tu connaissais mon papa quand tu étais petite ?

Emmy hocha la tête. Elle se revit, collant aux basques de Riley. Il avait fini par en avoir assez et lui avait appris à jouer aux fléchettes. Au fil des leçons, il s'était aperçu qu'elle n'était plus une petite fille, qu'elle grandissait…

Considérant cette enfant que Riley avait conçue avec une autre femme, Emmy se força à chasser l'homme de son esprit et à ne songer qu'aux fléchettes. Au cours des années qui avaient suivi, ce jeu était devenu pour elle un moyen de se détendre, de se remémorer une période heureuse de sa vie et elle s'était obligée à jouer régulièrement. Avec chaque partie, c'était un peu de Riley qu'elle voyait renaître : le bras musclé à la belle couleur brune qu'il lui passait par-dessus l'épaule pour lui stabiliser la main, les commentaires susurrés de sa voix rauque contre son oreille.

« Oh ! oh ! Mal joué ! » l'entendait-elle encore lui dire… Mais Alanna la tira bien vite de cet accès de nostalgie.

— C'est super ! s'écria l'enfant. Et toi, mademoiselle Gwen, tu connaissais mon père, aussi ?

— Non. Moi, j'ai grandi très loin d'ici. Ah ! J'entends Mme Yates qui t'appelle.

Alanna ne semblait guère pressée de rentrer chez elle. Elle s'éloigna à reculons en sautant sur un pied et en faisant de grands signes du bras à Gwen et Emmy. Mme Yates descendit les quelques marches du perron pour aller à sa rencontre et, quand toutes les deux eurent disparu, Gwen laissa échapper un long soupir.

— Si tu n'aimes pas les enfants, Emmy, il va falloir que tu mettes très vite des limites pour ne pas être envahie. Alanna est mûre pour son âge, mais elle n'a pas d'amies. Quand j'habitais ici, je la laissais aller et venir à sa guise.

— Qu'est-ce qui te fait croire que je n'aime pas les enfants ?

Une petite brise s'était levée et Emmy repoussa des mèches de cheveux qui lui tombaient dans les yeux et l'empêchaient de bien voir Gwen.

— Ce n'était pas une critique, Emmy. Seulement, je t'ai sentie un peu crispée quand je t'ai présenté Alanna, non ?

Oui, vraisemblablement. La présence de Riley dans la maison d'à côté l'avait prise de court ! Mais Emmy n'avait aucune envie de raconter en détail à Gwen ce qu'elle avait vécu, autrefois, avec Riley ; car comment être sûre que, pour lui aussi, leur relation était un bon souvenir ? Dans le doute, mieux valait en dire le moins possible. Malgré tout, pour éviter les rumeurs, elle préféra ne pas laisser Gwen sur l'impression qu'elle n'aimait pas la fillette.

— J'ai trouvé Alanna adorable. Tu sais, je manque d'expérience avec les enfants. Les cinq dernières années, je travaillais de nuit, dans un casino. Sinon, les seuls gamins à qui j'ai eu affaire sont ceux que je rencontrais à l'occasion des représentations que donnait le cirque ambulant dans lequel j'étais employée.

— Tu as travaillé dans un casino et dans un cirque ? Que de talents ! On a encore des tas de choses à se raconter, j'ai l'impression. Tu vas trouver que je suis curieuse… Quand tu as levé le bras tout à l'heure, l'encolure de ton corsage s'est écartée et… C'est un vrai tatouage que tu as… là ? demanda-t-elle, gênée, en indiquant le haut de son propre sein.

Emmy leva les yeux au ciel et éclata de rire.

— Oui, c'est un vrai. N'en parle pas à Jed surtout.

— Pourquoi ? C'est super, comme dirait Alanna ! Oh ! Mon Dieu ! Il faut que je file pour de bon ! s'affola Gwen, en jetant un coup d'œil à sa grosse montre d'homme.

Emmy l'accompagna jusqu'à sa Land Rover. Au moment de fermer sa portière, Gwen tendit impulsivement le bras vers Emmy et lui prit doucement la main.

— J'ai hâte d'annoncer à Jed qui est sa nouvelle locataire.

Une ombre passa alors sur son visage.

— Tu sais, il a couru après le bonheur pendant trop longtemps. Il a encore l'impression d'avoir quelque chose à prouver aux habitants d'Uncertain, et même au monde entier, d'ailleurs. Je compte sur toi pour m'aider à lui apprendre à profiter de la vie. C'est une aubaine pour nous d'avoir enfin de la famille pas loin. Si, si, insista-t-elle en hochant la tête. Une famille pour lui, et aussi pour moi, maintenant.

Emmy ne répondit rien. Elle retira sa main et ferma la portière. Tandis qu'elle regardait Gwen manœuvrer pour sortir de l'allée, elle sentit ce tic nerveux qui lui jouait des tours depuis des années dans les moments d'émotion et se manifestait par un tressaillement intempestif de la paupière inférieure. La femme de Jed avait l'air très gentille, elle pouvait difficilement dire le contraire. Mais de là à croire béatement que tous les trois allaient former une famille, il y avait un pas que sa terrible et obsédante expérience ne lui permettait pas de franchir. Depuis que les services sociaux l'avaient arrachée à sa famille adoptive pour l'entraîner loin d'Uncertain, pas un jour ne s'était passé sans que la douleur lancinante causée par l'abandon et la trahison dont elle avait été victime ne la prenne à la gorge. Jed, lui, avait des racines. Elle, par contre, n'avait jamais su d'où elle venait.

Se lancer à la recherche de ses parents naturels… Cette ancienne promesse, elle allait la tenir, se dit Emmy en apportant le premier carton dans cette maison grouillant de fantômes. Ça, alors ! Pourquoi une voiture de la police du comté se rangeait-elle derrière son pick-up ? Emmy fut aussitôt sur ses gardes.

S'efforçant de paraître indifférente, elle empila trois cartons qu'elle transporta vers la maison, tout en observant du coin de l'œil le shérif Fielder et son adjoint sortir de leur voiture. Elle avait beau ne rien avoir à se reprocher, les battements de son cœur s'accélérèrent, des gouttes de sueur perlèrent à sa lèvre supérieure, ses mains devinrent moites.

Le shérif, un homme plutôt mince, au visage tanné, avait la même mine hargneuse qu'autrefois. Par contre, il avait vieilli : ses traits étaient plus anguleux, ses cheveux, jadis châtains, étaient gris. Elle le vit remonter son pantalon, refermer une main noueuse sur la crosse de son revolver de service et se diriger vers elle, suivi de son adjoint qui, en arrivant à la hauteur d'Emmy, demanda bêtement :

— On emménage ou on déménage ?

Elle savait que, vu les circonstances, elle n'avait pas intérêt à faire la maligne. Cependant, elle n'était pas du genre à supporter les imbéciles sans réagir.

— Le colportage des ragots est si bien organisé dans cette ville que, à mon avis, vous devez déjà connaître la réponse.

Elle se mordit la lèvre. Elle aurait dû se retenir ! C'était ce maudit Fielder aussi ! Il avait toujours eu le don de la déstabiliser rien qu'en la regardant avec des yeux vaguement accusateurs. Et ce n'est pas parce qu'elle avait pris de l'âge qu'elle était plus sereine. Ses genoux tremblaient, comme jadis !

— Est-ce que vous êtes l'Emerald Monday qui habitait ici, chez Frannie Granger ? demanda Fielder d'un ton bourru.

— Oui.

Elle avait la bouche trop sèche pour en dire davantage.

— Mon père disait que les mauvaises herbes reviennent toujours. Ça fait un bail que tu es partie, ma petite. Qu'est-ce qui te ramène ?

— Je ne suis pas votre « petite ». J'ai trente-deux ans, si Frannie ne s'est pas trompée sur ma date de naissance. A propos de ma naissance, c'est une des raisons pour lesquelles je suis ici. J'ai lu dans un journal qu'on avait retrouvé le corps de ma mère adoptive. Je me suis dit qu'en cherchant le coupable, vous trouveriez peut-être aussi des indices qui me permettraient de savoir qui j'étais… Je veux dire, qui je suis.

Le shérif la gratifia de son célèbre regard vide.

— Ah ! C'est donc ça ton explication ? Ça paraît bizarre que cette envie te prenne à trente-deux ans. Pourquoi tu ne t'en es pas préoccupée au moment de ta majorité ?

Emmy croisa les bras et s'appuya nonchalamment contre le chambranle de la porte. Elle n'avait pas invité ses visiteurs à entrer et n'avait aucune intention de le faire, sauf s'ils insistaient.

— A dix-huit ans, j'étais obligée d'avoir deux boulots différents pour ne pas crever de faim. Alors, trouver la piste de la personne, ou des personnes, qui m'avaient abandonnée à la foire à la brocante ne faisait pas partie de mes priorités.

— Mouais, dit le shérif en feignant de consulter un calepin qu'il avait sorti de sa poche de chemise. Où habitais-tu avant de venir ici ?

« Il n'a qu'à chercher s'il veut le savoir, puisqu'il est si malin », songea-t-elle.

— Shreveport. Je travaillais dans un casino appartenant à Richard Parrish. Il est dans l'annuaire. Vous pouvez vérifier.

— Compte sur moi, ma belle.

Suivit un grognement, puis :

— Je peux pas dire que ça me fasse plaisir de te voir. Vous attiriez les ennuis partout où vous alliez, toi, Louis, Gray Wolf et ce voyou de McClain. Ça ne m'étonnerait pas qu'il réapparaisse, lui aussi.

— C'est possible. Je l'ignore. J'ai perdu tout contact avec mes deux frères adoptifs depuis que j'ai quitté Uncertain. Si vous n'avez pas d'autres questions…

Elle regarda ostensiblement sa montre, sortit en bousculant presque le shérif, et rapporta un autre carton de son pick-up.

— Où étais-tu le jour où Frannie Granger a disparu ?

Emmy sentit ses doigts moites glisser sur le carton. Mais elle se raidit et parvint à ne pas lâcher prise.

— Elle est partie au travail par l'arrière de la maison, et moi, je suis sortie par la porte de devant pour aller prendre le bus de ramassage scolaire. Ce soir-là, quand nous ne l'avons pas vue revenir, Jed a parcouru toute la ville à sa recherche. J'étais terrorisée. Mes deux frères aussi.

— Pourquoi est-ce que, le lendemain, vous êtes allés tous les trois à l'école, comme si de rien n'était ?

— Joleen Berber, la meilleure amie de Frannie, avait signalé sa disparition à la police. On lui a dit, ou plutôt *vous* lui avez dit, que nous devions continuer à vivre normalement.

— Le deuxième jour, Jed est allé en classe, alors que la veille, il avait fait l'école buissonnière.

— Je ne suis pas au courant. Nous n'étions pas dans le même établissement.

— Il est noté ici que tu avais treize ans à l'époque. Assez grande, il me semble, pour demander pourquoi la personne qui te servait de mère s'était évanouie dans la nature.

— Oh ! Mais j'ai demandé ! A l'assistante sociale qui est venue me chercher dans la salle de classe, parce que *vous*, oui, encore vous, lui aviez envoyé un rapport. Elle m'a amenée ici, dans cette maison, et elle a fait mes valises. J'ai pleuré. J'ai supplié. J'ai hurlé pour qu'elle m'explique ce qui se passait. Elle ne m'a rien dit. Rien, rien, rien ! Voilà. C'est tout ce que je sais. Jusqu'à la semaine dernière, j'ignorais même que maman Frannie n'avait jamais réapparu.

Sur cette dernière phrase, la voix d'Emmy se mit à chevroter et elle s'arrêta de parler, de peur de fondre en larmes. Mais le shérif n'y prêta aucune attention.

— Pourquoi est-ce que Jed a autant attendu avant de téléphoner à Joleen ? Est-ce que Frannie avait l'habitude de rentrer tard ?

Est-ce ça lui arrivait souvent de vous laisser vous débrouiller tous les trois pour préparer le dîner ?

Emmy fut d'abord tentée de répondre, puis se ravisa. Les deux dernières questions ne méritaient même pas qu'on s'y arrête : évidemment non, ce n'était pas le genre de Frannie de les laisser seuls, sans prévenir ! Mais la première question lui fit brutalement revivre l'angoisse de cette sinistre soirée, pendant laquelle tous les trois avaient guetté le retour de leur mère et la sonnerie du téléphone. Emmy toussota pour contenir sa colère et cala, contre la balustrade de la terrasse, le carton qui contenait ses ustensiles de cuisine.

— Vu le ton de vos questions, je crois qu'il serait préférable que je n'y réponde qu'en présence d'un avocat.

Fielder, furibond, ferma brutalement son calepin.

— Comme tu voudras. Je présume que ton voisin t'a déjà conseillée. Mais fais-moi confiance, les réponses, je les obtiendrai.

— Riley ne m'a rien conseillé du tout. D'ailleurs, j'ai cru comprendre qu'il était spécialisé dans le droit des affaires. Ce soir, je demanderai à Jed de me recommander quelqu'un.

— Ton manque de coopération ne fait que rendre un peu plus délicate encore la position de Jed.

— C'est absurde ! Ce n'est pas la faute de Jed si je choisis de me faire assister. Il se rongeait les sangs de ne pas voir Frannie rentrer. Mais en tant qu'aîné, il ne devait rien montrer pour ne pas nous affoler, Will et moi. Il n'avait que dix-sept ans. Qu'auriez-vous fait, vous, à sa place ? Excusez-moi, mais je considère que l'entretien est clos. Je vous téléphonerai les coordonnées de mon avocat demain, à votre bureau.

Le shérif agita un doigt menaçant dans sa direction.

— Ne t'avise pas de te faire la belle, tu m'entends ? En tout cas, pas avant que j'aie des réponses satisfaisantes à toutes mes questions, sans exception. Frannie Granger a été tuée dans *ma* ville et je te jure que le coupable ne m'échappera pas.

44

— Je l'espère. Sincèrement, je l'espère.

Sur ces paroles, Emmy tourna le dos aux deux hommes, ouvrit la porte-moustiquaire avec son pied et transporta son carton jusque dans la cuisine. C'est alors, et alors seulement, qu'elle s'aperçut combien ses mains tremblaient : elle ne parvint même pas à écarter le rideau de la fenêtre quand elle entendit la voiture de police démarrer !

Elle vida son carton, sans cesser de repenser à l'entrevue avec Fielder. Quelle idiote elle avait été de se laisser emporter ! Maintenant, le shérif n'allait pas l'aider dans sa quête de ses origines. Il ne semblait avoir qu'une idée en tête : mettre le meurtre de Frannie sur le dos de Jed. Cela voulait-il dire que Jed était dans de plus sales draps que Gwen ne l'avait laissé entendre ?

Qu'est-ce qui l'avait prise de traiter le shérif avec tant d'arrogance ? Il allait croire qu'elle lui cachait quelque chose. En plus, elle n'avait pas vraiment les moyens de payer un avocat.

Alors qu'elle revenait de son pick-up avec son dernier chargement, Emmy fut surprise de voir la fille de Riley de nouveau installée sur la clôture.

— Tu as des ennuis ? demanda la petite sur un ton confidentiel.

— Non, ma mignonne. Le shérif voulait me dire bonjour.

— Il n'avait pas l'air content.

— Oui, tu as peut-être raison. Ne t'inquiète pas pour ça.

— Mon papa, il aide les gens qui ont des problèmes. Je peux lui demander pour toi.

— Non, dit sèchement Emmy. Je veux dire, euh… n'embête pas ton papa. Il a sûrement d'autres chats à fouetter.

— Bon, d'accord. Mme Yates est en train de faire les vitres et elle m'a autorisée à venir te voir. Je pourrais t'aider à défaire tes bagages, mademoiselle Emmy, proposa-t-elle d'une petite voix suppliante.

— Laisse tomber le « mademoiselle », Alanna. Appelle-moi simplement « Emmy ».

— Mais papa dit que ce n'est pas poli.

« Ah ! Les convenances ! » songea Emmy. Etait-ce cette maison qui lui rappelait tous les efforts déployés par Frannie pour leur enseigner les bonnes manières, à tous les trois ? Cela avait dû être une entreprise décourageante par moments…

— Cours annoncer à Mme Yates que *mademoiselle* Emmy serait enchantée que tu lui prêtes main-forte dans la lourde tâche qui l'attend, s'amusa gentiment Emmy.

— Ça veut dire que tu acceptes ?

Emmy acquiesça. Elle ne se rappelait que trop combien elle-même avait souffert de la solitude, dans son enfance.

— Mais je ne vais déballer que mes vêtements. Gwen m'a invitée à dîner. Il faut que je prévoie du temps pour me doucher et m'habiller.

— Tu as une belle robe à mettre ? demanda Alanna, très intéressée.

— Une robe ?

Emmy s'arrêta alors qu'elle posait le pied sur la première marche du perron et se retourna à moitié. Au casino, elle avait été obligée de porter des robes de soirée d'un goût tapageur. Elle n'en avait pas d'autres.

— Moi aussi, j'ai mangé là-bas, avec mon papa, quand Mlle Gwen et M. Jed se sont mariés. Papa avait mis son plus beau costume et il m'avait acheté une robe rose avec plein de volants partout.

Emmy poussa un soupir de soulagement et posa son chargement à l'intérieur de la maison.

— Pour un mariage, il faut être bien habillé, Alanna. Mais quand on va juste dîner chez quelqu'un, ce n'est pas la peine de se mettre sur son trente et un.

— Ah bon ! Moi, j'aime les robes. Mais Mme Yates m'a acheté des salopettes, soupira la petite, avec une moue dégoûtée. Regarde, j'ai l'air d'un garçon.

Emmy éclata de rire.

— Personne ne peut te prendre pour un garçon, Alanna. Tu as tout d'une vraie petite fille.

— C'est vrai ? s'assura-t-elle en élevant la voix pour couvrir le bruit d'une voiture qui approchait.

— Hé ! C'est mon papa qui arrive !

Alanna courut jusqu'au bout de l'allée en sautant et en agitant frénétiquement la main.

Emmy n'allait certainement pas engager la conversation avec Riley Gray Wolf par-dessus la clôture. Elle entra donc précipitamment dans la maison et alla l'épier par la fenêtre de la cuisine, en prenant soin de ne pas être vue.

Lorsque Riley eut garé sa voiture, une Chrysler décapotable bleu nuit, il se pencha sur le siège du passager pour ouvrir la portière à sa fille. Il avait enlevé sa veste et les manches de sa chemise blanche étaient remontées au-dessus du coude. Emmy admira, comme autrefois, la musculature de ses bras, ses larges épaules, ses hanches étroites… A seize ans déjà, il faisait tourner la tête à tout ce qui portait jupon.

Emmy s'éloigna de la fenêtre. Elle fantasmait vraiment trop sur Riley. Est-ce qu'il faisait du sport pour s'entretenir ? Est-ce qu'il avait la peau toujours aussi douce et hâlée ? Et son torse… était-il encore lisse ? Si Rileyl découvrait un jour qu'elle les avait espionnés, lui et Will, un soir où ils parlaient de la poitrine lisse de Riley et de son visage imberbe, elle mourrait de honte ! Jed et Will avaient tous les deux commencé à se raser très jeunes et Riley les avait terriblement enviés. Comme elle aurait aimé pouvoir faire quelque chose pour lui ce soir-là ! Pour le consoler, elle lui avait préparé les petits gâteaux qu'il préférait, ceux au beurre de cacahuète. Il l'avait remerciée et lui avait adressé un de ses sourires qui lui provoquait immanquablement une drôle de sensation dans le ventre. Emmy se désintéressa provisoirement de ses cartons. Les petits gâteaux au beurre de cacahuète étaient-ils toujours ses préférés ?

— Bon, ça suffit maintenant, se fâcha-t-elle, en se dirigeant d'un pas décidé vers la chambre où se trouvaient ses vêtements. Puis elle entra dans la douche et essaya de toutes ses forces de se vider l'esprit.

Après avoir enfilé différentes tenues, elle opta pour un pantalon de toile couleur pain brûlé et un corsage jaune paille. Elle s'attacha les cheveux sur la nuque avec une grosse pince dorée et choisit un collier et un bracelet en or que Richard lui avait offerts pour Noël. Elle sortit aussi un gilet en cachemire pour le cas où les dîners chez les Louis exigeaient effectivement des tenues plus élégantes.

Emmy démarra son pick-up et attendit que le moteur chauffe. Elle vit un store se soulever dans la maison de Riley. Est-ce qu'Alanna lui avait annoncé qui était leur nouvelle voisine ? Probablement. La petite était un vrai moulin à paroles. On disait la même chose d'elle quand elle était gamine, se rappela Emmy en jubilant. Encore maintenant, elle ne savait pas tenir sa langue quand elle était excitée.

Dix minutes plus tard, quand elle franchit, au bas de la colline de Beaumarais, l'impressionnant portail en fer forgé marqué d'un monogramme, Emmy avait les nerfs à vif. Dans son souvenir, la maison des Louis n'était pas aussi impressionnante. Peut-être parce que, lorsqu'elle était enfant, elle ne l'avait vue que de loin. La propriété avait appartenu au frère de la mère de Jed, un vieux bonhomme que personne n'aimait et que Jed détestait parce qu'il s'était senti rejeté par cet oncle Walter pour qui il n'était qu'un « bâtard », selon ses propres termes. Pourtant, dorénavant, c'était lui, Jed, qui était à la tête du domaine.

Dans un pré, des chevaux paissaient tranquillement et, dans la cour, un chien gambadait. La maison était illuminée de l'intérieur par une multitude de lustres qu'Emmy aperçut à travers les hautes fenêtres à meneaux. Son vieux pick-up tout cabossé, garé dans la large allée qui tournait en arc de cercle devant la demeure, détonnait dans ce décor !

Les jambes tremblantes, elle s'avança vers la porte derrière laquelle l'attendait celui qu'elle n'avait pas vu depuis près de vingt ans. « C'est ta famille. Jed fait partie de ta famille. Toi, tu es la parente pauvre », lui murmura une voix.

Elle frappa timidement à la porte. Quand une femme la pria cérémonieusement d'entrer et de s'asseoir dans un petit salon luxueux, elle eut envie de prendre ses jambes à son cou. Elle devait avoir perdu la tête pour avoir accepté l'invitation de Gwen !

De là où elle était assise, elle voyait la salle à manger avec sa table en acajou verni dressée pour le repas : chandelles élégantes, verres à pied en cristal, vaisselle de porcelaine coquille d'œuf...

« Alanna avait raison. Une jolie robe est de rigueur pour venir ici », soupira Emmy.

3.

Trop nerveuse et trop intimidée pour s'asseoir dans le somptueux canapé de style du salon, Emmy fit le tour de la pièce, à la recherche d'indices qui lui révéleraient quel genre d'homme Jed Louis était devenu. Tapis d'orient soigneusement assorti au sofa et aux coussins, lourdes tentures aux fenêtres, splendide lampe ancienne de chez Tiffany, rien dans cette pièce aux teintes pastel ne correspondait au souvenir qu'elle gardait de Jed, dont les couleurs de prédilection avaient été jadis moins raffinées.

Des pas lourds approchaient, qui l'arrachèrent à la contemplation d'une aquarelle. Emmy, de plus en plus fébrile, se mit à frissonner.

Malgré les larmes qui lui brouillaient la vue, elle reconnut immédiatement la démarche assurée de Jed, quand il entra dans la pièce. La haute silhouette dégingandée qui se dressait devant elle était la même que celle de la photo écornée qu'elle conservait dans son portefeuille. Les traits anguleux de son visage bronzé accentuaient l'intensité de son regard bleu si pénétrant.

Il s'avança jusqu'au milieu du salon, où Emmy s'était figée, et prit fiévreusement les mains qu'elle n'osait pas lui tendre.

— Emmy.

A son intonation, Emmy devina combien son émotion était vive. Elle vit sa gorge se contracter, sentit ses doigts se resserrer sur les siens.

50

— Comme tu as grandi, petite sœur. Et comme tu es belle !

Après un bref temps d'hésitation, il la prit dans ses bras.

— Tu m'as tellement manqué, Emmy-M, avoua-t-il sur un ton qu'il voulait bourru.

Mais sa voix s'altéra quand il prononça ce petit nom qu'il avait choisi pour elle lorsqu'elle était enfant, tant elle aimait les M&M. Emmy aussi sentit ses yeux la brûler. « Emmy-M... » ! Il n'avait pas oublié.

Allons ! Elle ne devait pas se laisser aller à l'émotion. Elle se dégagea de l'étreinte de Jed, ramassa son cardigan qui avait glissé au sol et alla le poser sur son sac à main, sur le canapé.

— Dans ce cas, pourquoi n'es-tu pas venu me chercher pour me ramener à la maison ?

Jed passa la main dans ses cheveux ras.

— Bon sang, Emmy, si tu savais tout ce que j'ai fait pour te retrouver ! Quand je suis rentré du lycée, le soir, j'ai découvert une petite note laconique, qui n'était pas signée, indiquant seulement que tu étais désormais sous la tutelle de l'Etat. Quand Will l'a lue, il a paniqué, il a fait son sac et il a pris la clé des champs. Comme Huck Finn, ajouta-t-il d'un air complice.

Emmy répondit par un petit sourire timide au clin d'œil de Jed ; elle se rappelait qu'ils avaient toujours comparé Will à ce personnage de Mark Twain. Quelque peu rasséréné par la réaction d'Emmy, Jed se dirigea vers la fenêtre et s'appuya d'une main contre le chambranle.

— J'ai dû passer plus de cent coups de fil pour essayer de savoir où tu étais. Ici, c'était la confusion la plus totale. Essaye de comprendre, Emmy.

— C'est vrai. Je n'avais jamais pensé que cela avait dû être très dur pour vous aussi. N'empêche, Jed... Après, quand les choses se sont calmées, là, tu n'aurais pas pu te mettre à ma recherche ?

— J'ai voulu le faire. Riley aussi. Il a littéralement pris d'assaut les bureaux de l'aide sociale à Tyler. Si bien qu'ils ont fini par le flanquer en prison. Sa mère a dû emprunter à son frère pour payer la caution.

— Riley a fait ça pour moi ? articula-t-elle péniblement, les lèvres tremblantes.

— Oui. Il était fou furieux. Mais, après ses démêlés avec la justice, on s'est bien calmés tous les deux ; d'autant plus que, moi, j'étais à quelques semaines du bac et que mes résultats étaient une vraie catastrophe. C'est à ce moment-là que, aussi incroyable que cela puisse paraître, Ray Jennings m'a tendu la main. J'ai compris plus tard qu'il voulait vraisemblablement conserver la gestion financière de Beaumarais. Peu importe. C'est lui qui m'a sorti du pétrin.

Emmy laissa échapper un long soupir.

— Je suis désolée. Je n'aurais jamais dû te faire ces reproches. Ce n'est pas la peine de m'expliquer, Jed. Je sais ce que c'est qu'essayer de survivre. J'ai plaqué ma dernière famille d'accueil le jour même où j'ai eu dix-huit ans. Je suis descendue en Floride en stop, et là, j'ai fini par me faire engager dans un cirque ambulant, comme assistante du dompteur.

— Tu as voyagé avec un cirque ? Dis donc ! Moi, je n'ai pas bougé d'ici. Vous saviez où me trouver, toi et Will, si vous aviez voulu prendre de mes nouvelles. Ou des nouvelles de Frannie, d'ailleurs. Je n'ai jamais compris votre silence.

Emmy tressaillit. Jed avait touché un point sensible.

— Je ne peux parler que pour moi, pas pour Will. J'ai lutté pour oublier tout ce que j'avais vécu avant mon placement à Houston. Au fil des années, la douleur et la frustration s'apaisent, les souvenirs s'estompent. Enfin, un peu… Suffisamment, en tout cas, pour permettre de démarrer une nouvelle vie. Tu as dû constater le même phénomène, toi aussi. Au fait, où est Gwen ? J'ai parlé un peu de ça avec elle, tout à l'heure.

— Elle voulait nous laisser seuls pour qu'on ait le temps de faire un peu le point, expliqua-t-il fièrement, avec un large sourire qui adoucissait ses traits. Elle est formidable, Gwen, tu ne trouves pas ? Elle est ce qui m'est arrivé de mieux depuis que Frannie m'a recueilli à la mort de ma mère.

— A ton avis, qu'est-ce qui s'est passé… pour maman ?

— Ouf ! Toi, au moins, tu ne crois pas que je l'ai tuée.

— Jamais je ne croirai ça, déclara-t-elle avec une conviction farouche.

Il enfonça rageusement les mains dans ses poches.

— Pendant des nuits et des nuits, je n'ai pas fermé l'œil. J'essayais de me remémorer tous les événements qui s'étaient produits durant les semaines précédant sa disparition. Peut-être te rappelles-tu que nous nous étions disputés pour une bêtise, elle et moi, ce matin-là ? C'était à propos d'une autorisation d'absence.

Il retira une main de ses poches et se frotta le menton, le regard sombre, avant de poursuivre :

— Ça n'a pas été facile de vivre avec ce remords.

— Oui, je m'en doute, murmura Emmy. Mais ils vont finir par trouver le coupable, n'est-ce pas ?

— J'aimerais te répondre que oui. Malheureusement, tant que Fielder n'a que moi dans sa ligne de mire…, commença Jed avec amertume.

— A propos du shérif, coupa Emmy. Ju… juste avant que je vienne ici, il m'a rendu une petite visite, avec son adjoint. Au début, je… j'ai répondu à quelques questions, très vagues. Mais ensuite, il a voulu me faire subir un interrogatoire en règle sur ce qui était arrivé ce jour-là et j'ai dit que je ne parlerai qu'en présence d'un avocat. Je n'ai pas beaucoup d'économies, Jed. Tu ne connaîtrais pas quelqu'un de sérieux et de pas trop cher ?

Avant que Jed ait le temps de donner son avis, la femme qui avait accueilli Emmy à son arrivée apparut. Jed jeta un coup d'œil à sa montre.

— June, vous n'êtes pas encore partie ?

— Je voulais vous préparer un bon petit plat pour ce soir. Il est dans le four. Je m'en vais maintenant.

— Merci beaucoup, June. C'est vraiment très gentil. Emmy, je te présente June. Elle et son mari étaient déjà au service de mon oncle. Sans eux, je ne m'en serais pas sorti ici, surtout les premières années.

La femme salua chaleureusement Emmy, puis s'esquiva, laissant à Jed le soin de conduire son invitée dans la salle à manger.

Quand Jed et Emmy sortirent du salon, Gwen achevait de descendre l'imposant escalier intérieur. Elle accepta la main que Jed lui tendit, tout en jetant des coups d'œil furtifs tantôt vers son mari, tantôt vers Emmy.

Jed fit passer les deux femmes dans la salle à manger et leur indiqua deux chaises cannées, de part et d'autre de la place qu'il s'était réservée en bout de table.

— Ne t'inquiète pas comme ça, tout va bien, dit-il tendrement à sa femme en lui avançant la chaise. On s'est expliqués avec Emmy. Comme on pouvait s'y attendre, il y a des regrets des deux côtés. Si seulement nous avions été moins jeunes à l'époque… Pas un jour ne passe sans que je commence au moins une de mes phrases par : « Si seulement… »

Emmy déplia sa serviette et l'étala sur ses genoux.

— Moi, mon début de phrase rituel c'est : « Et si ? » Par exemple : et si j'étais une princesse qu'on avait enlevée à sa naissance ? dit-elle avec un petit rire d'autodérision.

— Je devrais m'excuser d'avoir eu autant de chance, alors que pour toi, les choses n'ont pas été roses tous les jours, dit Jed en passant à Emmy la corbeille de pain en argent.

— Ne dis pas de bêtises. Après la façon honteuse dont ton oncle vous a traités, toi et ta mère, tu méritais bien un peu de bon temps. Non pas que je considère qu'être soupçonné de meurtre soit un sort enviable. Mais toi, au moins, tu es sûr de ne pas compter de criminels dans ta famille…

Il y eut un silence pendant lequel Jed servit le poisson.

— Je sais que ça t'a toujours minée d'avoir des doutes sur tes origines. Même quand tu étais petite.

— C'est effectivement une des raisons de ma venue à Uncertain, avoua-t-elle. Ça fait tellement longtemps que j'imagine mes retrouvailles avec mes vrais parents. Sans rien entreprendre de concret pour autant ! Quand j'ai lu cet article qui parlait de… cette archéologue qui avait retrouvé les… euh… les ossements de maman Frannie, ma vie venait juste de changer. Pour la première fois, j'avais le temps et les moyens de me lancer dans des recherches. Hélas, tout est de nouveau remis en question : pour payer un avocat, je vais peut-être devoir renoncer à partir sur la piste de mes parents. De toute façon, c'était probablement une idée idiote. Je ne sais pas par où commencer.

Gwen, qui s'apprêtait à faire passer un plat de pointes d'asperges, s'arrêta net.

— Tu pourrais peut-être choisir un avocat qui t'assisterait à la fois auprès du shérif et pour tes recherches généalogiques. J'ai une amie qui l'a fait. Pourquoi ne pas demander à Riley ?

— C'est impossible !

Emmy ne put réprimer une moue nerveuse. Elle sentit son cœur se serrer.

— Gwen, tu m'as dit toi-même qu'il était avocat d'affaires. Ça n'a rien à voir avec ce que je cherche.

— C'est vrai. Mais c'est lui qui a conseillé Jed, au début, pour Frannie. Fielder ne t'a accusée de rien, n'est-ce pas, Emmy ?

— Non, répondit Emmy. Il m'a simplement interdit de quitter la ville. Et ça, juste après m'avoir reproché d'attirer les ennuis. Bien sûr, cette remarque valait aussi pour Riley et Will. Je doute donc que cela améliorerait mon cas, si je me présentais devant Fielder en compagnie de Riley.

— Je ne suis pas bien placé pour te donner un avis, intervint Jed. Mais si tu es à court d'argent, je suis sûr que Riley serait prêt à t'aider. En souvenir du bon vieux temps. Sinon, il faudra que tu trouves quelqu'un à Jefferson ou à Tyler. Seulement, là-bas, les avocats, ne se contentent pas de pratiquer des tarifs exorbitants. En plus, ils se font payer leurs frais de déplacement. Je te parle par expérience, ajouta-t-il, la voix soudain un peu rauque.

Emmy avait conscience que Jed et Gwen la poussaient à se tourner vers Riley, et elle savait qu'ils ne comprendraient pas sa réticence. Elle pourrait, bien sûr, leur expliquer que c'était parce qu'elle avait été éperdument amoureuse de Riley, quand elle avait treize ans. Mais cet argument les convaincrait-il ? Elle-même savait pertinemment que c'était un prétexte. Ce n'était pas du passé qu'il s'agissait, mais bien du présent…

Oui, du présent. Elle s'en voulait d'être encore éprise de Riley. Elle n'avait pas dû lui causer beaucoup d'insomnies ! Certes, il avait fait quelques jours de prison pour elle, selon Jed, mais il n'avait pas mis longtemps à tomber amoureux d'une autre fille et à l'épouser !

Si elle voulait être honnête, Emmy pouvait difficilement le lui reprocher. Le souvenir de Riley ne l'avait pas empêchée, elle non plus, d'avoir des liaisons de temps en temps. Et ce n'était pas à cause de lui qu'elle n'en avait jamais officialisé aucune. Si elle avait toujours refusé de passer devant le maire, c'était parce qu'elle ignorait tout de ses ancêtres et était tenaillée par cette crainte d'avoir dans ses gênes un mal caché qu'elle risquait de transmettre à ses enfants. Cette peur, que seules pouvaient comprendre les personnes qui, comme elle, avaient été abandonnées, redoublait quand elle changeait de ville, et donc de médecin. Car, chaque fois, on lui demandait cette tâche impossible qui consistait à remplir des questionnaires sur les antécédents médicaux de sa famille. Et, chaque fois, c'était une torture pour elle.

Richard lui avait répété qu'une simple analyse de sang permettrait de déterminer si elle était porteuse du gêne de l'hémophilie. Il avait raison, mais… Et si son père biologique était un pervers sexuel ou sa mère une déséquilibrée mentale ? Aucune analyse de sang ne révélait ces tares-là…

— Merci du conseil, bredouilla-t-elle. Je vais y réfléchir.

Elle tourna et retourna la question dans sa tête pendant tout le reste du repas. Enfin, Gwen poussa sa chaise en arrière, plia sa serviette et la posa sur la table.

— Allons prendre le dessert et le café dans la bibliothèque. Nous pourrons parler de choses plus gaies que d'avocats et de procès.

— Bonne idée, approuva Jed. Je me charge du café.

Gwen prit Emmy par le bras pour la guider vers la bibliothèque, à travers un dédale de couloirs.

— Tu n'as presque rien mangé, s'inquiéta-t-elle. J'espère que ce n'est pas à cause de tes retrouvailles avec Jed.

— Un peu, si, répondit Emmy en serrant impulsivement sa nouvelle amie contre elle. Heureusement, Jed correspond exactement au souvenir que je gardais de lui. Comme j'aimerais qu'on puisse retrouver Will ! Dieu sait où il est ! Il a très bien pu quitter le Texas. Il parlait de s'enrôler dans l'armée.

— Il devait penser que ça faisait viril.

— Je ne sais pas ce que Jed t'a dit sur Will, Gwen, mais c'était loin d'être le gros dur qu'il voulait faire croire. Frannie l'avait très bien compris. Elle savait s'y prendre avec les enfants difficiles. C'est terrible que sa vie se soit arrêtée, comme ça, d'un coup ! soupira-t-elle d'un air sombre.

— Hé ! la gronda Gwen gentiment. On avait promis de parler de choses gaies !

Quand Gwen alluma dans la salle qui tenait lieu de bibliothèque, Emmy resta bouche bée devant la magnificence de la pièce, tapissée de livres du sol au plafond et meublée de larges fauteuils confortables, disposés de chaque côté d'une imposante cheminée en marbre devant laquelle était placée une table basse de verre.

Un chat sauta avec élégance du coussin où il dormait pour aller se frotter contre les jambes de Gwen, et le chien de berger, qu'Emmy avait vu devant la maison, vint faire connaissance avec elle.

— Tu es un beau toutou, murmura Emmy.

Elle lui tapota la tête distraitement en s'accroupissant pour mieux admirer le chat.

— Je te parie que Jed va m'accuser d'avoir eu une idée derrière la tête quand j'ai proposé de prendre le café ici… Je te présente Cléopâtre ; c'est une siamoise. Elle vient d'avoir des chatons. Il m'en reste deux.

— Ils coûtent cher ? s'enquit Emmy sans cesser de caresser les oreilles du chien. J'adorerais avoir un petit chat.

— S'ils sont gratuits, est-ce que tu en prendrais deux ? Les animaux, ça tient compagnie, tu sais. La maison de Frannie est tellement isolée que j'étais contente d'avoir un chien aussi. Quand nous aurons bu le café et mangé la succulente tarte aux noix de pécan que June a faite, je te montrerai les deux chatons et tu décideras.

Sur ces entrefaites, Jed entra avec un plateau en argent chargé d'un service à café et de trois parts de tarte.

— Je savais bien que je n'aurais pas dû vous laisser seules, toutes les deux. Je parie que mon adorable femme a réussi à te forcer la main pour que tu prennes un petit chat.

— Pas exactement. C'est moi qui l'ai suppliée de m'en donner un, blagua Emmy. Alanna va être aux anges. Elle était prête à m'échanger contre Gwen quand elle s'est aperçue que je n'avais pas d'animaux.

Jed et Gwen sourirent à cette remarque.

— Ainsi, tu as fait la connaissance de la petite merveille, dit Jed.

— Oui. Ça me fait drôle de savoir que Riley a une fille. Je l'avais toujours imaginé avec une flopée de garçons. Va savoir pourquoi !

58

— Alanna le mène par le bout du nez, poursuivit Jed en posant le plateau sur la table basse.

— Tu connaissais la femme de Riley ? demanda Emmy d'un ton faussement détaché.

Jed parut embarrassé.

— Je l'ai rencontrée une ou deux fois. Elle n'aimait pas trop les amis de son mari. Ni Rico, ni Jake, ni moi n'avions la cote.

— Elle croyait que vous alliez le débaucher parce que vous étiez encore célibataires ? s'exclama Emmy.

— Franchement, je ne sais pas. Riley a fait le black-out total sur toute cette partie de sa vie.

Emmy se tut. Riley avait dû aimer sa femme à la folie. C'était tout lui de vouloir cacher son chagrin à tout prix.

Gwen s'affairait autour de la table basse.

— Si tu veux te laver les mains pour te débarrasser des poils, Emmy, c'est la deuxième porte à gauche dans le couloir. Pendant que tu seras là-bas, tu n'auras qu'à faire un saut dans la pièce qui est juste en face, pour voir les chatons.

Emmy bondit sur l'occasion de mettre un terme à la conversation, qu'elle avait pourtant elle-même amorcée, sur Riley et sa femme. Elle trouva la salle de bains sans difficulté et, là encore, elle fut époustouflée. C'est à peine si elle osa ouvrir les robinets, tous dorés et étincelants. « Mon appartement de Shreveport aurait tenu tout entier dans cette pièce », songea-t-elle. Puis, suivant le conseil de Gwen, elle alla jeter un coup d'œil aux chatons, avant de retourner dans la bibliothèque.

— Ils sont adorables, Gwen. Je ne sais vraiment pas lequel choisir. Je crois que je vais prendre les deux.

« Je te l'avais bien dit », put lire Jed dans le petit sourire que sa femme lui adressa.

Ils passèrent le reste de la soirée à bavarder agréablement. Au bout d'un moment cependant, Emmy, dont la journée avait été fertile en émotions, eut du mal à réprimer un bâillement.

— Bien. Je crois qu'il est temps d'aller nous coucher, dit Gwen. Je pourrais passer demain et t'apporter les chatons, Emmy. En fin d'après-midi, ça te va ? Cela te laissera le temps de dresser la liste de toutes les réparations à faire dans la maison.

— A propos, se rappela Emmy, son sac et son gilet sur le bras. Nous n'avons pas parlé du loyer. Je suppose que vous demandez les trois mois de caution habituels ?

Elle sortit son chéquier. Gwen s'effaça pour laisser Jed accompagner sa sœur jusqu'à la porte. Il dut s'éclaircir la voix.

— Tu vas peut-être me trouver bêtement sentimental, mais cette maison était autant la tienne que la mienne, sinon plus. C'est toi qui y est arrivée la première et, si Frannie avait eu les moyens, elle aurait essayé de t'adopter. Elle serait très contrariée que je te fasse payer pour habiter chez elle. Autre chose aussi. Cela me ferait également très plaisir de régler tes frais d'avocat.

Gwen, sentant Emmy prête à fondre en larmes, entreprit d'alléger l'atmosphère.

— Je t'assure que, moi, il n'a eu aucun scrupule à me faire payer, Emmy. Alors saisis vite ta chance avant qu'il ne change d'avis.

Tous trois éclatèrent de rire. Emmy déposa un rapide baiser sur la joue de Jed, avant de prendre Gwen dans ses bras.

— Merci de tout cœur à vous deux. Vous ne devriez pas être si gentils, sinon je risque de ne plus jamais repartir. Jed, je ne peux pas accepter ta proposition pour l'avocat. Quant au loyer, si tu changes d'avis, je te promets que je ne t'en voudrai pas.

— Allez, file, petite ! Je ne changerai pas d'avis.

Jed passa son bras autour de la taille de sa femme et, du perron, ils regardèrent Emmy gagner son pick-up. Au détour de l'allée, elle fit clignoter ses feux de détresse en signe d'au-revoir.

Durant le trajet du retour, Emmy se remémora avec délices chaque instant de sa visite. Après dix-neuf années de séparation, elle et Jed auraient pu éprouver de la gêne, ou bien pire. Mais non ! Tout s'était déroulé dans un climat parfaitement détendu et chaleureux ; analogue à celui qui, dans ses rêves, entourait ses retrouvailles avec ses parents biologiques.

Après son expulsion de chez Frannie — le seul foyer qu'elle avait connu et aimé —, Emmy avait élaboré pendant des années toutes sortes d'histoires compliquées dans lesquelles Frannie Granger se révélait immanquablement être sa vraie mère. Bien sûr, elle n'y avait pas cru… Pas vraiment. Frannie lui avait raconté maintes fois comment sa meilleure amie, Joleen Berber, une infirmière, l'avait découverte par hasard, derrière le stand d'un antiquaire, à la foire à la brocante de Canton. Pendant un temps, Emmy s'était persuadée qu'il s'agissait là d'une invention des deux femmes pour cacher une grossesse illégitime. Plus tard, elle avait compris l'absurdité de ce rêve d'enfant. Employée par les familles les plus en vue d'Uncertain, et aussi les plus enclines au commérage, Frannie n'aurait jamais pu dissimuler la naissance d'un bébé.

Au moment où Emmy ralentissait pour s'engager dans son allée, elle se rappela soudain qu'elle n'avait rien à manger pour le lendemain matin. Elle était sûre d'avoir vu un magasin 24 h/24 en arrivant à Uncertain. Elle continua donc sa route et, en passant devant chez Riley, elle remarqua que sa décapotable n'était plus là. « Il l'a rentrée dans le garage », lui suggéra la voix de la raison. « Tu parles ! C'est plutôt qu'il a rendez-vous avec une femme », lui dit une autre voix. Gwen avait décrit Riley comme un homme rangé, mais connaissait-elle vraiment ses habitudes ?

Emmy trouva le magasin sans encombre. Etouffant un bâillement, elle se dépêcha de repérer les rayons qui l'intéressaient. Elle n'allait pas passer la nuit là !

En tournant dans l'allée des laitages, elle heurta un chariot, plein à ras bords. Soudain, alors qu'elle levait la tête, sur le point de s'excuser… elle croisa le beau regard noir de Riley. Et elle perdit tous ses moyens. Pas la moindre parole intelligente ne parvint à franchir ses lèvres.

— Emmy, s'étonna-t-il laconiquement, avec un petit signe de tête en guise de salut, avant de manœuvrer son Caddie pour la contourner.

Mais Emmy, qui n'avait pas encore repris ses esprits, s'engagea dans la mauvaise direction et une nouvelle collision se produisit. Son cœur se mit à battre à se rompre.

— Il n'y a que dans une petite ville comme Uncertain qu'on peut tomber deux fois sur la même personne en une seule journée, remarqua-t-il à mi-voix.

Puis, sur un ton froid, il ajouta :

— Alanna m'a dit que nous allions être voisins. J'aurais dû me douter que tu viendrais habiter chez Frannie. Ecoute, Emmy, Alanna est une petite fille vulnérable. Alors, sois gentille et ne l'encourage pas à te rendre visite. Maintenant, si tu veux bien m'excuser… Mme Yates m'attend. Il est tard. Elle veut rentrer chez elle.

Et il disparut. C'est alors qu'une pensée sulfureuse, venue de Dieu sait où, prit Emmy par surprise : elle s'imagina enlacée dans une étreinte passionnée avec Riley. Vite, elle chassa cette image, reprit le contrôle d'elle-même et s'élança à la suite de Riley. Il fallait absolument qu'elle s'excuse de sa conduite à la banque. Hélas, Il n'y avait plus personne en vue.

Après tout, c'était à lui de s'excuser maintenant ! Ah vraiment, il ne tenait pas à ce qu'Alanna lui rende visite trop souvent ? Mais ne voyait-il pas que sa fille avait besoin de compagnie ? Riley ne la croyait quand même pas capable, elle, Emmy Monday, de faire du mal à une enfant !

Elle s'obligea à terminer ses achats. Malgré son secret espoir, ni à la caisse ni sur le parking elle ne vit plus trace de Riley.

De retour chez elle, elle nota la présence de la décapotable de son voisin. Tout en déchargeant son pick-up, Emmy songea à la froideur avec laquelle Riley l'avait traitée. Dans ces conditions, comment pouvait-elle envisager une seule seconde d'avoir recours à lui ? Elle devait trouver un autre avocat. Dès le lendemain matin, elle appellerait Fielder pour lui demander un délai supplémentaire.

A bien y réfléchir, elle irait au commissariat au lieu de téléphoner. Sinon, le shérif risquait de croire qu'elle essayait d'éviter ses questions.

Elle fit donc comme elle avait prévu. Mais, au moment où elle entrait dans le commissariat... Riley en sortait. « Encore ! Ce n'est pas vrai ! » s'indigna-t-elle tout bas. Son agacement fut de courte durée. Comment faisait-il donc pour avoir aussi belle allure à cette heure matinale... Elle admira ses magnifiques cheveux noirs, qu'il avait plus courts qu'autrefois, et son teint mat que le jaune pâle de sa chemise faisait avantageusement ressortir. Quant à son costume trois-pièces, bien que très classique pour un homme de sa profession, il était on ne peut plus seyant.

Emmy resta plantée là, en travers de son chemin.

— Trois personnes m'ont déjà téléphoné pour savoir si j'étais au courant de ton retour. Difficile de leur dire non ! Est-ce que vous me suivez à la trace, mademoiselle Monday ? demanda-t-il avec un petit sourire en coin.

Emmy croisa les bras et le considéra avec attention pour savoir si son ironie était amicale ou non.

— Est-ce que les femmes ont l'habitude de vous suivre à la trace, monsieur Gray ? demanda-t-elle.

— C'est la croix que nous devons porter, nous, les gens célèbres, déclara-t-il, la main droite solennellement posée sur son cœur.

— Les gens célèbres ? Je ne comprends pas.

Emmy comprit tout de suite après qu'il ne blaguait pas. Plusieurs hommes, portant des caméras, apparurent sur le côté du bâtiment et allèrent ranger leur matériel à l'arrière d'une camionnette arborant le logo de la station de télévision d'une ville voisine.

— Est-ce que « Porter Ashton », ça te dit quelque chose ? s'enquit alors Riley.

Emmy eut beau fouiller dans sa mémoire… Non, ce nom ne lui rappelait rien. Riley parut tellement déconcerté, qu'elle aurait donné cher pour se souvenir de ce monsieur.

— On voit que ça fait quelques années que tu ne vis plus au Texas ! Ashton, c'est un escroc à l'assurance. Dans chaque ville où il opère, il engage un conseiller juridique chargé de maquiller ses comptes, en contrepartie de coquets dessous-de-table. Malheureusement pour lui, à Uncertain, il n'a pas choisi la bonne personne. La semaine dernière, j'ai remis au FBI ses dossiers fiscaux falsifiés. Nous l'avons inculpé sous vingt-quatre chefs d'accusation différents.

— Félicitations.

Elle se sentit très fière de Riley, plus qu'elle n'aurait voulu l'être et le montrer.

— Tu dis ça comme si tu le pensais vraiment, nota Riley en abandonnant son ton ironique.

Une étincelle s'alluma dans ses yeux…

— Et pourquoi ne le penserais-je pas ?

Riley enfonça les mains dans les poches de son pantalon et joua nerveusement avec ses clés.

— J'ai une question qui me tracasse, Emmy…

— Laquelle ? demanda-t-elle négligemment.

— Pourquoi n'es-tu pas revenue plus tôt ? Tu aurais pu au moins écrire, pour me dire que tout allait bien. Un beau jour, tu t'es évanouie dans la nature, sans plus te soucier ni de moi ni de personne.

Emmy se récria.

— Les choses ne se sont pas passées comme ça. Tu n'as pas idée du nombre de fois où j'ai essayé de m'enfuir. Ma première famille d'accueil m'accompagnait à l'école et venait me chercher le soir. La nuit, ils m'enfermaient à clé. Il y avait des barreaux à la fenêtre de ma chambre et ils déchiraient toutes les lettres que je tentais d'envoyer. Dans la deuxième famille, on me frappait avec un ceinturon pour me mater. Les deux dernières m'ont fait tenir tranquille en usant de toutes sortes de méthodes. Si bien que lorsqu'on m'a finalement placée dans un foyer collectif, j'avais effacé tout souvenir de ma vie ici.

Riley prit doucement le visage d'Emmy entre ses mains et, avec ses pouces, essuya les larmes qui coulaient le long de ses joues…

— Oublie mes reproches, Emmy.

Il baissa la tête pour déposer un baiser sur les boucles dorées d'Emmy et, quand il se redressa, il croisa son regard lumineux.

— Et si on recommençait tout de zéro ? On pourrait faire comme si tu venais d'arriver en ville et qu'on ne s'était pas encore vus ?

Trop émue pour parler, Emmy ne put qu'approuver de la tête. Son cerveau bouillonnait. Elle voulait tout à la fois : s'excuser de l'avoir rejeté aussi grossièrement, lui demander s'il voulait bien assister à l'entrevue avec le shérif, lui annoncer son intention de l'engager pour faire une enquête sur ses origines… Mais comment espérer toutes ces faveurs de quelqu'un qui ne vous tendait la main qu'en simple ami ? Déjà, elle attendait beaucoup plus de sa relation avec Riley. Elle voulait qu'il la caresse. Elle voulait qu'il l'aime. Elle voulait que lui soient restituées toutes les années qu'on leur avait volées.

— Ça va aller, dit-il en essuyant une dernière fois les joues humides d'Emmy.

Puis il retira ses mains et consulta une montre en or à demi dissimulée sous le poignet de sa chemise jaune.

— J'ai un rendez-vous dans une demi-heure. Il va donc falloir qu'on remette cette tasse de café à plus tard.

Il sortit un petit agenda de la poche intérieure de sa veste et le feuilleta rapidement.

— Demain, annonça-t-il joyeusement. Si tu es libre, on pourrait se retrouver au Crazy Jake à 5 heures.

— Tu joues toujours aux fléchettes ? demanda-t-elle, avec davantage d'assurance.

— Pas autant qu'avant, loin de là. Ne me dis pas que, toi, tu joues encore ?

Ses yeux brillèrent : un défi se profilait.

— Ça m'arrive, reconnut-elle.

— On va vraiment se retrouver comme au bon vieux temps, alors, se réjouit Riley en progressant vers sa voiture.

— Oui, comme au bon vieux temps, confirma Emmy. Sauf que j'ai grandi, Riley. Demain, tu ne t'en tireras pas avec un simple verre de limonade.

Riley, un large sourire aux lèvres, sauta par-dessus la portière de sa décapotable. Emmy crut l'entendre dire : « Tu sais, petite, tu m'as manqué », mais cette phrase, s'il l'avait effectivement prononcée, se perdit dans le rugissement du moteur de sa puissante voiture.

En le regardant s'éloigner, Emmy ressentit dans tout son être le besoin d'avoir cet homme près d'elle. Pourtant, elle se demanda si elle avait eu raison d'accepter que leur rencontre ait lieu dans ce bar, avec ses lumières tamisées et sa musique douce. Le lieu était-il vraiment approprié ? Riley n'était plus l'adolescent rebelle qu'elle avait connu. Inutile de faire comme si dix-neuf années ne s'étaient pas écoulées. Il avait des obligations, maintenant ; il était chargé de famille. Comment pourrait-il attacher autant d'importance qu'elle à leur rencontre du lendemain ?

« Ce n'est pas un rendez-vous amoureux », se répéta-t-elle. Si seulement elle pouvait se mettre ça dans la tête… Quelque peu énervée, elle pénétra dans le commissariat.

Fielder, à contrecœur, accepta de lui accorder le délai supplémentaire d'une semaine qu'elle demandait.

Dehors, l'air était vif. Elle sortit d'un pas décidé. Il y avait quelqu'un, dans ce trou perdu, qui connaissait sa véritable identité et, elle le jurait, rien ni personne ne l'empêcherait de découvrir la vérité.

4.

Avec tout le travail qui l'attendait aujourd'hui, Riley pensait pouvoir facilement chasser de son esprit Emmy et leur entrevue prévue pour le lendemain. Ses rendez-vous s'enchaînaient sans interruption. Il devait recevoir des clients de longue date, des gens charmants à qui il prodiguait les mêmes conseils de stratégie fiscale, année après année.

Ce ne fut qu'après le départ du dernier fermier, qu'il s'aperçut qu'il avait griffonné le nom d'Emmy un peu partout dans les marges de formulaires fiscaux. Décidément, elle devait l'avoir ensorcelé… Depuis le lycée, il était sous son charme. Déjà, il essayait de trouver la façon la plus artistique d'entrelacer leurs deux prénoms et ses professeurs s'étaient étonnés des petits dessins qui ornaient ses devoirs. A l'époque, il avait été troublé de se découvrir cette manie et, bizarrement, il l'était davantage encore aujourd'hui… Il n'était plus un adolescent, que diable ! Le désir pouvait-il être aussi tenace ?

Oui, il l'avouait, il avait effectivement désiré Emmy, dans son ardente jeunesse. S'il avait cédé à son impulsion, alors, s'il avait pu avoir Emmy, son obsession aurait peut-être disparu, songea-t-il en se rendant à la salle de conférences, pour prendre un autre café.

De retour dans son bureau, il fit disparaître les pièces à conviction témoins de son envoûtement dans le tiroir de sa table de travail, puis tailla quelques crayons en vue de son ultime entretien avec le FBI.

Pourquoi *elle* et pas une autre ? La question continua à le tarauder. Un jour, à l'université, son camarade de chambre lui avait déclaré que les garçons oublient toutes leurs conquêtes… mais se souviennent toute leur vie de la jeune fille qui était passée entre les mailles de leur filet.

Emmy n'entrait pas vraiment dans cette dernière catégorie, car il ne l'avait pas considérée comme une conquête possible. Comme elle était très jeune, loin de l'avoir poursuivie de ses assiduités, il s'était au contraire forcé à se conduire de façon irréprochable avec elle.

Il avait lamentablement échoué, d'ailleurs, se rappela-t-il avec un petit sourire en se balançant sur sa chaise. Le jour où Emmy avait eu treize ans, il avait enfreint la règle qu'il s'était imposée et l'avait embrassée. Dieu sait qu'elle avait aimé leur baiser… Elle s'était même montrée très avide d'apprendre. Il aurait dû avoir honte d'exciter ainsi sa curiosité dans ce domaine. Eh bien, non. Il n'avait pas éprouvé l'ombre d'un remords. Pourtant, si Jed ou Will avaient eu le moindre soupçon, ils l'auraient étripé.

Au premier contact de leurs lèvres, Emmy lui avait aussitôt offert son cœur, son âme et son corps. Mais, conscient de son pouvoir sur elle, il avait décidé de se fixer une limite. S'il ne l'avait jamais franchie, c'était par respect pour Emmy, pour ne pas profiter de sa candeur mêlée d'émois physiques encore incontrôlés — bien plus que par crainte d'être réduit en charpie par ses meilleurs amis.

Et aujourd'hui encore, elle occupait tout son esprit. Alors que les enquêteurs du FBI étaient sur le point de débarquer pour boucler l'affaire Ashton. Alors qu'il avait fait le serment, après l'échec de son mariage avec Lani, de ne jamais plus se laisser prendre dans la toile d'une femme.

Sauf dans celle, délicieuse, de sa fille, cela va sans dire.

La sonnerie de l'Interphone le tira de ses pensées dans un sursaut. Le FBI…

Il appuya sur le bouton de l'Interphone.

— Je suis prêt, Marge. Faites entrer ces messieurs dans la salle de conférences. Vous pouvez allez déjeuner ; je m'occuperai des cafés.

L'Interphone grésilla tandis que Riley attendait un mot d'acquiescement de sa secrétaire, une perle dont il avait hérité quand il avait acheté son cabinet.

— Les enquêteurs ne sont pas encore là, Riley. En fait, je viens de recevoir un appel bizarre. Une femme, dont je n'ai pas reconnu la voix, qui téléphonait pour connaître vos tarifs.

— Qu'est-ce qui est bizarre ?

— La personne qui a appelé a éludé toutes mes questions de routine. Mais je ne suis pas dans le métier depuis trente ans pour rien, ajouta-t-elle d'un ton satisfait. J'ai utilisé ma botte secrète et elle a fini par avouer qu'elle cherchait une assistance juridique pour deux affaires : une enquête de filiation et une mort pas très claire.

Pourquoi le nom d'Emmy fut-il le premier qui vint à l'esprit de Riley ? Il n'en avait aucune idée. Sauf que Marge connaissait tout le monde à Uncertain : si la voix de la femme ne lui avait rien dit, c'est qu'elle appartenait à quelqu'un qui était nouveau en ville.

— Vous lui avez bien expliqué que je ne m'occupais d'affaires criminelles que dans la mesure où elles étaient liées à des fraudes fiscales ?

— Oui, naturellement. Mais je n'ai pas l'impression qu'elle ait enregistré, car elle a immédiatement embrayé en demandant si vous vous étiez déjà chargé d'enquêtes généalogiques et combien cela coûtait.

Riley se sentit pâlir et il lâcha le bouton de l'Interphone. Ce ne pouvait être qu'Emmy. Il se leva d'un bond et alla trouver Marge.

— Est-ce que cette femme a laissé un numéro ?

— Non. Elle a juste raccroché.

Riley enfonça les mains tout au fond de ses poches. Si Emmy avait besoin d'aide pour une affaire criminelle… Mais bien sûr ! C'était sûrement en relation avec le meurtre de Frannie Granger.

— La fille adoptive de Frannie Granger est revenue à Uncertain. C'est peut-être elle qui a appelé.

— Il y a une autre possibilité : Tessa Lang. Je ne suis pas sûre que je reconnaîtrais sa voix.

— Je ne vois pas pourquoi elle aurait besoin d'assistance juridique dans une affaire criminelle.

— Oh ! oh ! dit soudain Marge à voix basse. Vos hommes en noir sont arrivés.

— Sortez-moi le dossier de l'affaire Ashton, s'il vous plaît. Faites asseoir ces messieurs dans la salle de conférences et dites-leur que j'arrive. Marge, si notre mystérieuse interlocutrice appelle, prévenez-moi. D'accord ?

Emmy entendit quelqu'un frapper à sa porte. Les mains encombrées par une carafe de thé glacé et par des soucoupes, elle souleva le loquet avec son coude. Gwen Louis était là, chargée elle aussi. Elle transportait un panier, dans lequel un adorable petit chat siamois sautait après une balle, et tirait deux sacs, un de litière et l'autre de croquettes.

— Regarde-moi ça, dit Gwen en riant. On a l'air malin, toutes les deux, à faire trente-six choses en même temps !

Du bout du pied, Emmy bloqua la porte-moustiquaire en faisant signe à Gwen d'entrer. Puis elle l'accompagna jusqu'à la cuisine baignée de soleil. Gwen déposa alors son chargement avec un soupir de soulagement.

— Je croyais que tu devais apporter les deux chats, observa Emmy en commençant à servir le thé.

— Oui, j'en avais l'intention. Mais au moment où je chargeais mon pick-up, j'ai eu la visite d'une dame qui a pris la petite femelle.

— Donc, celui-là, c'est le dernier qui reste ? C'est un mâle, tu m'as dit.

Emmy posa son verre pour prendre dans ses bras la minuscule boule de fourrure de couleur fauve. Le chaton fixa sur elle des yeux bleus confiants et se mit aussitôt à ronronner. Une vraie locomotive !

— C'est l'avorton de la portée. Tu as vu comme il est maigre ? C'est pour ça que personne n'en a voulu, je pense, expliqua Gwen.

Emmy frotta sa joue contre les petites oreilles.

— Alors, on est tous les deux des rejetés… Il me rappelle les chats des vases égyptiens. Avorton ou pas, je vais lui donner un nom distingué. Gwen, je te présente Pharaon.

Gwen gratta le chaton sous le menton.

— Il ne remportera jamais de concours mais, vu la façon dont vous vous entendez tous les deux, il saura te tenir compagnie. Dis, Emmy… Euh… Tu sais, à propos de ce que tu as dit sur le fait que vous étiez des rejetés, toi et le chat, comment peux-tu être si sûre que ta mère naturelle avait vraiment envie de t'abandonner ?

— Est-ce que Jed t'a raconté comment j'avais atterri chez Frannie ? Je n'y suis pas allée toute seule, derrière ce stand de la foire à la brocante. Tu sais ce qui se passe sur ce marché aux puces ? On achète, on vend et on échange des cochonneries.

— Tu y es déjà allée ? Moi, oui. Plusieurs fois même. J'y ai vu de nombreux objets de valeur et des gens avec des liasses de billets de banque plein les poches.

Emmy laissa le chaton aller explorer la cuisine. Elle versa de la litière dans le panier et poussa le tout dans un coin, à l'écart.

— Je suppose que si tu te mets à t'activer comme ça, c'est parce que tu ne veux pas voir que les circonstances qui ont poussé ta mère à t'abandonner ne sont pas nécessairement celles que tu avais imaginées jusque-là. Tu es convaincue que ta mère ne peut pas avoir d'excuses.

Gwen laissa sa remarque faire son chemin avant de revenir à la charge.

— Tu as pris une décision pour tes recherches ? Tu vas prendre contact avec Riley ?

Ce n'est qu'après s'être lavé les mains, avoir posé par terre deux plats en plastique, versé de l'eau dans l'un et des croquettes dans l'autre, qu'Emmy répondit enfin.

— J'ai appelé le bureau de Riley. Sa secrétaire ne m'a pas appris grand-chose. C'est elle qui a posé le plus de questions.

— Ça, c'est du Marge tout craché ! Elle sait tout, sur tout le monde, à Uncertain. En fait, elle pourrait sûrement te parler de l'époque où Frannie t'a recueillie. A mon avis, elle doit approcher les soixante-dix ans. Et rien ne lui échappe, je t'assure.

— Pas mal de gens pourraient m'aider, ici, si je savais par où commencer et quelles questions poser, dit Emmy, songeuse en se dirigeant vers la table où Gwen était en train de presser quelques gouttes de citron dans son thé.

— Avant tout, Emmy, il faut que tu te demandes, sans tricher avec toi-même, si tu veux vraiment savoir qui sont tes parents. J'ai une amie qui a entrepris cette démarche — cette course d'obstacles, plutôt. Elle a dû faire preuve de beaucoup de ténacité.

— Mais est-ce qu'elle a réussi, au bout du compte ?

— Oui, si on veut. Elle a retrouvé sa mère naturelle.

— Et, euh… Est-ce que… Est-ce que ça s'est bien passé, après ? demanda anxieusement Emmy.

Le temps d'arrêt marqué par Gwen suffit à lui faire deviner la réponse.

— La vérité, Emmy, c'est que certaines personnes ne veulent tout simplement pas qu'on les retrouve. Mon amie a été extrêmement déçue. Le seul résultat positif est que son avocat a réussi à obtenir des renseignements sur ses antécédents médicaux.

— Ce serait déjà un énorme soulagement pour moi. Je supporte mal d'ignorer les choses les plus élémentaires qui me concernent, des choses qui vont de soi pour tout le monde. Il y a une partie de ma vie qui n'existe pas.

— Ce doit être effectivement pénible. Je me demande pourquoi la vie est si souvent pleine de déconvenues, dit Gwen en regardant pensivement par la fenêtre. La famille, ce n'est pas nécessairement la panacée, tu sais.

— Excuse-moi, Gwen. Je n'ai pas pris le temps de me demander si ta vie à toi avait été toute rose.

— Par rapport à la tienne ou à celle de Jed, la mienne a été du gâteau. En apparence du moins. J'ai fait partie des privilégiés, ce qui ne veut pas dire que tout soit allé comme sur des roulettes.

— Tu as été une pauvre petite fille riche, en quelque sorte.

— Je ne suis pas sûre que cette formule s'applique à moi. C'est plutôt que mes privilèges s'accompagnaient de devoirs incontournables. En refusant de les assumer, j'ai fait beaucoup de mal autour de moi et déçu beaucoup de gens.

Emmy aurait bien voulu exprimer sa sympathie à Gwen, mais une petite voix, depuis l'autre côté de la porte-moustiquaire, l'en empêcha.

— Coucou !

— C'est Alanna, dit Gwen qui se leva à demi, puis se ravisa. A toi de décider si tu veux qu'elle entre. Elle a dû voir ma voiture et demander à Mme Yates de la laisser venir.

Aussitôt, Emmy se dirigea en souriant vers la porte-moustiquaire, contre laquelle la petite pressait son visage.

— Coucou toi-même, mademoiselle Gray. Est-ce que Mme Yates sait où tu es ?

— Oui. Elle m'a autorisée à venir.

Elle sortit de sa poche un morceau de papier plié en quatre.

— C'est notre numéro de téléphone. Il faut que tu l'appelles si tu veux bien que je reste, parce qu'elle doit sortir acheter à manger.

Emmy ouvrit la porte et prit le papier.

— Je n'ai pas encore de téléphone. Va dans la cuisine et demande à Gwen de te préparer un verre de lait. Moi, je vais faire un saut chez toi pour me présenter à Mme Yates et savoir à quelle heure elle compte revenir.

A ce moment-là, le chaton sortit de la cuisine en courant après une feuille.

— Oh qu'il est joli ! Je croyais que tu n'avais pas d'animaux ! s'exclama Alanna en se laissant tomber par terre pour prendre l'animal dans ses bras.

— Gwen vient de l'apporter. Il s'appelle Pharaon. Fais attention de ne pas lui faire mal, d'accord ?

— Je fais toujours attention, déclara solennellement Alanna, ses yeux noirs fixés sur Emmy.

La petite avait quelque chose dans le regard qui lui rappelait tellement Riley, en particulier quand il avait voulu la convaincre qu'il ne sortait pas avec Amanda Jennings, qu'elle tressaillit.

— Je te crois, Alanna, dit-elle en reculant vers la porte. N'oublie pas que Gwen est dans la cuisine. Tu n'es pas allergique au lait ou au chocolat, j'espère ?

— Non. Je suis allergique à rien du tout. Alors, je peux déjeuner ici ?

— Chaque chose en son temps, mademoiselle. D'abord, je dois aller voir Mme Yates.

— Elle sera d'accord. Comme ça je l'empêche pas d'écouter sa télé le midi. Toi, tu regardes pas la télévision quand tu manges, hein ?

— Non. Je n'ai pas de poste.

Le pépiement d'Alanna donnait le tournis à Emmy. Elle aurait bien invité la petite à déjeuner, mais Riley l'avait priée de ne pas encourager sa fille à venir la voir. Et même si, depuis, il avait proposé de tout reprendre de zéro, qui sait s'il n'avait pas encore des craintes, malgré tout.

— Ecoute, Alanna. On ne va pas déjeuner ensemble aujourd'hui. J'ai plusieurs courses à faire. Oh ! Gwen ! J'y pense. Il n'y a pas de prise téléphonique dans la chambre. Est-ce que je peux en faire poser une ?

Gwen la rejoignit sur le pas de la porte, son verre de thé glacé à la main.

— Ce n'est pas à toi de payer pour ça. Je vais en parler à Jed dès aujourd'hui.

— Je peux m'en occuper. L'agence de télécommunication est à côté de la bibliothèque où je dois passer m'inscrire.

— D'accord, mais fais-nous envoyer la facture. Alanna, pourquoi tu fais cette tête ? Je crois savoir qu'Emmy a du lait chocolaté au Frigidaire.

— Je veux déjeuner ici, répondit la fillette sur un ton boudeur.

— Je sais que tu es déçue, dit-elle en renouant le ruban de l'une des couettes de la fillette. Mais essaye de comprendre, ma puce. J'avais déjà organisé mon après-midi.

Alanna hocha la tête en signe d'acquiescement, sans recouvrer, cependant, sa bonne humeur habituelle.

— Alanna a apporté un mot de Mme Yates. Il faut que j'aille la voir, Gwen. Tu peux donner des gâteaux à la petite avec son lait ? Il y a un paquet tout neuf de Pepito sur le réfrigérateur.

— Des Pepito ? répéta Gwen, l'œil gourmand. Tu vois, Emmy, on est comme des sœurs. Je pourrais me nourrir uniquement de lait et de Pepito.

Tandis qu'Emmy se rendait chez Riley, la remarque de Gwen lui trottait dans la tête. Gwen pourrait très bien être sa sœur biologique. Non, évidemment, c'était un pur fantasme… Malgré tout, il n'était pas complètement impossible qu'elle ait des frères ou des sœurs, dans les environs. Elle en fut toute déconcertée.

Pourquoi avait-elle attendu si longtemps pour chercher des réponses à ses questions ? L'existence de frères et de sœurs était une éventualité qui aurait dû lui venir à l'esprit depuis longtemps. Peut-être Frannie avait-elle été en possession de documents susceptibles d'élucider le mystère des origines de sa fille adoptive. Comment expliquer qu'Emmy n'avait même pas de véritable acte de naissance ? Les écoles en réclamaient pourtant un, au moment de l'inscription.

Avec un peu de chance, Jed saurait quelque chose ou bien, mieux encore, il aurait gardé des papiers importants appartenant à Frannie… Elle lui demanderait cet après-midi même. Si, par bonheur, elle trouvait quelque indice, elle pourrait se lancer sur les traces de ses parents toute seule, sans avoir recours à Riley.

Rassérénée, Emmy sonna, avec plus d'impétuosité qu'elle ne l'aurait voulu. Une matrone ouvrit la porte.

— Madame Yates ? demanda aimablement Emmy. Je suis votre voisine, Emmy Monday. D'après le mot qu'Alanna m'a donné, vous vouliez que je vous appelle. Malheureusement je n'ai pas encore le téléphone.

— Si la petite vous embête, renvoyez-la ici.

— Pas du tout ! Elle ne me dérange pas, s'empressa de dire Emmy, étonnée par la dureté de son interlocutrice. Je voulais simplement vous expliquer pourquoi j'étais venue en personne, au lieu de vous téléphoner. D'après Alanna, vous devez aller acheter à manger. Comme j'ai rencontré Riley au supermarché hier soir et que son chariot était plein à craquer, je… Enfin, je voulais m'assurer qu'Alanna n'avait pas inventé cette histoire pour rester chez moi plus longtemps.

La femme ne put dissimuler sa contrariété.

— Elle vous a dit ça ? Non, vous avez raison ; son père a bien fait des provisions. Seulement, j'ai un rendez-vous. C'est personnel.

Je suis désolée de vous avoir fait perdre votre temps. Renvoyez-moi la petite. Je la déposerai chez une amie.

— Vous m'avez mal comprise. Je suis tout à fait prête à la garder pendant que vous serez sortie. Gwen Louis m'a apporté un chaton. Alanna aura de quoi s'occuper pendant un moment.

— Elle va encore être couverte de poils ! Mon allergie va recommencer.

— Il vaut peut-être mieux qu'elle vous accompagne, alors.

— Elle appellerait son père et le supplierait de la laisser rester chez vous. Elle est têtue, vous savez, et comme son père la pourrit…

Cette femme était un vrai dragon et elle ne devait guère aimer les enfants, jugea Emmy dans son for intérieur.

— Vous n'aurez qu'à klaxonner quand vous serez de retour et je vous enverrai Alanna, dit-elle.

— Je vois que vous n'êtes pas du genre à papoter… Une de mes amies m'a dit que vous habitiez ici quand vous étiez petite et que vous êtes partie vivre ailleurs. Qu'est-ce qui vous ramène ?

— Des affaires, répondit Emmy qui s'empressa de tourner les talons et de se retirer.

Pourquoi Riley avait-il engagé un cerbère pareil ?

Quand Emmy rentra, Alanna et Gwen étaient encore assises à la table de la cuisine. A la place d'Emmy, quelques Pepito et un verre de thé l'attendaient.

Elle s'installa et se mit aussitôt à lécher le chocolat d'un biscuit, sous l'œil amusé de Gwen.

— Alors, ça y est, tu as fait la connaissance de Lucille Yates, chuchota Gwen.

Emmy fut à deux doigts de dire le fond de sa pensée, mais se retint à temps.

— Hum… Oui. Alanna, Mme Yates klaxonnera en arrivant. Il faudra qu'on écoute bien. D'accord ?

— Peut-être qu'elle ne va pas revenir.

Le cœur d'Emmy se serra. Alanna avait-elle peur d'être abandonnée ? Cela pouvait se comprendre. Elle avait perdu sa mère. Quant à son père, il rentrait tard, à des heures irrégulières.

— Bien sûr qu'elle va revenir, Alanna.

— Tant pis. J'aime bien être ici.

— Ça ne te dérangerait pas qu'elle parte ? demanda Gwen.

Alanna aspira son lait bruyamment.

— Mme Yates a rendez-vous pour un nouveau travail. Je l'ai entendue au téléphone. Elle le sait pas.

Emmy la réprimanda gentiment.

— Tu n'aurais pas dû écouter. C'est indiscret. Tu n'as peut-être pas bien compris. De toute façon, je suis sûre qu'elle préviendrait ton père suffisamment à l'avance pour qu'il trouve quelqu'un d'autre. Les nounous ne partent pas… comme ça… définitivement.

Emmy n'aurait jamais cru qu'après toutes ces années, elle aurait autant de difficultés à aborder ce sujet. Alanna ne parut pas remarquer son trouble. Elle avala le reste de son lait.

— Je peux aller voir le chaton ?

— Allez ! File !

La fillette, ravie, partit en courant.

— Ça va, Emmy ? murmura Gwen. Jed, c'est pareil. Il est souvent chamboulé par des petites remarques comme ça, qui le prennent au dépourvu. Au fait, il m'a demandé de te donner une liste d'avocats sérieux, ajouta-t-elle en tirant un morceau de papier de sa poche arrière. Est-ce que le shérif t'a accordé un délai supplémentaire ?

— Oui, mais pas de gaieté de cœur. Remarque, je le comprends. Nous souhaitons tous que cette affaire de meurtre soit résolue aussi vite que possible.

— Moi plus que personne. Dans l'intérêt de Jed. Qu'est-ce qu'il peut bien rester comme preuves, au bout de vingt ans ? soupira Gwen, découragée. Je suppose que tu ne t'es souvenue de rien qui pourrait l'aider.

— Je suis désolée. J'ai beau chercher, je ne vois rien.

— Je sais, les indices, ça ne se trouve pas comme ça, sous le sabot d'un cheval. Mais je ne peux m'empêcher de continuer à espérer…

— Gwen, est-ce que Jed a gardé les affaires de Frannie ?

Devant l'air sidéré de Gwen, elle ajouta :

— Tu sais, des papiers, des dossiers… Dans sa chambre, elle avait un bureau qui nous était interdit à nous, les enfants. C'est là qu'elle rangeait les factures, son chéquier, les timbres, les certificats de garantie, ce genre de documents, quoi. Si Jed les a conservés, j'aimerais bien y jeter un coup d'œil.

— C'est possible qu'il ait quelque chose, Emmy. Jed a acheté cette maison bien avant de me rencontrer. Ecoute, tu n'as qu'à passer dans la soirée. Aujourd'hui, il est occupé toute la journée à superviser la mise en culture de plusieurs pâturages qui sont actuellement en friche. Moi, j'ai rendez-vous à midi avec un publicitaire de Beaumont. Il faut que j'y aille, d'ailleurs, je vais être en retard. Tu veux que je prévienne Jed de ta visite ? S'il a effectivement rangé des affaires de Frannie, il est très possible que cela lui soit sorti de la tête.

— Ça m'embête de vous déranger. Mais oui, dis-lui que je ferai un saut ce soir, après le dîner. Disons, vers 9 heures. Vous serez sortis de table ?

— C'est le jour de congé de June, aujourd'hui. Comme on ne fait pas pire cuisinière que moi, je vais commander des plats froids chez le traiteur. Tu n'as qu'à acheter une miche de pain et te joindre à nous. A 8 h 30, comme hier ?

Emmy se fâcha.

— Gwen, ça ne fait que deux semaines que vous êtes mariés, n'est-ce pas ? Jed avait peut-être prévu autre chose pour ce soir.

— On a toute la nuit devant nous, ne t'inquiète pas. On se rattrapera.

Gwen rougit de son impudeur, mais elle ne put éteindre l'étincelle coquine de son regard.

— D'accord, j'accepte. Cependant, si Jed veut me flanquer dehors, je dirai que c'est toi qui as insisté.

Les deux amies continuèrent à plaisanter jusqu'à la porte. Elles s'embrassèrent puis, du perron, Emmy regarda la Land Rover rejoindre la grand-route.

— Qu'est-ce ça dort, les petits chats ! s'inquiéta Alanna.

— Pas plus que toi quand tu étais bébé, je parie.

— J'aime bien les bébés. Si je pouvais avoir une petite sœur, ce serait super ! Je n'arrête pas d'en demander une à mon papa, ajouta-t-elle avec un froncement de sourcils. Tout ce qu'il me répond, c'est que j'en aurai peut-être une, un jour.

Alanna s'assit en tailleur et se cala le menton sur une main. Emmy redoutait de se laisser entraîner dans une conversation sur ce sujet-là ! Cependant, une question la taraudait : Riley restait-il vague uniquement pour qu'Alanna cesse de le harceler ou désirait-il réellement d'autres enfants ? Dans ce cas, connaissait-il déjà la mère ? Y avait-il une femme dans la vie de Riley ? C'était l'occasion rêvée de tirer les vers du nez d'Alanna. Non ! Jamais elle ne s'abaisserait à pareil geste ! Ce serait indigne d'Emmy Monday ! Elle devait absolument chasser Riley de ses pensées, conclut-elle une fois encore.

— Tu vois ces trois cartons, Alanna ? Ils sont pleins de livres. Tu veux bien m'aider à les ranger sur les étagères ?

— Oui. Et quand on aura fini, tu pourras me lire une histoire ?

— Ce sont tous des livres pour les grandes personnes. La prochaine fois, apporte une de tes histoires préférées. Remarque, on peut aussi faire un saut à la bibliothèque, voir ce qu'ils ont pour les enfants.

Emmy se rappela avec bonheur les heures merveilleuses qu'elle et Frannie avaient passées à la bibliothèque.

— Enfin… A condition que ton papa soit d'accord, bien sûr, rectifia-t-elle.

— Pourquoi est-ce qu'il ne le serait pas ? s'étonna la fillette en inclinant gracieusement la tête sur le côté.

— Eh bien… euh… parce que… je viens d'arriver. Personne ne me connaît ici. Les parents doivent veiller à ne pas laisser leurs enfants en compagnie de n'importe qui.

— Oui, je sais. Papa m'a dit de ne jamais suivre des inconnus ni d'accepter de bonbons s'ils m'en offraient. Mais toi, tu n'es pas une inconnue, Emmy. Mlle Gwen te connaît, papa aussi. Quand M. Jed a téléphoné ce matin, j'ai entendu papa parler de choses que toi et lui vous faisiez, avant.

— Alanna, il faut absolument que tu cesses d'écouter les conversations des grandes personnes quand elles téléphonent. Ce n'est pas bien.

La petite prit un air penaud et haussa les épaules.

— Personne ne me dit jamais rien. C'est pour ça que j'écoute.

Elle avait l'air si contrariée qu'Emmy se radoucit.

— Allez, mademoiselle Grandes Oreilles. Mes livres ne vont pas se ranger tout seuls.

Emmy chargea Alanna des étagères du bas. Tout en s'affairant, elles discutèrent de jeux, de poupées. Emmy était ravie de voir avec quel soin la fillette manipulait les livres et les disposait par ordre de taille et fut impressionnée aussi quand elle l'entendit déchiffrer quelques mots. Le temps passa si vite que ni Emmy ni Alanna n'en crurent leurs oreilles quand des coups de Klaxon impatients retentirent.

— Zut ! La voilà ! s'écria Alanna avec une moue de dépit.

Emmy regarda sa montre. Elle n'en revint pas : deux heures s'étaient écoulées depuis le départ de Mme Yates !

— Elle est partie plus longtemps que prévu. Du coup, je vais être en retard. Tu sais quoi, Alanna ? Je vais laisser les livres comme ils sont et on finira la prochaine fois que Mme Yates t'autorisera à venir.

Comme Emmy était encore assise par terre, Alanna en profita pour lui entourer le cou de ses deux petits bras et lui déposer un baiser sonore sur la joue. Emmy, qui pourtant avait depuis fort longtemps résolu de ne pas avoir d'enfants et qui n'avait jamais imaginé devoir un jour regretter cette décision, fut touchée par cette démonstration d'affection.

Tout le reste de l'après-midi, Emmy fut sur un petit nuage dont elle n'était pas encore descendue lorsqu'elle s'engagea dans l'allée circulaire de Beaumarais.

Ce fut Jed, l'air plus détendu que la veille, qui ouvrit la porte.

— Salut ! Bon sang, Emmy-M, je n'arrive toujours pas à croire que tu es là, dit-il en lui tirant les cheveux, comme il le faisait lorsqu'elle était petite. Gwen m'a mis au courant. J'ai entreposé toutes les affaires de Frannie dans le grenier.

Il passa son bras autour des épaules d'Emmy, la débarrassa de sa miche de pain, qu'il lança à Gwen au passage, puis l'entraîna dans un escalier en colimaçon. En haut, il la fit entrer dans une grande pièce.

Une salle de musique, observa Emmy en s'arrêtant devant un pupitre métallique. Un étui à violon était ouvert sur une chaise tapissée de velours et, à côté, un violoncelle était debout contre le mur. Autour, le sol était jonché de partitions.

— Je vois que tu t'es diversifié !

— C'est Gwen qui joue du violoncelle. Elle ne se débrouille pas mal du tout, déclara-t-il fièrement.

Emmy aurait bien réclamé l'honneur d'un concert privé, si Jed ne l'avait tirée impérieusement vers le centre de la pièce, où une échelle de bois permettait d'accéder aux combles par une ouverture dans le plafond.

— Si Logan Fielder savait que j'avais gardé les affaires de Frannie, il débarquerait ici avec un mandat de perquisition. Je ne veux pas te décourager, Emmy, mais je crois avoir tout examiné avec Joleen, quand on a débarrassé la maison. Depuis, personne n'est venu fouiller.

— Joleen ? Est-ce qu'elle est toujours infirmière à Tyler ?

— Non. Elle a pris sa retraite.

— Ça a dû être terrible pour elle. Elle et Frannie étaient si proches !

— Je la vois rarement. Seulement par hasard, dans la rue, une fois de temps en temps. J'ai du mal à la cerner. Elle est… distante. Oui, c'est peut-être l'adjectif qui lui correspond le mieux.

— C'est étonnant. Elle n'était pas comme ça autrefois. Je croyais qu'elle aurait pris le relais de Frannie, puisqu'elle passait presque tous les soirs en rentrant de l'hôpital. Tu te rappelles qu'elle nous donnait des ordres, comme si elle avait tous les droits ?

— Attends. Laisse-moi t'aider. Fais attention au barreau du bas. Euh… C'est comme si Joleen s'était recroquevillée sur elle-même après la disparition de Frannie. Comme les lotus, sur le lac, la nuit.

Arrivée en haut, Emmy se baissa et attendit Jed.

— Je suppose que tout le monde ne réagit pas de la même façon, face à un chagrin, dit-elle. Joleen n'était pas mariée. Frannie et nous trois, les gamins, on était toute sa vie. En tout cas, c'est ce qu'il me semble, en y repensant. A l'époque, je n'y prêtais pas garde. Les enfants sont très égoïstes, tu ne trouves pas ?

— Oui. Ou bien ils n'ont pas les mêmes intérêts que les adultes. Tu vois ces deux caisses ? Tout le contenu des tiroirs du bureau se trouve dedans. Il y a aussi un carton de vêtements et un de bibelots. Tu te rends compte ce qu'il reste de toute une vie ! commenta

Jed en considérant les caisses, comme s'il ne voulait pas être le premier à les toucher.

— Ça me fait bizarre de fouiller dans ses affaires. J'ai l'impression de fourrer mon nez dans ce qui ne me regarde pas.

— Mais non, voyons ! Tu étais sa fille, sa seule famille.

— Ah bon ? Toi et Will, vous étiez deux extraterrestres peut-être ? Ecoute, Jed. Aucun de nous trois ne peut légalement réclamer ce qui appartenait à Frannie. Elle ne m'a pas... Elle n'a pas pu m'adopter parce que, à ce qu'on m'a dit, à cette époque, une femme seule n'était pas jugée apte à élever des enfants.

— Oui, sur le principe, tu as raison. Joleen m'a dit que Frannie ne croyait pas dans l'utilité des testaments. Apparemment, son mari en avait fait établir un et, au bout du compte, tout était parti en frais de notaire ! Elle avait donc décidé de dépenser l'argent qu'elle avait plus utilement en recueillant des enfants dans le besoin, par exemple.

Emmy s'agenouilla et tira la première boîte vers elle.

— J'ai mis du temps à l'admettre Jed mais, moi, en tout cas, je lui suis reconnaissante d'avoir fait ce qu'elle a fait.

— Moi, aussi.

Jed sentit sa gorge se nouer quand il reconnut, dans la liasse de papiers qu'Emmy lui tendit, les diplômes attestant de ses premiers prix de musique. Il feuilleta les documents en silence. Emmy, étonnée de ne plus l'entendre, leva la tête vers lui, et les yeux embués de larmes de son frère lui déchirèrent le cœur. Elle n'aurait pas dû lui donner ces papiers. La veille, il avait un peu parlé du sentiment de culpabilité que faisait naître en lui le souvenir de ses disputes avec Frannie, à propos de sa carrière de musicien. Ne sachant comment atténuer le chagrin de son frère, Emmy sortit de la boîte un autre dossier.

— Regarde, Jed ! Ton acte de naissance, et celui de Will aussi ! Et puis, tous nos livrets scolaires !

Il s'agenouilla à côté d'Emmy. Sa voix était rauque quand il parla.

— Je me rappelle qu'elle a dû présenter un justificatif de mon âge quand elle m'a inscrit à l'école. Pareil pour Will. Ton acte de naissance doit être là. Vérifie encore.

— Non. Rien de rien. A part ce mot des services sociaux qui confirme la date à laquelle j'ai été trouvée et mon âge approximatif. J'avais tellement espéré…

Sa voix se brisa.

— Tu n'es pas encore arrivée au fond de la boîte.

— Le reste, ce sont des factures, des reçus, de vieilles déclarations de revenus, des certificats de garantie. Oh, tiens, ça, c'est un devis pour la véranda.

Jed le lui arracha presque des mains.

— Hank a quitté la ville sans se faire payer pour les travaux qu'il avait commencés. Ray Jennings pense qu'il est parti faire la bringue et qu'il s'est retrouvé en cellule de dégrisement, quelque part.

— Alors qu'il n'avait pas d'argent ? s'étonna Emmy.

— C'est la théorie de Ray, pas la mienne. Il dit qu'un ivrogne se débrouille toujours pour trouver à boire.

— Peut-être que Belmonte a exigé d'être payé d'avance et que Frannie a refusé. Il aurait alors très bien pu piquer une rage, comme les alcooliques le font, et lui faire du mal.

— Tout est possible, murmura Jed pensivement en pliant le devis. Je vais le montrer à mon avocat.

Dans la deuxième boîte, Emmy découvrit un petit album qui contenait des clichés défraîchis du mariage de Frannie et, coincés dans la couverture, les photos de classe des trois enfants ainsi que deux autres paquets de photos.

— Regarde-nous un peu. Qu'est-ce qu'on est ringard ! s'exclama Emmy en hurlant de rire, tandis qu'elle passait à Jed une photo d'elle, avec des couettes et un sourire édenté, et une autre de Jed, avec son épi sur le crâne. Will devait croire que ça faisait chic, ou alors viril, d'avoir les yeux à moitié fermés et une moue insolente aux lèvres. Il est comme ça partout.

Jed toucha ces photos comme s'il s'agissait de reliques.

— Tu veux qu'on se les partage ? demanda-t-il.

— Non. On n'a qu'à faire trois copies de chaque. Bien sûr, on devra mettre celles pour Will de côté. Jed, tu ne te demandes pas où il peut bien être ?

— Si, avoua-t-il d'un ton bourru. N'empêche qu'il savait très bien que je n'allais pas quitter Uncertain.

Mieux valait ne pas poursuivre sur ce sujet, manifestement sensible. Aussi Emmy ferma-t-elle la caisse, avant de déchirer le papier collant qui maintenait rabattu le couvercle du carton des bibelots. La vue du premier objet qui se présenta lui porta un coup au cœur. C'était une boîte à musique qui jouait *Aux Marches du palais*, la chanson préférée de Frannie. Quelques notes s'égrenèrent dès qu'Emmy sortit le bibelot en céramique de son emballage en même temps qu'un manège de chevaux avançait d'un demi-tour et qu'un flot de souvenirs affluait dans la tête d'Emmy. Pendant une année entière, elle avait tondu des pelouses et quémandé des petits boulots à droite et à gauche, pour pouvoir offrir ce cadeau à sa mère, à Noël. Le dernier qu'ils aient passé ensemble, d'ailleurs.

Et cette petite marque de colle était toujours là, sur la jambe d'un des chevaux… Jed et Will avaient chacun reçu un ballon de football cette année-là. Malgré l'interdiction de Frannie, ils s'étaient mis à jouer à l'intérieur de la maison et, le jour même, l'inévitable était arrivé. Jamais les enfants n'avaient vu Frannie aussi fâchée. Elle avait consigné les garçons dans leur chambre, sans boire ni manger, jusqu'à ce que le coupable avoue. Emmy n'avait rien pu avaler non plus. Elle avait passé l'après-midi à sangloter sur son lit. Tous trois avaient cru que maman Frannie finirait par céder. A tort. Emmy avait donc pris sur elle d'apporter, en cachette, de la nourriture à ses frères.

Jed effleura de la main le cheval joliment décoré et, comme s'il lisait les pensées d'Emmy, il lui dit doucement :

— Je sais que tu avais été punie parce que tu nous avais apporté de la dinde froide avec de la farce. Mais toi, est-ce que tu sais que lorsque Frannie t'a surprise en train de remplir nos assiettes, elle venait de faire exactement la même chose ? Elle non plus n'avait pas pu supporter l'idée que nous ayons faim.

— Non ! Elle ne m'a jamais rien dit, s'exclama Emmy, médusée.

— Dis, commença Jed en lui jetant un regard en biais, Will et moi, nous étions sûrs de ne pas avoir touché la boîte à musique avec nos ballons.

— C'est moi qui l'avais renversée et cassée, avoua Emmy, des sanglots dans la voix. J'étais furieuse contre moi-même, mais je n'avais pas le courage de me dénoncer. Tout ça, en fait, c'est parce que toi et Will vous m'aviez interdit de toucher à vos sales ballons.

Là, Emmy ne put retenir ses larmes, qui se mirent à ruisseler sur ses joues.

— Enfin, j'ai le fin mot de l'histoire !… C'est exactement ce qu'on avait pensé, Will et moi. Tu avais l'air si penaude en entrant dans notre chambre avec les assiettes ! Mais jamais on ne t'aurait cafetée.

Emmy lut dans le sourire de Jed qu'il n'avait aucune ressentiment.

— Allez, Emmy. Prends cette boîte à musique. Tu la mérites. Et puis, tu sais, ajouta-t-il en inspirant profondément, Will et moi on avait ébréché la lampe du salon. On a recollé nous-mêmes les morceaux. Peut-être Frannie s'en était-elle aperçue ? En tout cas, elle ne l'a jamais montré.

Ils entendirent alors Gwen les appeler d'en bas.

— Le repas est servi. Vous comptez passer la nuit là-haut, tous les deux ? Si oui, moi, je commence à manger.

Jed prêta son mouchoir à Emmy pour qu'elle essuie ses larmes.

— On arrive ! répondit-il.

Emmy se leva et rendit son mouchoir à Jed. Elle avait recouvré son calme.

— Depuis que j'ai quitté Uncertain, je n'ai jamais autant pleuré que ces deux derniers jours. Moi qui croyais ne plus avoir de larmes en moi…

— Je n'en parlerai à personne, va. Cela dit, j'ai lu quelque part que les larmes sont le meilleur moyen de libérer ses tensions. Et si quelqu'un a besoin d'une soupape de sécurité, Emmy-M, c'est bien nous.

5.

Emmy arriva chez elle à bout de nerfs. Gwen avait pourtant bien fait les choses : repas simple mais délicat et joliment présenté servi dans le patio, sièges moelleux, vue sur le lac, dans lequel se reflétaient les allées éclairées du parc. Tout avait semblé réuni pour faire de cette soirée un moment paisible et chaleureux. Pourtant, Emmy avait été incapable de se détendre, encore bouleversée par tous les souvenirs retrouvés dans les affaires de Frannie. Par contre, de celle qui l'avait mise au monde, nulle trace…

Un jour, Richard lui avait demandé si, par inadvertance, sa mère adoptive ne lui avait pas livré quelque indice qui aurait pu la mettre sur la voie. Elle avait eu beau se creuser la tête, rien ne lui était revenu. Rien, si ce n'est cette fameuse broche qui, paraît-il, avait été épinglée à la couverture dans laquelle elle avait été emmaillotée : un bijou en or massif, en forme d'arbre, dont les branches entrelacées étaient parsemées d'émeraudes cerclées d'or fin, et qui s'ornait en son centre d'une perle d'une taille exceptionnelle.

Mais, un beau jour, elle s'était volatilisée. Frannie n'en avait pas démordu : elle avait dû l'égarer. Comment aurait-il pu en être autrement, puisque tous ceux qui pénétraient dans la maison étaient des amis ? Par conséquent, elle avait refusé de faire une déclaration de vol. C'était maman Frannie tout craché ; elle ne voyait le mal nulle part. Qu'on lui ait fait du mal n'en était que plus difficile à accepter.

La broche finirait bien par réapparaître, avait-elle prédit. Aussi Emmy, dans le grenier de Jed, avait-elle croisé les doigts…

Il lui suffisait de fermer les yeux pour voir la broche telle que Frannie la lui avait décrite et pour entendre les histoires merveilleuses que sa mère adoptive lui avait racontées : l'arbre en or prouvait que la mère naturelle d'Emmy, vraisemblablement issue d'une famille riche, avait suffisamment aimé son bébé pour lui laisser un objet précieux qui permettrait de pourvoir à ses besoins.

Emmy laissa Pharaon se lover à côté d'elle sur le lit. Petit à petit, bercée par le ronronnement rassurant du chaton, elle s'abandonna au sommeil et se mit à rêver, comme souvent, qu'elle retrouvait ses parents et le reste de sa famille.

Elle se réveilla tard le lendemain matin. Elle aurait volontiers traîné encore un peu au lit, mais comment faire avec Pharaon qui lui donnait des coups de patte sur le nez et lui léchait la joue ? Allons, il fallait bien qu'elle se lève de toute façon.

Elle s'occupa du chat, puis entreprit de terminer ses rangements. Evidemment, elle n'oubliait pas qu'elle devait voir Riley ce soir, mais elle n'osait toujours pas espérer que ce serait un rendez-vous sentimental.

Elle arriva enfin au carton qui contenait sa mallette de fléchettes. En douze ans de compétition, elle avait usé cinq jeux complets. Le dernier qu'elle avait acheté était un modèle haut de gamme, en tungstène. Elle vérifia avec soin l'état des pointes et des plumes, avant de fermer la mallette qu'elle posa près de la porte.

Le choix de sa tenue se révéla délicat. D'un côté, elle tenait à être séduisante, pour que Riley Gray Wolf se morde les doigts de l'avoir laissée partir ; d'un autre côté, il lui fallait des vêtements confortables, dans lesquels elle serait à l'aise pour lancer les fléchettes. Après moult hésitations, elle opta pour son plus beau jean et un débardeur jaune, qui mettrait en valeur son bronzage. En espérant que cette tenue ne paraîtrait pas trop négligée…

Elle acheva de se préparer avec soin : elle se lava les cheveux, se maquilla légèrement les yeux, se passa du brillant à lèvres. Elle était prête… Une heure trop tôt. Elle entama alors le roman d'amour qu'elle avait acheté en prévision de ses longues soirées solitaires… et fut tellement captivée par l'histoire que, lorsqu'elle regarda de nouveau sa montre, il ne lui restait que dix minutes pour arriver au Crazy Jake.

Prise de panique à l'idée que Riley fasse demi-tour en ne la voyant pas, elle se rua vers son pick-up. Tandis qu'elle manœuvrait pour sortir de son allée, elle tenta de se raisonner. Après tout, s'il ne supportait pas de patienter un quart d'heure pour elle, qu'il aille au diable !

A peine Emmy eut-elle franchi la porte du café enfumé et bruyant, que son regard fut attiré, comme par un aimant, vers le fond de la salle : Riley s'échauffait en lançant quelques fléchettes. Ainsi, il l'avait attendue malgré son retard inacceptable… Il était vêtu d'un pantalon noir classique et d'une chemise bleu pâle dont il avait retroussé les manches. Elle aurait dû prévoir qu'il viendrait directement de son cabinet et choisir sa propre tenue en consé-quence — élégante. Gênée, elle tira désespérément sur le bas de son débardeur pour cacher la bande de peau nue qui apparaissait au-dessus de son jean.

Un client, coiffé d'une casquette de base-ball mise à l'envers, perché sur un tabouret au bout du comptoir, interpella Riley. Il se retourna et Emmy put voir la mèche canaille, d'un noir de jais, qui lui tombait sur l'œil comme autrefois. Le col de sa chemise s'ouvrait largement sur son torse hâlé où perlaient des gouttes de sueur.

Elle le vit porter une bouteille de bière à ses lèvres et s'arrêter net lorsque son regard noir se posa enfin sur elle. Il fit signe à son ami de se taire et vint à la rencontre d'Emmy.

— J'ai cru un moment que tu avais oublié. Je n'avais même pas un numéro de téléphone où te joindre.

— On ne pourra pas me brancher le téléphone avant une semaine, expliqua-t-elle en le contournant pour aller vers le coin où étaient accrochées les cibles. Je parie que tu es venu en avance pour t'entraîner. Tu crains peut-être de ne pas avoir l'avantage, ajouta-t-elle avec un sourire taquin qu'elle lui adressa par-dessus son épaule, dont seule la fine bretelle de son débardeur troublait la nudité.

Le visage de Riley s'assombrit fugitivement, avant de s'illuminer de nouveau.

— Alors, comme ça, l'élève croit pouvoir défier son maître ? Tu ferais peut-être bien de regarder la cible de plus près, ma douce.

D'un air faussement modeste, il souffla sur le bout de ses doigts.

— Tel que tu me vois, j'ai mis deux fléchettes en plein dans le mille.

Il incita Emmy à aller vérifier et en profita pour admirer le balancement de ses hanches. Il ne fut pas le seul. Tous les hommes qui étaient assis au comptoir, soudain muets, tournèrent la tête vers elle. Quand elle se pencha pour examiner les fléchettes, son débardeur remonta, dévoilant le creux de ses reins.

Emmy n'avait que faire de la cible. Si elle avait obéi à Riley, c'était pour reprendre contenance après le trouble qu'avait suscité en elle le doux petit nom qu'il avait utilisé et qu'il lui avait réservé autrefois. Mais peut-être, maintenant, appelait-il toutes les femmes « ma douce », de sa voix grave et sensuelle… ?

Elle allait commencer par l'écraser aux fléchettes.

Si Riley ne put lire les pensées d'Emmy, qui lui tournait le dos, il remarqua par contre l'émoi qu'elle laissa dans son sillage parmi les clients installés au comptoir. Aussi passa-t-il distribuer à chacun une petite tape derrière la tête.

— Bas les pattes ! Mademoiselle est avec moi, gronda-t-il.

— Veinard, s'exclama sous cape un jeune cow-boy.

— Avec un peu de chance, dit un autre client, quand elle se sera fait écrabouiller par Gray aux fléchettes, elle aura besoin d'un type bien pour la consoler. Je crois que je vais rester dans les parages.

Riley ne répondit pas à ces quolibets. C'était grâce à lui que la plupart de ces hommes s'étaient tirés de situations fiscales délicates et ils le respectaient pour cela. Ils le mettaient simplement en boîte.

— Tu veux un Coca ou bien est-ce que tu en es toujours au sirop de grenadine ? demanda-t-il quand Emmy eut terminé son inspection et qu'elle l'eut rejoint sur la ligne de lancer.

— Il me semble t'avoir déjà dit que j'avais grandi. Une pression, s'il te plaît.

Elle ouvrit d'un coup sec les fermetures de sa mallette. Quand elle leva la tête vers lui, étonnée de ne pas l'entendre passer la commande, elle s'aperçut qu'il avait les yeux rivés sur le haut de son sein gauche, que son débardeur, dont une bretelle avait glissé, laissait entrevoir. Emmy avait oublié ce petit tatouage qu'elle portait là et qui représentait un arc-en-ciel. Cela faisait si longtemps qu'elle l'avait ! Mais Riley, lui, semblait tétanisé. Les femmes avec qui il sortait ne devaient pas céder à ce genre de pratiques.

Emmy remonta discrètement sa bretelle et laissa à Riley le soin de juger s'il était utile de faire un commentaire.

— Est-ce que ça s'efface ou est-ce que c'est indélébile ?

Emmy esquissa un rapide sourire.

— Qu'est-ce que vous avez tous ? Gwen m'a déjà demandé si c'était un vrai. Ça fait… treize ans, je crois, qu'il est là et, tu vois, il n'est pas parti. Figure-toi que dans le cirque ambulant où j'ai travaillé l'une des attractions était une femme entièrement couverte de tatouages. Un jour, elle m'a mise au défi… A Seattle, je suis allée dans un salon me faire faire cet arc-en-ciel, rien que pour lui montrer…

94

Emmy ne put déchiffrer ce qui passa alors dans le regard de Riley. Elle poussa un soupir résigné.

— Si tu veux me faire la morale, dépêche-toi, et puis après, commande ma bière. J'ai soif.

Riley promena son doigt le long de la bretelle de son débardeur.

— Et ton trésor, il est où ?

— Quoi ?

Emmy ne s'était pas du tout attendue à cette question.

— On dit bien qu'il y a un trésor enterré au pied de chaque arc-en-ciel, non ? demanda-t-il le plus sérieusement qu'il put.

Il n'avait qu'une envie : suivre du doigt le contour de l'arc multicolore qui, de nouveau, pointait au-dessus du débardeur d'Emmy. Jamais il n'avait subi pareille fascination.

La tête renversée en arrière, elle partit d'un grand éclat de rire ; un rire voluptueux qu'il vit onduler, comme une vague, sur sa gorge.

— Je suis contente de voir que tu as gardé ton sens de l'humour, Riley.

Elle se dégagea, d'un mouvement souple et rapide.

— Monsieur, je vous remercie d'avoir posé cette question. Y aurait-il un trésor enterré au pied de chaque arc-en-ciel ? A vous de le découvrir, mon cher, lui dit-elle avec un clin d'œil enjôleur.

Perplexe, ne sachant comment interpréter la réponse d'Emmy, Riley se tourna pour lui commander sa bière.

Admirant les larges et solides épaules de Riley, Emmy fut submergée par un intense sentiment de regret. Regret d'avoir perdu toutes ces années, regret de ce qui aurait pu se passer si les circonstances de la vie ne les avaient pas séparés. Bien sûr, si elle était restée à Uncertain, elle ne serait jamais descendue en stop jusqu'en Floride, elle n'aurait jamais été l'assistante d'un dompteur de fauves. En un mot, elle ne serait pas la même femme. Elle aurait vraisemblablement épousé Riley dès la fin du lycée. Aurait-elle été assez mûre pour le retenir longtemps ?

— Merci, dit-elle simplement en prenant la bière.

Elle en but une petite gorgée, posa la chope sur la table à côté de la veste de Riley et, sans ajouter une parole, sortit les fléchettes de sa mallette.

Riley, qui en était encore à se demander s'il devait prendre la remarque d'Emmy sur son « trésor » comme un défi, fut brusquement ramené au jeu. Il siffla d'admiration en examinant et soupesant un des projectiles.

— Si tu t'entraînes avec du matériel professionnel, je retire ce que j'ai dit tout à l'heure. L'élève pourrait dépasser le maître. Dis donc, elles sont bien trop légères pour voler correctement. Je te parie que mes bombardiers vont n'en faire qu'une bouchée.

Emmy lui arracha sa fléchette des mains.

— Le perdant invite à dîner. D'accord ?

Riley repoussa la mèche qui lui tombait obstinément devant les yeux.

— Marché conclu. Hé ! Paul ! cria-t-il au client à la casquette de base-ball. Mademoiselle a de l'argent à perdre. Tu peux rester pour compter les points ?

— Ne sois pas trop méchant avec la petite. Préviens-la au moins que ça fait plus d'un an que tu n'as pas été battu.

— Deux, rectifia Riley, prenant sa première fléchette d'une main experte. Tu es sûr que tu es capable de tenir les comptes ?

Emmy se contenta de sourire candidement.

— On joue en trois cent un points ?

C'était le jeu le plus courant. Chaque joueur débutait la partie avec trois cent un points, desquels on déduisait, à chaque lancer, le score obtenu, qui dépendait de l'endroit de la cible où s'était plantée la flèche. Le gagnant était le premier joueur à atteindre zéro tout rond.

— En galant homme que je suis, je te laisse t'échauffer un peu, proposa-t-il d'un ton magnanime.

— Non, non, pas besoin. Au fait, où m'emmènes-tu dîner ?

— J'avais prévu, en souvenir du bon vieux temps, de ne pas abuser de la situation et de manger un hamburger ici même. Mais vous êtes vraiment trop insolente, mademoiselle Monday. Que diriez-vous d'un bon pavé de bœuf bien saignant à Bayou Jetty ? Je vous préviens, c'est le coup de fusil là-bas, maintenant, ajouta-t-il d'un air supérieur en jetant des coups d'œil complices à ses copains qui s'étaient installés pour profiter du spectacle.

— Tu comptes bavarder toute la nuit ? Ou bien est-ce qu'on fait un premier lancer pour savoir qui commence ?

— Non. On n'a qu'à y aller direct. Je t'en prie, les femmes d'abord, dit-il en indiquant, avec une profonde révérence, la ligne tracée au sol.

Emmy, réussit à s'abstraire du brouhaha impatient des clients qui trinquaient entre eux et se concentra sur son jeu. Elle amena sa première fléchette à hauteur d'épaule et la lança. Deux autres suivirent en rafale.

Paul ajusta sa casquette et, tout en se grattant l'oreille, jeta un regard gêné à Riley.

— Attendez une minute que j'aille voir de plus près. D'ici, on dirait qu'elle a marqué un sacré paquet de points.

Riley, dans une pose de parfaite insouciance, mains négligemment enfoncées dans les poches de son pantalon, rejeta la tête en arrière, les yeux levés au ciel.

— Pas besoin de vérifier. Mademoiselle est une spécialiste et je savais à quoi m'attendre en relevant le défi. Au moins, je peux me vanter d'avoir été son professeur quand elle était haute comme trois pommes, avait des couettes et un appareil dentaire.

— Je n'ai jamais eu d'appareil, protesta Emmy sur un petit ton espiègle.

Puis elle l'invita à prendre son tour en lui rendant sa révérence.

— Voyons ce que tu sais faire, champion.

Elle fit des effets de ses longs cils en s'efforçant de garder un air modeste. Paul enleva les fléchettes d'Emmy de la cible et les lui tendit respectueusement.

Au bar, les clients s'esclaffèrent et certains se moquèrent ouvertement de Riley. Mais, lorsqu'il réussit le même score que son adversaire en plantant ses flèches si près l'une de l'autre que leurs plumes frémirent, le silence se fit parmi les spectateurs.

La partie se poursuivit ainsi sans qu'aucun des deux joueurs ne cède. Ce fut Riley qui flancha le premier en manquant le centre de la cible.

Comme toujours quand elle était en passe de remporter une compétition, et en particulier contre des hommes, Emmy eut une décharge d'adrénaline. Elle savait depuis bien longtemps que la gent masculine acceptait très mal la défaite. Elle l'avait constaté en maintes occasions et à ses dépens. Aussi avait-elle appris, à contrecœur, à ne pas se donner à fond.

Là, la situation était un peu différente. Elle était opposée à Riley, qui lui avait enseigné que la victoire n'était rien au regard de l'amour qu'on portait au sport pratiqué. Emmy avait l'impression de sentir, à son oreille, sa voix grave et son haleine chaude : « Ne prends pas les choses au sérieux. Détends-toi. » C'était son imagination qui lui jouait des tours. Riley n'avait plus seize ans se dit-elle soudain. Et pouvait-on devenir avocat sans aimer gagner ?

Cette pensée la fit vaciller. Des deux fléchettes suivantes, aucune n'atteignit la cible et la troisième manqua le centre.

— Ça va ? demanda Riley en s'approchant.

Il lui massa la nuque tandis que Paul calculait les points.

— Tu n'as rien à me prouver, ma douce. C'est juste un jeu, la rassura-t-il gentiment.

Emmy leva la tête et rencontra ce regard noir, profond, dans lequel elle aurait pu se noyer, comme jadis. Dix neuf années s'évanouirent. Elle avait treize ans et éprouvait de nouveau, rien qu'à le regarder, une drôle de sensation, presque douloureuse, dans tout le corps. Seulement, maintenant, Emmy avait de l'expérience et n'était plus prise au dépourvu. Elle inspira un grand coup.

— Tu as raison. Ce n'est qu'un jeu. Le résultat de cette partie est dérisoire par rapport aux deux raisons qui m'ont poussée à venir à Uncertain. Merci, Riley, ajouta-t-elle avec sincérité, grâce à toi je sais ce qui est essentiel et ce qui ne l'est pas.

Puis, d'un ton léger, elle lui adressa un vrai sourire en le poussant du coude.

— Allez ! C'est ton tour !

Riley, à la fois déconcerté par la remarque d'Emmy et chamboulé par son sourire, trébucha en allant se mettre en position. Puis ses nerfs le trahirent et il commit une erreur de débutant : aucune de ses trois fléchettes ne resta suffisamment longtemps fichée dans la cible. Il y eut un frémissement parmi les spectateurs, de plus en plus nombreux à suivre la partie.

C'était de nouveau le tour d'Emmy. Elle était confrontée à un choix pour ce dernier coup : soit elle faisait tout pour remporter la partie, soit elle ratait exprès la cible pour donner à Riley une autre chance. Elle fit alors ce qu'un joueur ne doit jamais faire à ce stade ; elle croisa volontairement le regard de son adversaire. En l'occurrence, ce fut peut-être une bonne chose. Riley lui adressa un sourire encourageant, sans trace apparente de jalousie et lui fit même signe qu'elle allait réussir. Emmy sentit toute sa tension s'évanouir… Ses fléchettes atterrirent à l'endroit précis qu'elle avait visé.

— Elle a gagné, hurla Paul en agitant la feuille des scores. Zéro. Elle est arrivée pile à zéro !

Un cri de joie jaillit du groupe de clients qui s'étaient amassés derrière les joueurs, tandis que les hommes assis au bar semblaient frappés de mutisme.

Riley ne prêta attention à personne. Il attrapa Emmy par la taille, la souleva de terre et la fit tournoyer, exactement comme il l'avait fait la toute première fois où elle avait logé une fléchette en plein dans le mille.

Gagnée par l'excitation ambiante, elle riait aux éclats en le regardant avec bonheur. Puis elle serra sa tête entre ses mains et l'embrassa à pleine bouche, à la plus grande joie des spectateurs. Paul commanda une tournée générale, sans oublier d'ajouter, en hurlant pour se faire entendre :

— C'est Riley qui régale !

Riley relâcha Emmy. « C'est tout l'effet que lui fait mon baiser ! » fulmina-t-elle.

En fait, Riley ressentit un désir foudroyant qu'il préféra dissimuler devant ses camarades. Il n'avait jamais été la proie d'une passion aussi dévorante depuis le jour où il avait fait la connaissance de Lani Sky. Il se rappela cette journée où il avait appris son succès à son examen d'avocat. Fou de joie, il était parti dans l'Oklahoma annoncer la bonne nouvelle à sa mère. Sa sœur, Josey, avait justement invité Lani ce soir-là.

Pendant les cinq années qu'il avait passées à l'Université du Texas à Tyler, il n'avait guère fait qu'étudier. Rien d'étonnant à ce que, après cette longue période d'abstinence et d'isolement, il ait tout de suite été séduit par le charme paisible de Lani. Etrangement, c'est ce même jour qu'il avait croisé Jed Louis. « Emmy Monday ne reviendra jamais à Uncertain. Il faut s'y faire », lui avait-il brutalement asséné.

Eh bien ! Elle était pourtant là, dans ses bras ! Et elle l'avait embrassé ! Elle était à la fois si différente et si semblable à la jeune fille dont il se souvenait. Il eut brusquement envie de sortir discrètement du café avec elle pour s'assurer qu'elle ne regrettait pas le baiser qu'elle lui avait donné et qu'elle était prête à recommencer…

Mais son téléphone portable sonna. Il se détourna pour répondre et l'adorable petite voix d'Alanna l'emporta soudain dans un autre monde. Il oublia d'un coup son désir qui, une seconde plus tôt, l'avait fait vaciller. Il avait des responsabilités de père à assumer, que diable ! Et c'étaient elles qui comptaient ! Il devait s'occuper de sa fille, de cette enfant dont Lani n'avait pas voulu.

— Comment, Alanna ? Non. Tu ne te rappelles pas ? Papa t'a dit ce matin que c'était Mme Yates qui te préparerait à dîner. Oui, je sais bien que tu préférerais que ce soit moi.

Riley repoussa nerveusement sa mèche de cheveux rebelle.

— Non, je… je ne peux pas manger avec toi. Je dîne avec… euh… J'ai un dîner avec des clients. Mais je rentrerai à temps pour te border et te dire bonne nuit. Je te le promets.

Emmy rangea ses fléchettes dans sa mallette, sans faire de bruit. L'angoisse de Riley était tellement palpable qu'elle lui pardonna de l'avoir traitée de « client ». Elle vit Alanna comme si elle y était : la petite, le combiné à l'oreille, les joues ruisselant de larmes. Elle-même, quand elle était enfant, avait si souvent connu des déceptions analogues que, pour rien au monde, elle ne voulait être la cause de son chagrin.

Elle s'approcha de Riley et posa doucement la main sur son bras pour attirer son attention.

— On n'a qu'à laisser tomber Bayou Jetty. Surtout que je viens de me rappeler que j'avais acheté un kilo de crevettes ce matin, pour les faire en beignets. Tu aimais ça avant. Pourquoi tu ne viendrais pas dîner chez moi avec Alanna ? C'est à toi de voir, bien entendu. De toute façon, il faut que je repasse à la maison pour nourrir mon chat.

En se bouchant une oreille à cause du bruit, Riley, après une courte hésitation, transmit à sa fille l'invitation d'Emmy.

Au sourire et au hochement de tête de Riley, Emmy comprit tout de suite quelle était la réponse. Elle souleva sa mallette, prête à partir.

— Je vais décortiquer les crevettes.

— Attends, dit Riley. Laisse-moi le temps de régler la note pour la tournée que Paul a si généreusement offerte de ma part. Ça ne prendra qu'une minute. Ensuite, je t'accompagne à ta voiture.

— Un pick-up. C'est un pick-up. Et je n'ai besoin de personne pour aller jusqu'au parking.

— Oh, je n'en doute pas ! dit-il avec une légère irritation dans la voix. Je cherche seulement à nous ménager deux secondes en tête à tête. On ne pourra pas se dire un seul mot pendant le dîner. Tu n'as pas remarqué que ma fille était un moulin à paroles ?

— Elle me rappelle l'enfant que j'étais. Toi et Jed, vous m'accusiez toujours d'être bavarde comme une pie.

Elle lui fit signe qu'il était inutile de protester.

— Allez, Riley, règle tes dettes. Si tu me permets de toucher à tes fléchettes, je vais les ranger.

— Je te le permettais quand je t'ai appris à jouer, non ?

Emmy opina, transportée d'un coup vers une époque faite de joie de vivre, d'innocence et d'attirance mutuelle.

Quand la tournée fut payée, il leur fallut encore dix minutes avant de pouvoir sortir. Quelques vieux clients voulaient féliciter Emmy et certains, à sa grande surprise, tinrent à lui présenter leurs condoléances pour la mort de Frannie. Quand ils furent enfin à l'air libre, Riley posa fermement une main dans le creux des reins d'Emmy, en l'accompagnant jusqu'au parking.

— Tu as dit que tu étais venue à Uncertain pour deux raisons. La première, c'était Frannie. Mais quelle est la seconde, si je ne suis pas indiscret ?

Riley espérait entendre : « C'est toi ». Ce baiser qu'elle venait de lui donner lui apportait la preuve qu'elle aussi considérait ces longues années de séparation comme une parenthèse.

— Je veux retrouver ma vraie mère. Et mon père aussi, si c'est possible.

Riley reçut cette réponse comme une gifle. Il aurait pourtant dû s'y attendre. Quel naïf il était !

— Pourquoi ? Mais enfin, ça servirait à quoi ? s'écria-t-il.

Il vit Emmy pâlir.

— Je ne supporte plus d'être une moins que rien.

Riley tressaillit. Ray Jennings avait utilisé les mêmes termes en parlant d'elle, songea-t-il regrettant son emportement.

— Je ne peux plus attendre, Riley. Une grande partie de ce que je suis est restée enfouie dans le passé. Si je veux savoir ce que c'est, je dois retrouver mes parents.

— Franchement, tu t'en es très bien sortie sans leur aide. On ne peut pas changer le passé, Emmy. Crois-moi, ce serait une grosse bêtise que d'essayer.

— Tu ne peux pas comprendre, Riley. Ça te dépasse. Toi, ton arbre généalogique remonte à la nuit des temps. De toute façon, il n'y a rien à discuter. J'ai décidé de me lancer dans cette recherche, point final.

Elle serra les mâchoires, l'air buté, et ouvrit brutalement la portière de son pick-up.

Il aurait dû lui dire qu'il savait, par expérience, quel cataclysme cela pouvait provoquer de vouloir abattre les barrières entre le passé et le présent. Mais c'était là un sujet qu'il n'avait absolument aucune envie d'aborder.

— Une dernière chose. Avant de te lancer dans cette aventure, réfléchis bien aux conséquences qu'ont eues pour Jed les fouilles archéologiques de Tessa Lang.

— Ça n'a rien à voir ! Et puis, Jed n'a pas tué Frannie.

— Je sais bien. Mais qui l'a tuée alors ?

— Qu'est-ce que tu veux que j'en sache ? Bon, on va manger ou on reste ici à se chamailler toute la nuit ?

Un sourire, qui fit revivre pour Emmy le Riley d'autrefois, éclaira son visage.

— Certaines choses sont immuables. A l'époque déjà, tu ne pensais qu'à manger. Je n'ai jamais compris comment tu pouvais ingurgiter autant de nourriture sans prendre un gramme. Si tu n'as pas changé, tu seras la première du genre que j'invite à dîner.

— Ce n'est pas toi qui m'invites. Tu as déjà oublié ?

— Non, mademoiselle. Tu es sûre que tu es en état de supporter le bavardage de ma fille ?

— A ce propos, dit-elle sérieusement, l'autre soir, au super-marché, tu m'as priée de ne pas encourager Alanna à me rendre visite. Seulement, elle a très envie de venir, et moi, sa compagnie me fait plaisir. D'ailleurs, j'ai emprunté quelques livres pour enfants à lui lire. Mais il n'est pas question que je la voie sans ton accord. Si tu ne veux vraiment pas qu'elle me rende visite, je ferai tout pour l'en dissuader. Dans certaines limites, bien sûr.

— L'autre soir, j'avais l'impression que, peut-être, tu étais seulement de passage. C'est pour cette raison que j'ai pu paraître… réticent. Je sais qu'Alanna souffre d'être seule. Mme Yates est compétente, mais elle n'est pas, euh… chaleureuse, affectueuse.

— Dis, comment se fait-il qu'Alanna n'aille pas à l'école ? Elle commence à déchiffrer des mots, pourtant.

— Il n'y a pas de classes maternelles à Uncertain. Mon emploi du temps est trop irrégulier pour que je la conduise à Jefferson.

— Ça ne me regarde pas, mais Mme Yates a une voiture. Cela ne devrait pas la déranger d'emmener Alanna à l'école.

— On voit bien que tu ne connais pas les gouvernantes. La liste de leurs droits est dix fois plus longue que celle de leurs devoirs.

— Voyons ! Partout où moi j'ai travaillé, c'était l'employeur qui fixait les règles.

— Il n'y a pas pléthore de nounous dans le coin.

— Maman Frannie était vraiment une perle rare… Je n'arrive toujours pas à croire qu'elle ait été… assassinée.

Elle s'étrangla sur le dernier mot, soudain au bord des larmes. Riley lui enveloppa la nuque d'une main et, de l'autre, lui caressa doucement la joue.

— Le passé c'est le passé, Emmy. On ne peut qu'espérer que Logan trouve le meurtrier.

— Et qu'on ne le connaisse pas, ajouta Emmy en frissonnant.

— Hé ! La belle ! Ces crevettes que tu m'as promises, elles ne vont pas se décortiquer toutes seules. En plus, ça fait un moment qu'on est planté là et les clients du bar vont commencer à jaser.

Emmy s'éloigna à regret de Riley et de la chaleur réconfortante de ses mains…

— Laisse-moi une demi-heure pour préparer le repas. Si tu es d'accord, j'aimerais bien qu'on mange sous la véranda. Quand j'étais petite, le soir, je pouvais rester assise pendant des heures à écouter les bruits du lac.

— Je me rappelle. Alanna est comme toi. Histoire de ne pas arriver les mains vides, j'apporterai une bouteille de vin. J'ai du chardonnay, je crois.

— Si tu préfères qu'on ne prenne pas d'alcool devant Alanna, j'ai du thé glacé et de la limonade.

— Alanna sait très bien qu'il m'arrive de prendre un verre à l'occasion. Ne t'inquiète pas, je sais me tenir, dit-il, sur la défensive.

— J'ai remarqué que tu avais pris de la bière sans alcool chez Jake. Je me souviens que Jed et Will buvaient en cachette. Toi, non. Will disait que les flics t'arrêtaient régulièrement pour te faire souffler dans le ballon, au seul motif que tu étais indien.

— Ça, c'est terminé, commenta-t-il sèchement.

— Je ne voulais pas te vexer. Simplement… J'ai lu récemment que l'alcoolisme est le plus gros problème qui se pose dans les réserves. A propos, Cassie m'a dit que ta mère habite dans l'Oklahoma, sur la réserve des Caddos. Les conditions de vie y sont sans doute très dures. Pourquoi tu ne l'as pas rapatriée ici ? Ça résoudrait le problème de la nounou. Ta mère doit faire une grand-mère idéale.

— Ah ! Tu crois ça ? Alors, tu as oublié comment c'était chez moi. Maman et Josey ne sont jamais entrées dans le xxᵉ siècle. Ne parlons même pas du xxiᵉ !

— J'adorais aller chez toi, Riley. Il y avait toujours une marmite sur le poêle, et ça sentait bon ! Et puis, côté artisanat, Neva et Josey sont imbattables. Est-ce que ta sœur a appris à Alanna à fabriquer des paniers avec des roseaux ?

— Ma fille sera médecin, ou avocate ou… Enfin, elle choisira un métier qui lui plaît.

— Oui, bien sûr. Elle pourrait aussi faire de la poterie ou de la vannerie comme ta mère et ta sœur. Qu'est-ce qui te prend, Riley ? C'est absurde de cacher à son enfant un héritage culturel aussi riche.

— Ecoute-moi bien, Emmy. Alanna est mon enfant et je l'élève comme je crois devoir le faire. Je te saurais gré de ne jamais parler de ma famille avec elle.

— Mais enfin…, ne put s'empêcher de protester Emmy, incrédule. Cassie m'a dit que Josey habitait à Marshall. C'est à vingt minutes d'ici.

— Nous ne nous sommes pas adressé la parole depuis la mort de Lani. Lani et Josey, à elles deux, elles… Enfin. Peu importe. Est-ce que j'ai été assez clair ?

— Oui, répondit Emmy du bout des lèvres.

Elle ne comprenait pas. Josey était une des personnes qui lui avait le plus manqué. Mais à quoi bon s'opposer à Riley sur ce sujet ? Son air braqué et glacial lui fit mal.

— Bon, eh bien, à tout à l'heure, chez moi, dit-elle. Rassure-toi. Je n'empièterai pas sur ton rôle de père. On a plein de choses à se

106

raconter. Tu sais, nos longues conversations, où on se disait tout, je les ai drôlement regrettées !

Il fallut quelques secondes à Riley pour réagir : un signe de tête, un vague sourire, et il posa avec précaution la mallette d'Emmy sur le siège à côté d'elle.

Inutile de souligner que les choses avaient changé entre eux. Emmy put lire la triste vérité dans les yeux de Riley, juste avant qu'il se retourne pour partir.

Quand elle avait quitté sa maison, cet après-midi, quels n'avaient pas été ses espoirs ! Elle avait des attentes irréalistes… Tel avait été le diagnostic porté sur elle autrefois par les travailleurs sociaux. Elle n'apprendrait donc jamais la leçon ?

Si, pourtant, elle l'avait apprise. Mais tant pis ! Pour une nuit, rien qu'une nuit encore, elle allait faire semblant de croire que Riley Gray Wolf était toujours l'homme de ses rêves.

6.

Encore sous le coup de sa séparation un peu aigre avec Riley, Emmy craignait que sa soirée avec lui ne soit sinistre. Ce ne fut pas le cas. Alanna, ravie de manger chez Emmy, égaya le dîner de son bavardage intarissable.

Dès qu'elle eut fini son assiette, elle quitta la table pour aller jouer avec le chaton. Emmy et Riley, eux, prirent tout leur temps pour terminer leur repas et, quand ils allèrent vérifier ce que faisait Alanna, ils la trouvèrent endormie sur le canapé, le chat lové dans ses bras.

— C'est le moment idéal pour ouvrir cette bouteille de vin, murmura Riley. Nous n'avons pas encore eu l'occasion de parler du bon vieux temps, avec Alanna qui a accaparé la parole. C'est très gentil à toi de l'avoir laissée faire, Emmy. J'en connais d'autres qui auraient préféré couper le son.

— Je trouve qu'il faut laisser les enfants s'exprimer. Chez Frannie, on discutait sans arrêt à table et elle ne nous grondait jamais. Tu n'as pas idée comme ces moments-là m'ont manqué, dit-elle avec force.

— Jed m'a dit que ta vie n'avait pas été rose après ton départ d'ici. Il y a quelque chose que je ne m'explique pas. Comment se fait-il que les services sociaux, qui semblaient si inquiets à l'idée de te laisser sous la tutelle de Jed, aient accepté de te placer dans un cirque ambulant ?

— Ça ne s'est pas du tout passé comme ça. Le cirque est venu bien plus tard, quand j'ai eu dix-huit ans. J'étais encore écorchée vive et j'étais éprise de liberté. Traverser le pays en stop était ma façon de me rebeller contre l'autorité. Tu sais, le cirque c'est comme une grande famille. Ce sont avant tout des gens chaleureux, passionnés par ce qu'ils font. Sans eux, je ne sais pas comment j'aurais tourné. Sûrement très mal, vu mon état d'esprit quand j'ai quitté le Texas.

— Tu aurais dû revenir à Uncertain plutôt ?

— Jed et moi, on a décidé de ne plus se mettre martel en tête avec des « on aurait dû », déclara-t-elle d'un ton sans réplique. Si tu veux, on peut laisser Alanna dormir ici et aller boire le café dans la véranda.

Emmy, suivie par Riley, partit vers la cuisine servir le café. Elle tendit une tasse à Riley et, dans la sienne, versa quatre bonnes cuillérées de sucre.

— Eh bien dis donc ! C'est un miracle que tu n'aies pas de diabète.

La réaction d'Emmy fut immédiate.

— Est-ce que le diabète vient d'une consommation excessive de sucre ? Je croyais que c'était une maladie héréditaire, ajouta-t-elle pensivement.

Puis, avec un haussement d'épaules, elle se dirigea vers la véranda et changea de sujet de conversation.

— La nuit est magnifique, tu ne trouves pas ? Tu sais, hier soir, avec la pleine lune, j'ai remarqué des ombres effrayantes près du lac. La lumière filtre d'une telle façon à travers les cyprès qu'on a l'impression qu'ils sont vivants.

Elle s'interrompit pour souffler sur son café.

— Avant d'apprendre, pour Frannie, jamais je n'avais eu peur des ombres, la nuit. Mais maintenant, je me dis que celui qui s'en est pris à elle habite peut-être tout près d'ici.

Riley posa sa tasse sur la table basse et s'approcha de la porte-moustiquaire pour vérifier. Il ne vit rien d'autre que des lucioles. Il se retourna quand Emmy se laissa tomber sur le canapé.

— Tu crois que ce truc peut supporter notre poids à tous les deux ? demanda-t-il soudain en désignant le canapé.

— Oui, ça a l'air costaud. Viens t'asseoir près de moi pour m'exposer ta théorie. Ça me rassurera.

Riley ne se fit pas prier, bien qu'il n'ait guère envie de parler. La perspective d'élucider le mystère du tatouage d'Emmy le séduisait davantage que celle d'épiloguer sur une mort déjà ancienne. Cet arc-en-ciel l'intriguait.

Il n'avait pu s'empêcher d'y jeter de furtifs coups d'œil pendant qu'Emmy préparait et servait le repas. Il s'était même surpris à en suivre la courbe, cachée dans le décolleté d'Emmy.

— Pardon, qu'est-ce que tu disais ? demanda-t-il en glissant son bras derrière elle, sur le dossier du canapé, tandis que de sa main droite il reprenait sa tasse de café fumant.

— Je disais que je dois aller voir le shérif Fielder et que j'aimerais bien être assistée d'un avocat. Tu pourrais m'en recommander un qui soit de confiance et abordable ?

— Logan t'a citée à comparaître comme témoin ?

Il reposa lourdement sa tasse et les cheveux d'Emmy lui effleurèrent le bras.

— Non. Fielder est venu ici en compagnie d'un de ses adjoints quand j'ai emménagé. Il m'a posé une série de questions sur ce fameux jour. Rends-toi compte ! Je n'avais que treize ans à l'époque et je ne savais plus où j'en étais.

— Tu n'as qu'à dire ça. Ça suffit. D'ailleurs, tu n'es pas obligée de te rendre à sa convocation.

— Tu plaisantes ? Je n'ai pas eu l'impression d'avoir le choix, je t'assure.

110

— C'est normal, il fait son boulot. Cependant, en théorie, tu n'es pas forcée d'obtempérer. Sauf s'il t'inculpe et te met en détention.

— Charmant ! La prison, non merci ! Je préfère coopérer. C'est le meilleur moyen d'aider Jed.

Riley sentit qu'il se laissait distraire de nouveau. De l'index de sa main droite, il suivit le bord supérieur du débardeur d'Emmy. Sa peau était d'une telle douceur… Il avait beau s'efforcer de s'intéresser à la conversation, rien n'y faisait. Son esprit vagabondait.

— Si tu es certaine de ne détenir aucune information qui pourrait impliquer Jed d'une façon ou d'une autre, je veux bien t'assister auprès de Logan, murmura-t-il.

— C'est vrai ? s'exclama Emmy avec un soulagement immense, qui transparut dans ses yeux.

Alors qu'elle se penchait pour poser sa tasse, le doigt de Riley glissa accidentellement à l'intérieur de son débardeur et lui effleura le bout du sein. Elle se redressa d'un coup, prête à protester, se raidissant contre l'excitation soudaine qui lui parcourut le ventre. Pourtant, ne désirait-elle pas par-dessus tout que Riley Gray Wolf devienne son amant ?

Elle croisa son regard. Comment avait-elle pu douter un instant des sentiments qu'il éprouvait pour elle ? Ses yeux noirs, d'un noir inouï, brûlaient de passion. La caresse de son doigt et le baiser léger, mais prolongé, sur son tatouage finirent de la rassurer.

Cédant à son désir, Emmy ferma les yeux et renversa la tête en arrière, s'offrant davantage. Et il prit d'elle le plus grand soin. Il effleura de ses lèvres son cou, sa joue, s'attarda tendrement et longuement sur sa bouche avant de venir câliner son sein droit avec douceur. Emmy sentait ses cheveux soyeux lui chatouiller le nez, les lèvres, les joues… Elle glissa les mains sous la chemise de Riley, caressa cette peau chaude, excitante, comme elle l'avait fait tant de fois en rêve. Mais les rêves étaient bien en deçà de la réalité. C'était Riley, l'homme de chair, de sang, de muscles, qu'elle étreignait. Un homme qui vibrait sous ses mains !

Dans un gémissement, il déshabilla Emmy. Jamais il n'avait touché de peau si veloutée. Jamais il n'avait été ainsi enivré par le parfum d'une femme, un parfum de chèvrefeuille…

— Emmy, Emmy ! J'ai trop envie de toi.

Emmy sentit le corps impatient de Riley, qu'il pressait contre elle. A son tour, elle l'aida à se débarrasser de son pull-over. Il avait un torse solide, de robustes épaules… Ce n'était pas ainsi qu'elle s'était représentée leur première fois. Elle avait toujours imaginé un lit immense, avec des draps propres et frais, dans une chambre éclairée par la flamme tremblotante d'une centaine de bougies parfumées. Mais elle était prête à se satisfaire de ce que le présent lui offrirait.

Riley se dévêtit sensuellement, jeta les coussins du canapé sur le sol en guise de couchette. Puis, en appui sur les bras au-dessus d'Emmy, prêt à la posséder, il demanda :

— On ne risque rien ?

— Non, répondit-elle d'une voix rauque en l'attirant à elle.

— Ça va être si bon, murmura-t-il. On a au moins dix ans à rattraper.

Il se laissa lentement descendre vers elle, jusqu'à ce que leurs lèvres se touchent. Alors, il la fit sienne.

— Oui, gémit-elle.

Riley lui ouvrait les portes du paradis.

Emmy s'embrasa, puis explosa. Jamais elle n'avait connu pareil bouleversement, comme elle l'avoua à Riley en pleurant de joie.

— Moi non plus, dit-il, tandis que de longues secousses qui le traversaient encore.

Il abandonna les hanches d'Emmy et échoua à côté d'elle. Mais sa passion n'était pas assouvie ; il la désirait encore, avec autant de force. Sa main glissa sous les reins de la jeune femme, suivit la rondeur d'une fesse, et rencontra une petite surface de peau rugueuse.

Emmy se pelotonna contre lui. Elle promena les lèvres sur son torse, du nombril jusqu'aux épaules, puis s'arrêta pour lui lancer un coup d'œil espiègle.

— Je vois que tu as trouvé le trésor.

Elle se tourna sur le ventre en riant.

— Est-ce qu'il y a assez de lumière pour que tu voies ? Au café, tu as parlé, en plaisantant, d'un trésor qui se trouvait au pied de mon arc-en-ciel. Eh bien, monsieur, vous êtes un des rares privilégiés à découvrir la vérité. Après Seattle, je suis passée dans un autre salon de tatouage.

Riley se pencha. Un petit dessin. Un coffret d'où coulait de l'or, vraisemblablement. Il la prit dans ses bras en riant. Alors, ils roulèrent sur les coussins, dans une étreinte ardente qui annonçait de très agréables ébats…

— Papa ! Papa ? Où tu es ? J'ai soif.

La petite voix était angoissée. Emmy aussi entendit Alanna et elle s'écarta vivement de son amant.

— Mon Dieu ! s'exclama-t-elle encore essoufflée et cherchant en toute hâte ses vêtements éparpillés. Alanna… Mais à quoi pensait-on ?

— En tout cas, on a fait ce à quoi on pensait, plaisanta-t-il.

Puis, d'une voix posée, il cria à sa fille :

— Attends une minute, Alanna. Reste où tu es, papa t'apporte un verre d'eau.

Comment Riley pouvait-il s'habiller calmement ? Elle, elle essayait désespérément de recouvrer une tenue décente. Riley vint à son secours et lui offrit, en prime, un baiser sur le nez.

— Je vais lui porter à boire. Toi, tu ferais bien de reprendre tes esprits avant de te montrer, Emmy.

Elle le regarda s'éloigner, bouche bée, et ne sortit de sa stupeur que lorsqu'elle entendit la porte d'un placard s'ouvrir, puis se fermer, et l'eau couler dans l'évier. Elle s'empressa d'enfiler ses vêtements, tout en songeant à Riley. Comment expliquer sa sérénité ? Avait-il donc tellement l'habitude de passer du rôle d'amant à celui de père ?

Non ! Pas question de laisser le monstre hideux de la jalousie entamer sa confiance ! Ce qui s'était passé entre elle et Riley couvait depuis bien longtemps et n'avait été retardé que par des raisons indépendantes de leur volonté. Si on ne l'avait pas forcée à quitter Uncertain, ils seraient devenus amants, un jour ou l'autre ; en tout cas avant l'entrée de Riley à l'université. Ce n'était pas pour autant qu'ils avaient des droits l'un sur l'autre.

Bon ! Elle avait bien mis tous ses habits, elle s'était correctement boutonnée… Elle entra dans le salon au moment où Riley partait vers la cuisine, un verre vide à la main et une petite fille aux yeux ensommeillés blottie dans le creux de son bras libre. Evitant son regard, Emmy alla ranger le verre dans le lave-vaisselle. Elle lui tournait le dos quand elle entendit son ton embarrassé.

— Alanna veut dormir dans son lit. Je suis désolé de filer comme ça.

Toujours sans le regarder, elle fit un geste désinvolte de la main.

— Je n'avais pas vu qu'il était si tard. C'est vrai, tu dois te lever tôt demain pour ton travail.

— Passe donc à mon cabinet dans la matinée pour que Marge te fixe un rendez-vous. Et puis note sur un papier tout ce dont tu te souviens du jour où tu as vu Frannie pour la dernière fois. Et du lendemain aussi. On sera mieux préparé pour affronter les questions de Fielder. Alanna, avant de t'endormir, dis merci à Emmy pour le dîner, s'il te plaît.

La fillette souleva la tête.

— Est-ce que je pourrai venir jouer avec Pharaon demain ?

— Si ton père et Mme Yates veulent bien, répondit Emmy en souriant, tu peux venir voir Pharaon demain après-midi.

— Papa, tu es d'accord ? demanda la petite dans un bâillement.

— Oui, à condition que tu ne déranges pas Emmy.

— On va très bien se débrouiller toutes les deux. Tu pourras avertir Mme Yates ?

Emmy, le feu aux joues, ouvrit la porte et s'effaça pour laisser passer Riley et Alanna. Elle ne se rappelait plus ce qu'ils s'étaient dit après coup, ne savait d'ailleurs pas s'il y avait quelque chose à dire. C'était arrivé, voilà. Parce que cela devait arriver, depuis le temps. Et elle ne regrettait rien.

— Je ferai un saut à ton bureau dans la matinée. On pourra peut-être bavarder un peu.

— J'espère que tu vas vite avoir le téléphone, Emmy. J'ai franchement honte de partir comme ça.

Emmy se frotta les bras pour se réchauffer. Elle se força à sourire à Alanna, qui semblait sortir de sa torpeur, avant de s'adresser de nouveau à Riley.

— Tu es dispensé de la corvée de vaisselle, pour cette fois. On avait… euh… du rattrapage à faire ce soir, Riley. Mais une autre « session » ne sera pas nécessairement indispensable. N'aie crainte.

Emmy ferma sa porte sans même un signe de main. « Mauvais augure », pensa Riley. Il se retourna plusieurs fois sur le chemin qui le séparait de chez lui. La dernière phrase d'Emmy le tracassait. Pour elle, cette nuit n'avait-elle été qu'une aventure passagère ? Ou bien, avait-elle simplement voulu décourager la curiosité toujours en éveil de sa fille ?

Quel dommage qu'il ne puisse retourner chez elle après avoir couché Alanna. Mais il devait avant tout assumer son rôle de père. Jamais il ne laisserait sa fille toute seule la nuit dans la maison ; même un court instant. Le lendemain, quand Emmy passerait à son cabinet, il lui accorderait un entretien privé dans son bureau, comme il le faisait avec tout nouveau client. Résigné, il porta sa fille jusque dans son lit. Quand pourraient-ils poursuivre ce qu'ils avaient commencé, lui et Emmy… ?

Emmy se sentait liquéfiée et aurait dû dormir comme une marmotte. Mais elle était trop excitée. Elle alla s'asseoir à la table et s'efforça de rédiger la liste qu'il lui avait demandée. Sans résultats. Le menton calé dans une main, elle rêva aux cheveux de soie de Riley, à la merveilleuse chaleur de sa peau…

Si elle avait réussi à dormir une heure avant que les rayons du soleil n'inondent sa chambre, c'était bien le bout du monde. Même une douche ne parvint pas à l'apaiser. La seule solution était de sortir, de s'éloigner de cette véranda qui lui rappelait la nuit précédente. Pourquoi ne pas aller voir Josey à l'usine de poterie de Marshall, pendant sa pause ? se dit-elle de but en blanc. Elle apporterait des beignets.

Après avoir garé son pick-up devant la fabrique, tandis qu'elle se frayait un chemin entre les innombrables rangées de pots de fleurs, elle se prit à imaginer la terrasse de chez Frannie égayée par des géraniums rouge vif. C'était peut-être une dépense inutile puisqu'elle n'était pas sûre de rester. Tant pis ! Elle allait acheter quelques pots ici même et elle s'arrêterait à la pépinière qu'elle avait repérée sur la grand-route pour les fleurs.

Avant d'aller chercher Josey, la caissière à qui Emmy s'était adressée la conduisit dans une cour ombragée où se trouvaient des tables de pique-nique. Emmy posa son paquet de beignets sur l'une d'elles.

— Cela fait assez longtemps que je n'ai pas vu Josey, mais je pense qu'elle se souviendra de moi, dit-elle.

Oui, Josey se souvenait d'elle ! Elle sortit au pas de course d'un des ateliers en essuyant ses mains couvertes d'argile sur un lourd tablier qui claquait autour de ses jambes. Quand elle fut certaine qu'il s'agissait bien d'Emmy, elle poussa un cri de joie.

— Je croyais avoir mal entendu quand Kim m'a dit qui était là. Laisse-moi te regarder.

Ses yeux noirs s'embuèrent de larmes.

— Je ne pensais pas qu'on te reverrait un jour, Emmy Monday. Je suis trop sale pour t'embrasser. Tu n'es pas juste de passage, n'est-ce pas ? On a tellement de choses à se raconter. Où étais-tu ?

— Je suis là, c'est tout ce qui compte. Et peu m'importe que tu sois pleine d'argile.

Et elle étreignit longuement Josey.

— J'ai apporté des beignets, poursuivit-elle quand elles se séparèrent enfin. Il y a un endroit où on peut acheter à boire ?

— Il y a des machines là-bas, près du mur. C'est moi qui offre, dit-elle en extirpant d'une poche sous son tablier des billets tout froissés.

— Tu peux me prendre une boisson à l'orange pendant que je vais me laver ? J'en ai pour une minute. Promets-moi seulement de ne pas de nouveau prendre la poudre d'escampette.

— Je te le promets, répondit Emmy en riant. Cela dit, ce n'est pas moi qui avais décidé de partir, la dernière fois. Aujourd'hui, personne n'a le pouvoir de me chasser.

— Pas de mari ? s'enquit Josey en examinant l'annulaire gauche d'Emmy.

— Pas l'ombre d'un. Et toi ?

— Je sors avec le même garçon depuis dix ans. On est tous les deux maîtres potiers. On travaille dans deux équipes différentes, avec des horaires opposés.

Cela semblait suffire à expliquer pourquoi ils ne s'étaient pas mariés, car Josey n'ajouta rien de plus.

— Ça fait combien de temps que tu es revenue ? Tu as vu Riley ?

— Tu ne me croiras jamais. Figure-toi que je suis sa voisine. J'ai loué la maison de Frannie. Allez, va te laver. Je vais chercher nos boissons.

Emmy voulait réfléchir à ce qu'elle allait dire exactement à Josey de ses retrouvailles avec Riley. A une époque, elles s'étaient confié leurs secrets les plus intimes. Aujourd'hui, Emmy n'était pas sûre d'en avoir envie.

Les deux amies furent de retour en même temps.

— Je n'ose pas imaginer le portrait que Riley t'a brossé de moi. Ce doit être abominable.

— Hier, pour la première fois, il a vaguement fait allusion à un problème. Il m'a juste dit que vous ne vous parliez plus depuis un certain temps.

— Depuis cinq ans, précisa Josey d'un air maussade en prenant un beignet. Il n'y a pas eu moyen de discuter avec lui. C'est une vraie tête de mule.

— Qu'est-ce qui s'est passé ? Toi qui l'idolâtrais…, s'étonna Emmy, qui nota que Josey enroulait toujours ses magnifiques cheveux noirs, si longs et si lisses, sur le sommet de sa tête.

— Tu sais qu'il a été marié ? C'est moi qui les ai présentés l'un à l'autre. J'avais rencontré Lani Sky à un marché d'artisanat indien, dans l'Oklahoma. Elle habitait sur une réserve voisine de la nôtre et elle fabriquait de superbes bracelets et colliers de perles traditionnels. Bref… Riley venait d'obtenir du premier coup son diplôme d'avocat. Le jour où il est venu nous annoncer la nouvelle, Lani était à la maison en train de discuter avec mon oncle d'une loi sur les programmes dans les écoles des réserves. Riley était sur un nuage et il nous a brusquement invitées au restaurant, Lani et moi. Je ne me rappelle plus pourquoi, mais j'ai décliné son offre et il est parti avec Lani. Ils étaient aux antipodes l'un de l'autre. A priori, leur relation aurait dû en rester là.

— Ça a pourtant collé entre eux, de toute évidence, dit Emmy d'un ton faussement enjoué.

118

Elle n'était pas sûre, après ce qui s'était passé la nuit précédente, de vouloir entrer dans le détail de l'histoire d'amour de Riley.

— Elle lui a jeté un sort, déclara Josey, soucieuse. Ou plutôt, son oncle, qui est chaman. Lani et sa mère étaient des pratiquantes chamanistes. Au cours d'une séance, les esprits avaient annoncé à l'oncle de Lani qu'ils enverraient Riley pour aider les membres de la tribu à défendre leurs droits face à la menace du monde moderne. Et Lani l'avait cru. Je n'ai rien contre leur religion, mais il faut bien comprendre que mon frère, lui, depuis la mort de papa, avait toujours rejeté ce qui, de près ou de loin, avait un rapport avec la culture indienne.

C'était vrai, songea Emmy. Riley s'était sans cesse appliqué à ressembler en tout point à Jed, Will et à leurs amis.

— Il y a donc eu, dès le départ, un malentendu entre Riley et Lani, poursuivit Josey. Elle s'est mariée sans connaître son mari et s'est ensuite sentie piégée quand Riley a déclaré sa ferme intention de s'installer comme avocat à Uncertain.

— Quand ils ont compris qu'ils n'étaient pas sur la même longueur d'onde, pourquoi n'ont-ils pas divorcé ?

— Riley était trop occupé à monter son cabinet et à diriger le chantier de la maison qu'il se faisait construire pour s'apercevoir de quoi que ce soit. Quant à Lani, elle était persuadée que Riley avait été envoyé par les esprits et qu'elle avait été choisie pour lui ouvrir les yeux.

— Leur relation semble avoir été vouée à l'échec.

— Oui. Riley n'avait pas pris garde aux fréquentes escapades de sa femme dans l'Oklahoma… jusqu'à ce qu'elle tombe enceinte. Et là, il s'est réveillé, car Lani a continué ses petits voyages au lieu de consacrer son temps, comme Riley l'avait espéré, à aménager et décorer leur maison, qui était maintenant terminée.

— Elle est tellement belle, pourtant !

— Lani la détestait. Son idéal à elle était d'habiter à l'écart de la civilisation moderne, dans un tipi traditionnel.

— Pourquoi choisir le dénuement, si elle n'y était pas forcée ?

— Tout le monde ne croit pas que faire comme nos ancêtres consiste à vivre dans le dénuement, répliqua Josey avec un haussement de sourcils. Beaucoup d'Indiens préfèrent le mode de vie à l'ancienne.

— Excuse-moi, Josey, mais j'ai du mal à saisir. En tout cas, tel que je connais Riley, je suppose qu'il a compris le problème après la mort de sa femme et que maintenant il est rongé de remords.

— Si seulement c'était aussi simple ! La grossesse de Lani se passait mal. Riley pensait qu'elle était suivie par Rico Santiago, qui est un médecin très estimé dans la région. Au début du septième mois, quand Riley s'est aperçu que, en fait, sa femme avait confié son suivi médical à son oncle, il a perdu les pédales. Il a découvert aussi que Lani recourait à des incantations et à toutes sortes d'amulettes qu'elle cachait dans les placards et les tiroirs. Fou furieux, il a passé la maison au crible et a tout mis au feu.

— Je vois mieux pourquoi il s'est fâché quand je lui ai demandé si tu avais appris à Alanna à tisser. Mais qu'est-ce qui explique qu'il soit fâché contre toi ? Tu fais partie de sa famille, quand même.

Josey écrasa sa canette de soda.

— Je travaillais déjà ici, à l'usine. Un vendredi, Lani m'a téléphoné, assez tôt. Elle était proche de son terme. Riley et elle s'étaient violemment disputés et mon frère avait refusé de céder aux supplications de sa femme et de la conduire dans sa famille pour le week-end. Au téléphone, elle m'a fait comprendre que Riley avait un empêchement et qu'il était d'accord pour que je l'emmène, moi. Comme cela faisait plus d'un mois que je n'avais pas vu maman, j'ai accepté. J'ai même pris un jour de congé. Lani n'avait pas l'air bien quand je suis passée la chercher. J'ai essayé de la dissuader de faire le voyage. Encore aujourd'hui, Riley ne sait pas tout ce que j'ai fait pour la convaincre d'y renoncer.

— Donc, vous êtes parties…

— Oui. On était à peine arrivées dans la tente de sa famille, à des kilomètres de tout, qu'elle a ressenti les premières douleurs. Des douleurs anormalement violentes pour un début de travail et concentrées dans la partie droite du bas-ventre. Son oncle a entamé une série d'incantations. J'ai imploré sa mère de me laisser la conduire à la clinique de la tribu. En vain. Sa famille m'a ordonné de quitter les lieux.

— Ça a dû être épouvantable, murmura Emmy en serrant les mains calleuses de Josey dans les siennes. Ce n'est pas la peine de continuer, si ces souvenirs sont trop pénibles. Je peux deviner la suite. Les douleurs n'étaient pas uniquement provoquées par les contractions ; elle faisait une appendicite et cela prenait une mauvaise tournure. Si l'appendice s'était rompu, Alanna n'aurait pas survécu, à moins d'un miracle.

— Exactement. Lani poussait des hurlements terrifiants. Je ne savais pas quoi faire. Je suis partie chez ma mère. Elle a téléphoné à Riley qui, par bonheur, était là. En tout cas, par bonheur pour Alanna. Il a piqué une crise mémorable et a appelé les policiers de la réserve en les menaçant de poursuites judiciaires s'ils n'intervenaient pas. Il a finalement obtenu qu'une ambulance privée transporte Lani à l'hôpital régional. Un scandale pour la tribu. Quand Riley est arrivé — en avion, grâce à Jed —, il était trop tard. Lani avait succombé durant son transfert à l'hôpital. Ce sont les ambulanciers qui avaient pratiqué l'accouchement et Alanna était à l'unité de soins intensifs de l'hôpital.

— Ceci n'explique toujours pas pourquoi il refuse de te parler, Josey. Sans toi, Alanna ne serait pas là. C'est évident.

Josey, désabusée, haussa les épaules.

— On peut aussi dire que si je n'avais pas conduit Lani dans l'Oklahoma, elle ne serait pas morte… Toujours est-il que Riley a dû comparaître devant le conseil de la tribu pour avoir envoyé Lani dans un hôpital hors de la réserve. S'il a sauvé sa peau, c'est uniquement parce qu'il est lui-même indien. Pour ce que ça lui sert… Il était tellement furieux qu'il a exigé d'être rayé des registres Caddos. Il a littéralement renié son appartenance à la tribu, si bien que maman et moi sommes censées le considérer comme mort. Il a tout à fait le droit de refuser de me voir. Nous n'avons plus aucun lien.

— C'est absurde ! Je n'imagine pas Neva renier son fils !

— Elle lui a envoyé quelques lettres, en cachette. Personnellement, je ne l'ai pas contacté. Ça m'est impossible.

— Ce n'est pas parce qu'on barre un nom sur un registre qu'on n'est plus frère et sœur.

Josey baissa la tête.

— Riley a fait le choix de ne plus faire partie de notre famille.

Emmy ne sut quoi répondre. Quand elle vit son amie se lever brusquement et lancer sa cannette dans une poubelle, elle eut l'impression que Josey avait interprété son silence comme une condamnation.

— Il faut que je retourne travailler. Mon temps de pause est dépassé.

— Déjà ? Laisse-moi au moins ton adresse et ton numéro de téléphone.

— Si tu veux continuer à voir Riley, il vaut mieux que tu coupes les ponts avec moi. Il ne me pardonnera jamais.

Elle s'éloignait déjà.

— Attends, l'appela Emmy en se levant de son banc. Nous sommes amies, Josey. Je ne laisserai personne me dire qui je peux voir et qui je ne peux pas voir.

Josey ne ralentit pas. Elle elle se hâta, même. Ni Riley ni Josey n'étaient du genre à céder, se dit alors Emmy. Comment les aider à se réconcilier ? Elle qui était prête à tout pour se trouver un parent, même éloigné, n'arrivait pas à concevoir qu'on se coupe délibérément de sa famille. Rien ne pouvait le justifier. Comment

Riley, qui n'était pourtant pas un être insensible, pouvait-il empêcher sa fille de voir sa tante et sa grand-mère ?

Elle fit un détour par la pépinière, où elle fit une provision de géraniums et de pétunias, puis fila droit vers sa maison. A peine arrivée, elle planta les fleurs dans ses pots tout neufs. Ensuite, elle se rendit au cabinet de Riley. Pourquoi redoutait-elle cette visite ? Elle n'aurait su le dire, mais elle fit les cent pas devant l'immeuble avant de se décider à monter.

— Est-ce que Riley est au courant ? Est-ce qu'il sait que vous voulez le lancer sur la piste de vos parents naturels, mademoiselle Monday ? demanda la femme aux cheveux gris.

Emmy fut décontenancée par la dureté de la question. Au même moment, Riley sortit de son bureau. Manifestement, il s'attendait qu'Emmy détrompe Marge. Mais Emmy ne répondait pas. Et plus le silence durait, plus le doute se lisait sur le visage de Riley.

— Allons, Emmy, je sais bien que Marge a la réputation d'avoir un flair infaillible, dit-il avec un petit rire nerveux, mais démontre-lui que cette fois elle a tout faux et que mon intervention se borne à ton entrevue avec Logan.

Emmy s'éclaircit la voix.

— Non. J'ai besoin de quelqu'un qui dispose d'un ordinateur pour accéder aux registres de l'état civil du Texas. Et, c'est vrai, je voudrais t'engager pour que tu m'aides à démarrer mon enquête.

Riley explosa.

— C'est hors de question ! Je crois m'être exprimé assez clairement hier. Ce qui compte, c'est le présent et l'avenir. Laisse tomber tes recherches ridicules.

— Je ne peux pas, s'écria-t-elle.

Riley se crispa. Il fit demi-tour et se dirigea vers son bureau, dont il tenta de fermer la porte. Mais Emmy parvint à l'en empêcher.

— Je ne suis pas Lani, Riley. J'ai vu Josey aujourd'hui et elle m'a tout expliqué.

Elle claqua la porte du bureau derrière elle.

— Je n'ai aucune envie de vivre dans le passé. Je veux seulement savoir d'où vient le sang qui coule dans mes veines.

— Qu'est-ce que ça peut faire ? Tu es toi. Une femme qui s'est faite toute seule.

— Mais es-tu sûr de la connaître, Riley ? Tu peux me certifier que je n'ai aucune tare cachée ?

Il l'attira violemment vers lui et s'empara de sa bouche.

Elle s'obligea à rester de marbre. Quand il la relâcha et s'écarta d'elle, inquiet de la réaction qu'elle allait avoir, elle murmura d'une voix mal assurée :

— Qui embrassais-tu, Riley ? La fille d'un malade mental ? D'une putain toxicomane ? Pour moi, c'est important de le savoir, bon sang ! Et si je représente quelque chose pour toi, ce devrait l'être pour toi aussi.

Sans rien répondre, il lui fit signe de s'en aller.

— Entendu, Riley. Je découvrirai les origines d'Emerald Monday sans ton aide.

Elle s'éloigna, priant, à chaque pas, pour qu'il la retienne. Mais elle traversa la réception… Elle franchit la porte du cabinet… il ne fit pas un geste, il ne prononça pas une parole. Elle ne se retourna que lorsqu'elle eut introduit la clé dans la serrure de son pick-up. Elle le vit alors qui l'observait par la fenêtre de son bureau, les mains croisées derrière le dos comme s'il craignait de les lui tendre malgré lui. Son visage était figé dans une expression indéchiffrable, un masque têtu et impénétrable.

7.

Emmy roulait au hasard. Elle ne se sentait pas la force de rentrer chez elle, encore moins de s'occuper d'Alanna. En tout cas, tant que la colère qu'elle éprouvait contre Riley ne se serait pas apaisée et… que ses lèvres brûleraient encore de son dernier baiser. Bien étrange baiser…

Comme Josey, elle avait l'impression de se heurter à un mur, avec Riley. Et si Josey n'avait pas réussi, en cinq ans, à l'ébranler, comment Emmy pouvait-elle espérer y parvenir ?

Riley était attiré physiquement par elle ; aucun doute là-dessus. Mais elle attendait bien davantage que des nuits d'amour charnel. Elle avait compris qu'elle voulait ressusciter ce qu'ils avaient partagé si brièvement dix-neuf ans plus tôt : la joie, la gaieté, mais aussi l'amitié et le respect. Et, surtout, un idéal commun, une vision de l'essentiel.

Comment se retrouva-t-elle à proximité de la zone de fouilles ? Elle n'aurait su le dire, préoccupée qu'elle était par la façon dont elle et Riley s'étaient quittés. Quand elle descendit de son pick-up, elle apprécia le calme champêtre que seuls venaient perturber le chant des merles moqueurs et le murmure du vent à travers les pins. Rien de sinistre dans ce paysage. Sur sa droite, le terrain descendait en pente douce vers un bras du lac, bien protégé par la végétation ; le refuge des canards huppés et des grues blanches, se rappela-t-elle.

Malgré un mauvais pressentiment, elle avança en direction des sépultures indiennes. Peut-être qu'en voyant le site de ses propres yeux, elle comprendrait mieux pourquoi Frannie s'était rendue dans ce lieu isolé, ou pourquoi on l'y avait entraînée. Il n'y avait pas d'habitations aux alentours. La plupart de celles dans lesquelles Frannie avait travaillé étaient situées sur la rive opposée. Alors, pourquoi ici ? Pourquoi ?

Emmy aurait voulu remonter le temps pour changer le cours de ce jour fatidique. Plongée dans ses pensées, elle trébucha sur une motte de terre et s'aperçut qu'elle marchait dans un enchevêtrement d'ornières. Elle remarqua aussi la présence de nombreuses empreintes de bottes.

A un détour du sentier, le site des fouilles proprement dit apparut. Elle ralentit. Les outils de l'équipe d'archéologues étaient encore éparpillés çà et là. Plusieurs trous béaient dans le riche terreau.

Emmy fut prise de violentes nausées. Que cherchait-elle donc à prouver en venant ici ? La réponse était assez simple, quand elle y réfléchissait. Jusqu'à cet article dans le journal, elle avait délibérément effacé de sa mémoire les treize premières années de sa vie. Mais, depuis, ce vide dans son passé lui semblait insupportable. Elle voulait démêler un à un les fils de son histoire. Et c'était à Uncertain qu'elle y réussirait. Elle pourrait alors refermer définitivement le livre du passé et continuer sa vie.

Hélas, pour l'instant, rien dans ce lieu où Frannie avait été abandonnée ne lui était d'aucune aide. Déçue, Emmy rebroussa chemin pour gagner son pick-up.

C'est alors qu'elle vit un 4x4, gyrophare allumé, cahotant dans les ornières, se diriger droit sur elle… Son cœur se mit à battre à se rompre.

Le véhicule n'était pas encore arrêté qu'un homme sauta à terre. C'était l'adjoint du shérif.

126

— Madame. Le shérif Fielder a été informé que quelqu'un avait pénétré sur ces lieux interdits au public, comme cela est clairement signalé. Je vais devoir vous emmener au poste.

— M'emmener au poste ? Je n'ai rien fait de mal. Je n'ai touché à rien. Qui vous a appelé ?

Elle regarda autour d'elle, puis vers l'autre rive du lac… Elle eut la chair de poule. Quelqu'un l'avait-il espionnée ? Le policier resta impassible.

— Si vous voulez bien verrouiller votre véhicule… Vous devrez monter avec moi, dans la voiture de police.

Emmy voulut protester, puis se ravisa. De toute façon, cela faisait un moment qu'elle aurait dû passer voir Logan. Même sans Riley, elle était décidée à tirer les choses au clair et à en finir avec cette entrevue qu'elle ressentait comme une épée de Damoclès au-dessus de sa tête.

— Mon pick-up est déjà fermé à clé. Je suis à vous.

Elle contourna d'un pas assuré le 4x4 et s'apprêta à ouvrir la portière avant.

— Non, madame. Veuillez vous asseoir à l'arrière. Derrière la vitre de séparation. Donnez-moi votre sac aussi. Vous pourriez y avoir caché une arme.

— Je n'ai même pas un tube de rouge à lèvres ! Il y a mon permis de conduire, un paquet de mouchoirs en papier et un peu d'argent, c'est tout. Enfin… Si ça peut vous faire plaisir, pesta-t-elle en lui lançant son sac.

Elle commença vraiment à perdre son sang-froid lorsqu'elle se retrouva enfermée à l'intérieur du véhicule de police dont les portes arrière ne s'ouvraient que de l'extérieur. Que lui voulait-on exactement ?

La secrétaire frappa à la porte du bureau de Riley et, sans attendre la réponse, glissa sa tête grisonnante à l'intérieur.

— Qu'est-ce que c'est ? demanda-t-il sèchement, avec un regard agacé.

Il aurait dû être plongé dans la préparation d'un procès concernant un vol de bois de construction, procès qu'il avait à cœur de remporter pour enrayer la recrudescence de ce genre de délits. Pourtant, depuis la visite d'Emmy en milieu de matinée, il ne parvenait pas à se concentrer. Il avait encore couvert une feuille entière du nom et des initiales de sa maîtresse ! A l'arrivée de Marge, il avait détaché précipitamment la page du bloc pour la fourrer dans le tiroir avec ses autres gribouillis.

— Excusez-moi de vous déranger, Riley, mais Cheryl Ott m'a appelée de la prison. Kyle Masters vient d'y amener votre amie. Pour une vétille, apparemment.

Riley se leva à moitié de son siège et attrapa mécaniquement sa veste.

— Logan est donc décidé à inculper Jed Louis. Téléphonez à Dexter Thorndyke, pour l'inviter à venir faire un tour dans la région. N'oubliez pas de lui rappeler que, comme d'habitude, ma salle de conférences lui est ouverte s'il veut discuter avec Jed.

— Pardon, mais je ne parlais pas de Jed. C'est Emmy Monday qui s'est fait embarquer.

— Quoi ? explosa Riley, dont la veste à moitié enfilée lui coinçait les bras derrière le dos.

— Bart Jones a un rendez-vous avec vous dans un quart d'heure, s'inquiéta Marge. Voulez-vous que je lui fixe une autre date la semaine prochaine ? Vous savez, c'est au sujet de la querelle entre deux voisins qui...

— Emmy a-t-elle téléphoné pour demander mon assistance ?

Il retint son souffle en attendant la réponse de Marge. Il espérait tellement qu'Emmy aurait besoin de lui ! Depuis qu'il l'avait laissée filer ce matin, comme un idiot, il s'efforçait de trouver un moyen de faire amende honorable, sans perdre la face... Hélas !

— Personne n'a appelé, à part Cheryl, répondit-elle en fixant sur lui un œil désapprobateur. Il vous faut une invitation pour aider une amie, maintenant ?

Il termina d'enfiler sa veste, fourra un bloc de papier dans son porte-documents et vérifia qu'il avait sa provision de stylos en poche.

— Quelle que soit la raison invoquée pour l'arrestation d'Emmy, reprit Marge, Logan en profitera certainement pour l'interroger sur la disparition de Frannie Granger. Voilà les notes que vous aviez demandé à Mlle Monday de rédiger, dit-elle en glissant des feuilles de papier pliées dans une poche extérieure du porte-documents de Riley.

L'entêtement de Marge réussit à le dérider.

— Vous savez, Marge, il n'est pas du tout impossible qu'Emmy me flanque à la porte du bureau de Logan… C'est bon, j'y vais ! Je suppose que je lui dois des excuses, après ce qui s'est passé ce matin.

— Il n'y a pas de « je suppose » qui tienne. Vous vous êtes comporté comme un fieffé imbécile.

— Je vous remercie pour l'impartialité de votre jugement.

Avant d'ouvrir la porte, Riley s'arrêta devant sa secrétaire qui, tout à coup, afficha une mine contrite.

— Je vois que vous venez de vous rappeler qui signe votre chèque à la fin du mois.

— Je passe davantage de temps dans ce bureau que chez moi. Le jour où je ne pourrai plus vous dire ce que je pense, ce n'est pas vous qui me renverrez. C'est moi qui démissionnerai.

— Vous ne connaissez même pas Emmy Monday. Pourquoi prenez-vous fait et cause pour elle ?

— Eh bien… Figurez-vous que ma cousine Laura a eu un enfant naturel elle aussi. Mon oncle et ma tante l'ont obligée à le confier à un service d'adoption. Elle n'a même pas eu le temps de le voir, de savoir si c'était un garçon ou une fille. Ma pauvre Laura a souffert pendant des années tellement elle se sentait coupable. Ma sœur et moi aurions donné cher pour que son enfant essaie de la retrouver ; cela aurait évité que, sur un coup de folie, elle n'essaye de voler un bébé.

— Cela me fait de la peine pour votre cousine, Marge… Mais le cas d'Emmy est différent, car elle n'a pas pu être adoptée légalement. Elle a été abandonnée à la foire à la brocante de Canton, au milieu de milliers de visiteurs. N'importe qui aurait pu l'emmener : un malade mental, un pervers… La personne qui l'a déposée n'avait pas réfléchi à cette éventualité, ou bien s'en moquait, tout simplement. Ce qu'Emmy refuse de comprendre, c'est que je me fiche de savoir qui sont ses parents. Ce qui compte chez quelqu'un, c'est qui il est, pas comment il est né.

— Emmy avait quand même raison sur un point. Vous avez effectivement plaqué l'histoire de Lani sur la sienne. Si votre femme s'intéressait au passé, ce n'était pas pour retrouver ses ancêtres ou parce qu'elle voulait être autre chose qu'un numéro sur un registre. Lani savait qui elle était ; elle avait conscience d'être un des piliers d'une communauté spirituelle plus large, qu'elle considérait comme *idéale*. C'était là le nœud du problème, parce que vous, vous ne la considériez pas comme idéale. Comme beaucoup de personnes qui ont des convictions très fortes, elle manquait de tolérance. C'est ça aussi qui différencie fondamentalement Emmy et Lani.

Riley ouvrit la porte rageusement, sans répliquer.

— Ce que j'ai encore à vous dire ne va pas vous plaire davantage, ajouta Marge. Tous les gens qui vous connaissent et vous aiment ont trop longtemps respecté le silence que vous avez imposé autour de Lani. Vous n'avez jamais parlé de sa mère à votre fille, n'est-ce pas ? Si vous n'y prenez garde, Alanna se retrouvera un jour dans la même situation qu'Emmy. Vous feriez bien de vous demander comment vous répondrez à ses questions quand, à l'école maternelle, un affreux jojo lui annoncera que les bébés ne naissent pas dans les choux.

130

— Je n'ai jamais raconté pareilles sornettes à Alanna, protesta Riley. Elle sait que sa mère est morte.

— Oui, mais elle ne sait pas qu'elle a des tantes, des oncles et deux grands-mères, lui reprocha Marge, avec douceur cette fois. Je suis déjà allée chez vous, Riley. Alanna a dans sa chambre absolument tout ce dont un enfant peut rêver, sauf… une photo de sa mère. D'ailleurs, il n'y en a pas une seule dans toute la maison. Elle a existé pourtant, Riley.

— Appelez Logan. Dites-lui que s'il se permet de poser la moindre question à Emmy avant mon arrivée, je ferai un vrai scandale, dont on entendra parler dans tout le Texas.

Riley claqua la porte si violemment que la vitre vibra. Ses mains tremblaient encore quand il voulut ouvrir sa portière.

Décidément, tout le monde se liguait contre lui ! D'abord Emmy, maintenant Marge… Une fois assis dans sa voiture, cependant, il se calma et, petit à petit, finit par s'avouer qu'elle avait raison. Oui. C'était à cause de ce qu'il avait vécu avec Lani qu'il avait refusé d'aider Emmy dans ses recherches de filiation. Il laissait de mauvais souvenirs lui empoisonner la vie.

L'autre jour, Emmy s'était étonnée qu'Alanna n'aille pas à l'école maternelle. La vérité vraie, c'est qu'il ne se sentait pas prêt à affronter des questions sur la mère de sa fille. Cela ne suffisait jamais de dire qu'elle était morte. Il fallait donner des détails. Quand ? Comment ? Les enfants non plus ne reculaient pas devant ces questions. Riley en savait quelque chose. Il était encore jeune quand son père avait été tué au Viêt-nam. C'était vraisemblablement une des raisons pour lesquelles les circonstances de la mort de Lani lui étaient apparues insupportables. Ni la mort de son père ni celle de sa femme n'avaient de sens.

Nom d'un chien ! Elle n'y allait pas de main morte, Marge ! Et elle ne lâchait pas prise facilement ! « J'aurais dû dire d'entrée de jeu à Marge que j'avais déjà décidé de ne plus laisser Emmy sortir de ma vie. Cela nous aurait épargné une discussion pénible », se reprocha-t-il tandis qu'il démarrait. Il était quand même loin d'avoir surmonté toutes ses réticences concernant les recherches d'Emmy, reconnut-il en se garant devant la prison. C'est alors qu'une idée germa. Ce genre de travail prenait parfois des années… Il pourrait promettre à Emmy, en toute bonne foi, de se lancer sur la piste de ses parents. Il battrait le rappel de ses collègues qui avaient un peu d'expérience dans ce domaine, lirait leurs rapports et les transmettrait à Emmy. Cela ne lui coûterait pas grand-chose Vu la tournure qu'avait prise leur relation la nuit précédente, avec un peu de chance, il gagnerait suffisamment de temps pour la convaincre de renoncer à une quête qui risquait fort de ne pas aboutir.

Résolu et soulagé, il pénétra le cœur léger dans la salle d'attente de Logan. Là, une surprise l'attendait : Kyle Masters, l'adjoint de Logan, était en train de prendre les empreintes digitales d'Emmy…

— Au nom du ciel, Kyle, qu'est-ce que vous faites ? Arrêtez ça immédiatement ! hurla Riley.

— Riley ! s'écria Emmy, les yeux écarquillés de stupeur, tandis que Riley et Masters se défiaient du regard.

— Emmy, est-ce que cet imbécile t'as prévenue que tu avais le droit d'appeler ton avocat ?

— Oui. Je lui ai dit que je n'en avais pas.

Riley ne répliqua pas tout de suite. Il enfonça une main dans la poche de son pantalon, laissa tomber sa tête sur sa poitrine et se massa la nuque de son autre main.

— Et moi, je suis quoi ? De la nourriture pour chat ?

— Tu as refusé de te charger de mon affaire.

— C'est faux.

Puis, le regard hargneux, il s'adressa à l'adjoint.

— Téléphonez à Marge et vérifiez auprès d'elle. Mlle Monday m'a engagé hier. Je veux savoir pour quel motif vous l'avez arrêtée.

— Euh… Violation de propriété privée et d'une scène de crime, je crois.

— Vous croyez ?

Riley se tourna vers Emmy pour s'assurer de l'exactitude des propos de Masters.

— J'ai seulement suivi un ruban jaune qui menait au site des fouilles où Frannie a été trouvée. Je n'ai touché à rien, je le jure.

Une femme, qui jusque-là avait lu tranquillement un magazine, se leva alors brusquement et vint prendre part à la conversation. Elle était visiblement irritée.

— Il n'y a plus grand-chose à toucher.

D'un mouvement de tête, elle fit passer son épaisse natte blonde par-dessus son épaule, puis se tourna vers Emmy.

— J'ai entendu Masters annoncer votre nom à l'accueil. Je me présente, Tessa Lang, archéologue. Je suis vraiment désolée, mademoiselle Monday.

— Appelez-moi Emmy. Vous ne correspondez pas du tout à l'image que j'avais des archéologues, mademoiselle Lang.

— Tessa. Bonjour, Riley, dit-elle avec un sourire en coin. La dernière fois que je vous ai vu, c'était au mariage de Gwen. Où vous êtes-vous caché depuis ?

— J'ai eu un dossier très épineux à instruire. Et vous ? Pourquoi traînez-vous ici ? Il y a des endroits plus gais...

Le regard d'Emmy allait et venait entre Riley et la belle Tessa. Quelle pouvait être — ou quelle avait été — la nature de leurs relations ? Tout à coup, pour la première fois, elle prit vraiment conscience du fossé qui la séparait de Riley. Tessa Lang ne pouvait que plaire à un homme comme lui ; par sa beauté, bien sûr, mais aussi parce qu'elle avait fait de longues études et exerçait une profession intéressante.

Son propre parcours professionnel avait été bien chaotique. Certes, elle n'avait jamais eu de travail ennuyeux, mais les postes qu'elle avait occupés ne lui avaient offert aucune perspective de carrière. Allons ! A quoi bon se laisser gagner par la morosité ? Elle écouta la réponse de Tessa.

— La prison est devenue ma deuxième maison. Je passe tous les deux ou trois jours, avec l'espoir que le shérif aura enfin autorisé la reprise des fouilles ; je risque de perdre ma bourse d'études avec tout ça, et de ne pas pouvoir soutenir ma thèse. Je donnerais cher pour ne pas avoir trouvé ces ossements !

Riley et Kyle Masters compatirent. Emmy, quant à elle, ne se souciait guère de ces histoires de thèse auxquelles elle ne connaissait rien. Elle souhaitait seulement que Tessa Lang finisse ses travaux et qu'elle parte ; qu'elle aille faire ses fouilles le plus loin possible de Riley, dans l'humidité de la jungle ou dans l'obscurité des pyramides.

Fielder, les cheveux en bataille, passa la tête par la porte de son bureau.

— C'est quoi tout ce vacarme ? Oh ! Vous êtes là, vous, glapit-il, l'air courroucé, à l'adresse de Tessa Lang.

— Laissez mon équipe vous aider. Elle a l'habitude de chercher sans rien abîmer. Je vous promets qu'on vous remettra tout ce qui n'appartient pas aux Indiens Caddo.

— Pas question. Vous avez vos contraintes, moi j'ai les miennes. Et j'ai la loi pour moi. Mon enquête a la priorité sur les recherches vaseuses de vos benêts d'étudiants. Je vous ai dit que je vous avertirai quand vous pourrez reprendre vos fouilles et je le ferai. Jusque-là, dégagez !

Tessa serra les poings et, après un rapide geste de politesse au reste de l'assemblée, sortit d'un pas rageur.

Fielder se retourna et fusilla Riley du regard.

— On dirait que tout le monde se ligue contre moi aujourd'hui. Je vois que tu meurs d'impatience d'ajouter tes commentaires à deux sous, Gray.

Un sourire narquois barra le visage de Riley.

— Vous étiez déjà excédé avant de voir Tessa. Qui d'autre vous a énervé ?

Pour toute réponse, Fielder poussa la porte de son bureau et la maintint ouverte.

— Approchez-vous donc, Ray. Venez un peu expliquer à Riley ce dont vous avez été témoin.

Ray Jennings ménagea ses effets. Il sortit du bureau de Logan en ajustant une cravate de soie bordeaux qui contrastait savamment avec son costume gris perle.

— J'ai seulement signalé quelque chose qui m'a paru anormal, Logan, ainsi que n'importe quel citoyen digne de ce nom l'aurait fait. Comme je vous l'ai déjà expliqué à deux reprises, je rentrais déjeuner chez moi par Piney Loop Road, quand j'ai reconnu le pick-up de Mlle Monday garé près du raccourci qui mène vers le lac Caddo.

Fielder l'interrompit et se mit à faire les cent pas autour de lui.

— Je ne dis pas que vous avez eu tort de venir, Ray. Simplement, j'avais compris que vous aviez vu Emmy Monday farfouiller autour de la tombe...

— Je n'ai pas farfouillé, protesta Emmy.

— Chut ! s'exclamèrent de concert Riley et Logan.

Jennings toussota et se lissa la moustache du pouce.

— Vous êtes certain ? Il me semblait n'avoir mentionné que son véhicule.

Ce fut au tour de Kyle Masters de protester :

— J'ai peut-être utilisé le terme « farfouiller », mais ça ne veut pas dire que je l'ai vue « en train » de farfouiller.

Fielder ne cacha pas son exaspération.

— Oui ou non, avez-vous surpris Mlle Monday en train de fouiller !

— Eh bien, elle était dans la zone interdite, insista Masters.

Riley s'assit sur le bureau.

— Donc... vous n'avez aucune preuve matérielle tendant à soutenir la thèse que Mlle Monday était là pour d'autres motifs

135

que la simple contemplation du paysage, comme elle l'a affirmé dans sa déposition. Que j'ai ici, dit-il en ouvrant son porte-documents. C'est bien ça ?

Fielder, Masters et Jennings se lancèrent des coups d'œil et finirent par baisser la tête pour éviter le regard de Riley.

— En l'absence de preuves, c'est la parole de ma cliente contre celle de Kyle.

Riley venait manifestement de marquer un point.

— Bien, poursuivit-il avec un sourire. Dans ce cas, vous ne verrez aucun inconvénient à ce que Mlle Monday aille se débarrasser de l'encre qu'elle a sur les doigts.

Sous le regard morne des trois hommes, il escorta Emmy jusqu'à la porte et lui indiqua le chemin des toilettes. Au moment où il revint, Ray attaquait Fielder sur son laxisme.

— Vous libérez Emmy ? Si elle ne projetait rien de louche, pourquoi est-elle allée fouiner là bas ?

— Aux dernières nouvelles, Ray, Uncertain se trouve encore dans un pays libre, rétorqua Riley calmement. Pourquoi tenez-vous tellement à la mettre derrière les barreaux ? Crachez le morceau !

— Je vous ai déjà dit que je n'intervenais qu'en tant que citoyen. Et aussi, bien sûr, en tant que membre du conseil municipal. Hier soir, le maire a attiré notre attention sur les risques que cette affaire faisait courir à notre activité touristique. Les journalistes rôdent déjà.

Riley croisa les bras.

— Ray, est-ce qu'il vous a traversé l'esprit que ce serait encore pire pour notre renommée si nous passions pour être une ville qui jette en prison des femmes innocentes ?

Le shérif, les paupières mi-closes, regarda tout à tour les deux hommes.

— C'est juste. Ray, la prochaine fois que vous déposerez plainte, assurez-vous que votre témoignage tient le coup.

136

Ray se redressa de toute sa hauteur et boutonna sa veste sur sa bedaine naissante.

— Vous n'êtes pas là pour me faire la morale, Logan, rétorqua-t-il, drapé dans une attitude de vertueuse indignation. De toute façon, vous aviez vous-même annoncé votre intention d'interroger Monday.

— Exact, acquiesça le shérif en regardant le banquier partir.

Il se tourna alors vers Riley.

— D'ailleurs, nous pouvons procéder à cet interrogatoire maintenant. Ou bien prendre rendez-vous pour un autre jour de la semaine. Les avocats essayent toujours de faire traîner les choses quand ils en ont la possibilité.

— C'est faux, Logan. Figurez-vous qu'Emmy est prête à coopérer pleinement, alors même que je lui ai précisé qu'elle n'y était pas tenue. Dès son retour des toilettes, nous pourrons bavarder calmement.

— Tu sembles plein de bonne volonté, Gray. Je suppose que tu l'as fait répéter et qu'elle sait ce qu'elle ne doit pas dire.

Riley sourit sous cape, tandis que Fielder se retirait dans son bureau. Il n'avait aucun intérêt à détromper son adversaire.

— Et maintenant ? demanda Emmy à Riley en revenant dans la salle.

L'atmosphère était encore électrique, malgré le départ des trois autres personnages.

— Tu te sens capable de répondre à quelques questions ? N'oublie pas, rien ne t'y oblige.

Emmy sentit la main chaude de Riley descendre le long de sa colonne vertébrale pour aller se poser au creux de ses reins.

— Tu as vraiment décidé de m'assister, Riley ?

— Tu n'as qu'un mot à dire et je vais chercher Logan.

— Vas-y. Bien que j'aie un peu d'appréhension.

Riley la regarda droit dans les yeux en l'encourageant d'un sourire.

— Détends-toi. Je serai là. Rappelle-toi, ma douce, qu'un interrogatoire est comme un jeu. Tu peux jeter l'éponge quand tu veux.

— Oui. Tu me l'as déjà dit. Au fait, merci d'avoir changé d'avis. J'ai dû drôlement t'agacer ce matin.

Riley la dirigea vers le bureau du shérif et s'arrêta avant de frapper.

— Si tu savais le savon que Marge m'a passé quand on a appris ton arrestation ! Vous êtes assez convaincantes, toutes les deux, dans votre genre. Ecoute, j'ai bien réfléchi. Quand on en aura fini ici, je retournerai à mon cabinet et je tâterai le terrain auprès de collègues qui ont l'expérience des recherches de filiation. Je ne peux pas te promettre que tu trouveras ta famille, Emmy, mais je vais faire en sorte que tu puisses démarrer ton projet.

— C'est vrai ? Riley, je ne sais pas quoi dire. Je me sens déjà mille fois mieux.

Ses yeux verts, magnifiques, luisaient de larmes.

— Attends, ne t'emballe pas trop.

Sur ce, il frappa à la porte de Logan Fielder, avec une impétuosité mal contrôlée. Au moment où le shérif ouvrit la porte, Emmy tendait ses lèvres vers Riley qui, loin de se dérober, l'embrassa à pleine bouche.

Le policier, fort mal à l'aise, se râcla la gorge.

— Euh… Ray m'a averti, qu'avec la clique de Frannie Granger, j'allais avoir affaire à des rebelles sans foi ni loi. Riley, je vais veiller à ce que cette affaire soit traitée avec impartialité. Je me permets de te rappeler qu'il s'agit d'une enquête, pas d'une partie de colin-maillard derrière le gymnase des garçons.

Emmy rougit jusqu'à la racine des cheveux, mais Riley se contenta d'un petit rire réjoui.

138

— S'embrasser en public ne constitue pas un délit, Logan. Vos questions et vos commentaires ne devront donc pas déborder le cadre de cette affaire. Et dépêchez-vous, car j'emmène ma cliente manger à Catfish Corner.

— Ah bon ? laissa échapper Emmy, prise au dépourvu. Non, ce n'est pas possible. J'ai promis à Alanna qu'elle pourrait venir jouer avec le chaton cet après-midi. Je ne veux pas lui faire faux bond.

Riley se sentit rayonner intérieurement de bonheur et de gratitude.

— Tu sais quoi ? Marge a une dette envers moi pour... Enfin, bref, elle a une dette. Je vais lui demander d'emmener Alanna à la pizzeria.

— Je vous en prie, entrez, dit Fielder en ouvrant plus grand la porte. Je ne voudrais pas vous déranger, mais on pourrait peut-être procéder à l'interrogatoire...

La mine contrite, Emmy et Riley franchirent ensemble le seuil du bureau de Fielder. Emmy, profil bas, s'assit sur la chaise que Riley lui tendit.

— Pas de problème, Logan. Notre calendrier est fixé. Vous pouvez y aller, nous vous écoutons.

— Rien n'est fixé, Riley, murmura Emmy, les lèvres pincées. J'ai fait une promesse à Alanna. On a trop tendance à ne pas tenir sa parole avec les enfants. Et puis, il y a Pharaon.

— Alanna et Marge peuvent lui donner à manger. Jed m'a confié une clé de la maison de Frannie, en cas d'urgence.

— Tu as une clé de chez moi ?

— Oui. Quoi ? Tu crois que je me permettrais d'entrer sans prévenir ?

— Je veux que tu me rendes cette clé, Riley. Et d'un. Et de deux, je ne reviendrai pas sur la promesse que j'ai faite à Alanna.

Riley perdit contenance.

— Pour être têtue, tu l'es. Je n'ai jamais vu ça. Je te propose alors qu'on emmène Alanna manger une pizza ce soir, et que, tous les deux, on aille dîner à Catfish Corner demain. Ça te va ?

Emmy accepta. Elle voulait à tout prix éviter les conflits avec Riley. Elle avait besoin de lui maintenant qu'elle était prête à affronter la vérité, après tant d'années passées à s'inventer des histoires sur sa mère naturelle. Mais, quand elle écouta les élans de son cœur, elle sut qu'elle se mentait. Si elle avait besoin de Riley, c'était parce qu'il avait toujours été son point de repère et le restait, encore maintenant.

8.

— Je suis fier de toi, Emmy. Tu n'as pas flanché devant le shérif.

Riley et Emmy quittèrent le bureau de Logan avec, en main, le reçu qui leur permettait de récupérer le pick-up.

— J'ai dit ce que je crois être la vérité. Mais je n'imaginais pas que c'était aussi difficile de parler du passé.

Elle semblait distante, ébranlée.

— Toi et Jed, vous êtes restés ici. Le shérif vous traite comme des adultes. Mais quand il s'agit de moi ou de Will, on a l'impression qu'il nous considère encore comme des gamins… J'espère qu'il n'est rien arrivé à Will. Fielder n'a jamais lancé d'avis de recherche. Ça ne te paraît pas étrange ?

Riley encercla de sa large main la nuque d'Emmy et lui massa doucement les muscles pour en chasser la tension.

— Logan n'a pas assez d'hommes, lui expliqua-t-il doucement. Il n'a que deux adjoints, dont l'un est à mi-temps. En plus, sans vouloir insinuer que notre shérif est dans le brouillard total, je crois qu'il n'a pas à sa disposition les meilleurs outils pour enquêter.

— Je sais que Jed est innocent. Fielder ne trouvera jamais le coupable s'il n'élargit pas ses recherches.

— Tu ne penses pas que Will… ?

— Certainement pas.

Elle fusilla Riley du regard. Il retira aussitôt sa main de son cou et revint à la charge.

— Tu as entendu Logan. Un témoin, apparemment digne de foi, l'a vu monter dans un camion qui se dirigeait vers Dallas. Il semblait être sur le qui-vive.

— Comment l'idée que Will ait fait du mal à maman Frannie peut-elle t'effleurer l'esprit ? Vous étiez amis que je sache.

— J'aimerais pouvoir l'affirmer, répondit Riley en se passant la main dans les cheveux. Will était un solitaire. Il ne se livrait jamais complètement.

— Parce que toi, évidemment, tu n'aurais pas été méfiant si tu avais mené la vie qu'il a menée… ?

— Peut-être suis-je déformé par mon métier, Emmy. Ce que je vois, c'est qu'il arrive que les gens bien fassent des choses moches.

Après un temps de silence, il reprit.

— Mais alors, qui… ?

Emmy parut éberluée.

— C'est la deuxième fois que tu me demandes ça. Comme si je pouvais le savoir.

— Excuse-moi. N'empêche que c'est la question que tout Uncertain se pose depuis la découverte de Tessa.

— On dirait que tu la connais bien…

— Tessa ?

Riley enfonça ses mains dans ses poches.

— Elle est venue me voir à son arrivée ici. Vu mes origines, elle espérait que j'aurais des renseignements qui permettraient d'étayer sa théorie sur la disposition des tumulus Caddos. Je n'ai pas pu l'aider autant qu'elle l'aurait souhaité, cela va sans dire, ajouta-t-il, agacé.

— Tu n'as pas dû trop mal la traiter. Elle avait l'air ravie de te voir.

— Attends ! Tu te trompes complètement si tu crois qu'il s'est passé quelque chose entre Tessa Lang et moi.

Emmy leva un sourcil.

— Elle ne porte pas d'alliance.

— Ce qui veut dire ? Que je drague toutes les célibataires qui passent, c'est ça ?

— J'ai tort ? Tu faisais des ravages ici, autrefois.

Riley se rembrunit.

— Ni plus ni moins que Jed et Will, et qu'une bonne dizaine de garçons que je peux te nommer. On était des adolescents comme les autres, excités par les filles. Reconnais que je me suis calmé avec l'âge.

Riley comprit, à l'expression dubitative qui passa un instant dans les yeux d'Emmy, qu'elle se rappelait l'épisode amoureux de la veille au soir, dans la véranda.

— Il faut vraiment que je rentre, dit-elle, contrariée.

— Emmy, attends…

Il lui emboîta le pas et lui prit le bras alors qu'elle atteignait son pick-up.

— Je ne sais pas comment t'expliquer. Je ne comprends plus trop où on en est tous les deux. Pour moi, tu es comme une étoile dans un passé sombre. Une étoile… mais aussi un coup de projecteur brutal… Et zut ! Je n'arrive pas à formuler mes idées. C'est frustrant, soupira-t-il, tandis qu'Emmy se dégageait et montait.

Comme la vitre du conducteur était baissée, Riley continua à parler quand Emmy fut installée au volant.

— Si tu crois que je suis le même qu'avant, tu te trompes. J'ai réussi à rompre avec ce que j'étais, comme j'ai toujours voulu le faire.

— Tu prends tes désirs pour des réalités, Riley. Tu viens d'une famille fière d'elle-même ; et d'une culture qui, depuis des générations, transmet des valeurs dont tu ne peux pas te débarrasser d'une simple pichenette. Moi, d'un point de vue historique, je n'existe pas.

— Tu mélanges tout. Je t'assure que tu existais à treize ans. Tu étais solide, drôle et d'une honnêteté irréprochable. Je parle de toi, ma douce, pas de tes ancêtres. Tu es devenue la femme que tu es, indépendamment de ton passé.

— Riley ! Tu ne comprends toujours pas. Mon histoire familiale a volé en éclats le jour où ma mère naturelle m'a laissée toute seule, à l'abandon. Je veux tâcher de récupérer toutes les bribes possibles. Je ne suis pas idiote. Je ne cherche pas ma mère pour qu'elle me materne. Ce sont des faits que je veux ; des faits sur mes origines.

Riley avait l'air un peu perdu.

— Je t'ai dit que j'allais demander des tuyaux à des collègues.

— C'est gentil. Tout peut être utile. Ecoute, Riley, je vois bien que mon message ne passe pas. Je continuerai néanmoins dans la voie que je me suis fixée. Si cette démarche te déplaît, alors il faut que notre relation reste purement administrative. Professionnelle, en somme.

— Tu ne penses pas ce que tu viens de dire ?

— Si, affirma-t-elle d'un voix un peu tremblante.

Mais ses yeux, fixés sur Riley, ne cillèrent pas.

— A mon avis, tu commets une grosse erreur, Emmy. Je vais réfléchir sérieusement à notre conversation. D'ici à ce soir, je te dirai si je suis prêt à t'aider ou si je t'envoie à un confrère.

Emmy se mordit la lèvre et donna son accord par un signe de tête. La situation était claire, maintenant, et elle avait envie de pleurer. Comment pouvait-il lui demander de choisir entre leur relation et sa quête personnelle d'identité ? Ce n'était pas juste.

« Et depuis quand la vie est-elle juste ? » se dit-elle en démarrant. Le temps qu'elle arrive chez elle, elle s'était résignée à l'idée de perdre Riley.

Elle trouva Alanna qui faisait les cent pas devant la clôture et qui accourut aussitôt vers elle.

— Je croyais que tu ne viendrais jamais, s'écria la fillette.

Emmy décela une pointe d'angoisse dans la voix de l'enfant. Rien d'étonnant puisqu'elle avait déjà dû se séparer de plusieurs nounous.

— Je suis désolée de t'avoir fait peur. Allez ! Je suis là maintenant et Pharaon a faim. Va demander à Mme Yates si tu peux venir m'aider. J'attends ici pour qu'elle me voie par la fenêtre.

Alanna partit ventre à terre. Ses cheveux noirs flottaient derrière elle. Quelle vitalité ! se dit Emmy, émerveillée. Serait-elle capable de supporter, tous les jours, année après année, un enfant aussi plein d'énergie ? Un enfant à elle ?

Emmy arrêta là sa réflexion, car Mme Yates apparut devant la porte de Riley, l'air toujours aussi peu amène. Au même moment, Alanna surgit derrière la clôture et Emmy l'aida à l'escalader.

— Mme Yates m'a dit que papa avait appelé. Il nous emmène manger une pizza. Miam, miam ! dit-elle, les yeux brillant de joie. Les pizzas, c'est mon plat préféré. C'est ton anniversaire aujourd'hui, Emmy ?

Emmy marqua un temps d'arrêt.

— Non, répondit-elle.

Mais comment pouvait-elle en être sûre ? Les histoires d'anniversaire la mettaient mal à l'aise depuis le jour où elle avait surpris une conversation entre maman Frannie et sa maîtresse de cours préparatoire : « Je ne suis pas absolument certaine que ce soit l'anniversaire d'Emerald, mais les services sociaux m'ont autorisée à le fixer au douze mars. »

Bien que Frannie lui ait assuré par la suite que l'erreur, s'il y en avait une, ne pouvait dépasser quelques jours, Emmy n'avait jamais débordé d'enthousiasme à l'idée de fêter cet événement.

Heureusement, le bavardage d'Alanna la tira de souvenirs qui auraient pu devenir pesants.

— Quand c'est mon anniversaire, papa m'emmène manger une pizza. Sinon, on les commande.

— Eh bien, ce n'est pas mon anniversaire. Ce n'est pas le tien non plus ni celui de ton père. Nous sortons juste pour le plaisir, pas pour une occasion particulière.

— Je suis contente que ce ne soit pas ton anniversaire, parce que je n'ai pas de cadeau pour toi.

Alanna acceptait si facilement les choses ! C'était un vrai régal. La fillette entra dans la maison en sautillant et alla prendre le chaton dans ses bras.

— Regarde ! Pharaon a mangé toutes ses croquettes pendant que tu étais partie. Je peux lui verser un peu de lait dans un bol ?

— Bonne idée. Je vais t'en donner un.

La petite avait un air tellement adulte, tellement sérieux, qu'Emmy ne put se retenir de rire. Elle n'avait pas de soucis à se faire finalement ; elle supportait très bien les enfants.

Quelques heures plus tard, quand Riley klaxonna pour annoncer son retour, toutes les deux étaient blotties l'une contre l'autre sur le canapé, occupées à lire un des livres qu'Emmy avait empruntés à la bibliothèque.

— Voilà papa ! s'écria Alanna en filant. Ne range pas le livre, Emmy. Je vais lui demander si on peut terminer l'histoire avant d'aller à la pizzeria.

Emmy s'apprêtait à se lever quand Riley et sa fille entrèrent dans la pièce, main dans la main. Ce tableau, elle se l'était souvent représenté. L'enfant avait été tantôt un garçon, tantôt une fille ; tantôt il y en avait deux. Son estomac se noua, son cœur s'accéléra.

Sans cesser de sourire, Riley la salua de sa voix chaude et profonde.

— Ce doit être une histoire passionnante pour passer avant la pizza !

Il souleva Alanna et la posa à côté d'Emmy. C'est alors qu'il lut le titre du livre : *Est-ce que tu es ma mère ?* Et son sourire s'évanouit d'un coup.

— C'est l'histoire d'un oisillon qui a perdu sa maman et il croit que Bulle, c'est elle. C'est idiot, tu ne trouves pas ?

— Si, complètement. Mais c'est un conte, Alanna, pas une histoire vraie.

— Je sais. Bulle ressemble en fait à une de ces machines qui servent à creuser la terre. Emmy dit qu'une machine ne peut pas être la maman d'un oiseau. J'espère que le bébé oiseau va la retrouver, dit-elle d'un air pensif. Je veux en être sûre avant d'aller à la pizzeria.

Emmy comprit, à la mine renfrognée de Riley, qu'il n'était pas d'accord avec son choix de livre.

— Mesdames, je vous laisse à votre lecture. Moi, je rentre prendre une douche, se contenta-t-il de dire.

Emmy attira Alanna contre elle. Si Riley croyait qu'elle allait se sentir coupable ! Ce livre, elle l'avait tellement adoré, à l'époque où elle vivait chez Frannie, qu'elle le mettait sous son oreiller, la nuit. Malheureusement, elle l'avait laissé dans sa chambre quand elle était partie, comme pratiquement tous ses souvenirs d'enfance. Quand elle avait cinq ou six ans, Emmy avait prié toutes les nuits pour que la porte de sa chambre s'ouvre et que sa maman apparaisse. Bien sûr, sa mère était un modèle de beauté. Elle était blonde aux yeux verts. Dans son rêve, elle sentait le savon au jasmin que Frannie l'autorisait à utiliser dans les grandes occasions.

— Emmy ? appela Alanna en se pelotonnant contre elle. Est-ce que cette histoire te rend triste ?

— Quoi ? Oh, non, non. C'est juste que j'adorais ce livre quand j'avais ton âge.

Alanna appuya la tête contre l'épaule d'Emmy.

— Mme Yates, elle n'aime pas les livres. Elle passe son temps à regarder des feuilletons à la télévision. Papa, lui, ajouta-t-elle avec un soupir, il est trop occupé la plupart du temps. Il dit qu'il ne faut pas que je t'embête. Mais j'aimerais bien qu'on puisse lire tous les jours.

Emmy sentit sa gorge se nouer et dut s'éclaircir la voix avant de poursuivre sa lecture. Quand elle aurait des enfants, elle leur lirait des histoires et elle les emmènerait à la bibliothèque régulièrement. Comment des parents pouvaient-ils ne pas trouver le temps de profiter des choses simples de la vie avec leurs gamins ? C'était lamentable. Elle se rappela que, lorsque Frannie était trop fatiguée pour lui faire la lecture le soir en rentrant de ses ménages, elle demandait à Jed de la remplacer, ce qu'il faisait de bon cœur. Cela faisait bien longtemps qu'elle n'avait pas pensé à ces moments de pur bonheur…

Pourquoi n'avait-elle pas décrit au shérif l'image de Jed qui était gravée dans son cœur à elle ? Celle du petit garçon sérieux qui, très tôt, avait pris en charge des corvées d'homme. Et Will… Il jouait au dur, certes, mais combien de fois avait-il donné l'argent de son déjeuner à Emmy quand elle avait oublié le sien à la maison ? Qui savait, qu'à l'époque où les tresses indiennes étaient en vogue, Will avait passé toute une soirée à apprendre à les faire pour que sa petite sœur puisse être coiffée à la mode ?

Alanna et Emmy venaient juste de terminer le livre quand Riley revint. Il dut déceler quelque chose dans leur visage rêveur qui le retint de faire des commentaires. Il fit des chatouilles à Alanna, puis la porta sur son dos jusqu'à la voiture. Tandis qu'il ouvrait la portière à Emmy, il la remercia discrètement d'avoir su s'occuper d'Alanna. Peut-être avait-il eu des dissensions avec Lani, mais une chose était claire : il aimait sa fille.

À la pizzeria, une fois qu'ils se furent installés à une table et qu'ils eurent passé leur commande, Riley aborda le sujet qui tenait tant au cœur d'Emmy. Alanna s'était éloignée pour regarder des enfants jouer avec des pokemons.

— J'ai pris contact avec Duncan Fisher cet après-midi. C'est un ancien camarade de fac. Il prétend avoir un logiciel qui donne accès, entre autre, aux archives publiques, et qui permettrait de retrouver n'importe qui. Je l'ai commandé et je devrais le recevoir sous vingt-quatre heures. Marge t'a pris un rendez-vous pour demain à 4 heures. Si l'horaire te convient, nous pourrons étudier le logiciel ensemble. Sinon, passe demander à Marge qu'elle te trouve une autre date.

— Demain, on doit venir me brancher le téléphone. Le matin en principe. Mais tu sais comment c'est… Si je n'ai vu personne à 3 heures, je demanderai à Mme Yates de t'appeler.

— Parfait. Je ne sais pas comment tu as pu te passer de téléphone aussi longtemps.

— Ce n'est pas facile, mais j'ai l'habitude.

— Moi, ça me gênerait vraiment. Pourtant, quand j'étais jeune, on n'en avait pas à la maison. On n'était pas assez riche.

— Et tu t'estimais défavorisé ?

Son regard se fit distant. Il était visiblement mal à l'aise.

— Dans cette ville, certaines personnes étaient automatiquement cataloguées comme défavorisées. Les Indiens en particulier. Ils avaient droit à beaucoup d'autres étiquettes aussi.

Emmy, sans réfléchir, lui prit les mains.

— J'adorais ta famille. Je n'ai pas dû prêter attention à ce qui se disait. Je te croyais populaire à l'école. Est-ce que tu t'es fait insulter ?

Au lieu de répondre, Riley, les yeux soudain fixés droit devant lui, par-dessus l'épaule d'Emmy, jura tout bas. Quand elle se retourna, elle vit une blonde aguicheuse foncer droit sur Riley… Amanda Jennings ! A première vue, elle avait étonnamment peu changé.

— Eh bien, ça alors, Riley Gray ! dit-elle, feignant la surprise.

Tout sonnait faux chez elle.

— Je n'ai pas cru mon père quand il m'a dit que tu étais prêt à compromettre ta carrière, qui t'a coûté tellement d'efforts, pour une moins que rien. Je vois que j'ai eu tort.

Alanna revint à temps pour entendre la pique lancée par Amanda. Elle prit aussitôt la défense d'Emmy. Elle fit face à Amanda, de toute sa petite taille.

— Emmy est quelqu'un. Tu es méchante de dire qu'elle est une moins que rien.

Riley resserra son étreinte sur les mains d'Emmy.

— Alanna, on ne parle pas comme ça aux grandes personnes. Excuse-toi et assieds-toi.

Puis il leva un regard méprisant vers Amanda.

— Et toi aussi.

La petite fut la première à bredouiller une excuse. Amanda rejeta la tête en arrière dans une attitude de défi, avant de finalement marmonner quelques mots inintelligibles.

Emmy eut du mal à ne pas pouffer de rire. Elle avait tellement envie de faire un pied de nez à cette peste en chantonnant « nanana na nèèè-re » ! Mais Amanda ne s'était pas adressée à elle. Jamais d'ailleurs, elle ne lui avait parlé directement. Elle avait toujours eu le chic pour faire semblant de ne pas la voir, pour la rabaisser plus bas que terre en liguant les autres filles contre elle. Ça, c'était autrefois. Depuis, Emmy avait appris que seules les personnes qui le voulaient bien se laissaient humilier.

Appuyée contre le dossier de sa chaise, elle dévisagea à loisir cette ancienne condisciple, avec le même air d'ennui et d'indifférence qu'elle avait mis au point quand elle distribuait les cartes, au casino. L'effet désiré fut immédiat sur Amanda, qui croyait toujours que son nom suffisait à en imposer. La fille du banquier cracha son venin.

— Papa ne pense qu'à ta renommée professionnelle, Riley. Tu devrais entendre ce qui se dit au Crazy Jake. Tout le monde est mort de rire parce que tu l'as laissée te battre aux fléchettes. Sans parler de son espèce de tatouage minable.

Emmy essaya de dégager ses mains de celles de Riley. Mais il l'en empêcha.

Elle aurait dû s'attendre à ce genre de mesquineries, surtout dans une petite ville comme Uncertain. Ce n'était pas juste que ce soit Riley qui en fasse les frais. Elle trouva cela d'autant plus insupportable qu'elle savait maintenant ce qu'il avait dû endurer étant enfant, vraisemblablement de la part de gamins qui appartenaient à la bande d'Amanda.

— Fiche-moi le camp, Amanda. Notre pizza est prête.

Sur ces mots, il se leva lentement, le visage fermé.

— Au fait, je n'ai pas eu besoin de laisser Emmy gagner. Elle est très forte, c'est tout.

Amanda, se sentant de toute évidence bien petite à côté de Riley, ne s'attarda que le temps de foudroyer Emmy du regard. Puis, perchée sur ses talons de dix centimètres qui accentuaient le balancement de ses hanches moulées dans une minijupe, elle fit une sortie qui aurait mérité le premier prix au conservatoire d'art dramatique.

— Tu n'aurais pas dû la provoquer, Riley. Pour se venger, son père peut très bien répandre des bruits dans le monde des affaires, pour effrayer ta clientèle.

— Ray n'a aucun pouvoir sur moi. Il avait essayé de dissuader Hamish Abrams de me vendre son cabinet. Heureusement, Hamish a résisté et a établi le contrat de façon que je ne sois pas obligé d'emprunter à la banque. Jennings n'est pas aussi influent qu'il voudrait le faire croire. Amanda répète comme un perroquet les paroles de son père. Tu sais, le jour où je t'ai rencontrée à la banque, il a eu le culot de me dire que tu étais une moins que rien. C'en était risible de l'entendre me conseiller de ne pas te fréquenter, surtout quand on sait la piètre opinion qu'il a toujours eue de moi. Dis donc ! Ça fait deux fois que le cuistot appelle notre numéro.

J'ai intérêt à aller chercher nos pizzas avant qu'il ne les donne à quelqu'un d'autre.

Emmy oublia la remarque qui lui brûlait la langue, à l'instant où elle vit la mine soucieuse d'Alanna. Elle prit la petite sur ses genoux.

— Ne t'inquiète pas, mon chou. Cette dame ne peut pas faire de mal à ton papa. C'est seulement une méchante grosse Bulle. Tu te rappelles ? Elle fait beaucoup de bruit, c'est tout. Il ne faut pas lui prêter attention.

— Oui, je me rappelle. Mais je ne l'aime pas, Emmy.

Pressant sa joue contre celle de la fillette, Emmy se balança avec elle d'avant en arrière.

— Regarde ! Ton père revient avec les pizzas et nos boissons. Allez ! Oublions Mlle Amanda et occupons-nous de notre dîner.

Riley remarqua les yeux humides de sa fille. D'un haussement de sourcils, il s'informa auprès d'Emmy, qui lui fit signe de ne pas s'inquiéter.

Pendant le dîner, Emmy s'efforça de s'intéresser à la conversation, mais Amanda avait réussi à empoisonner la soirée.

Quand chacun eut fini sa pizza, Riley, qui voulait parler sérieusement avec Emmy, tenta d'éloigner Alanna en lui montrant les jeux vidéo. Sans succès. Ce n'est qu'une fois qu'ils furent tous trois installés dans sa voiture, qu'il remit sur le tapis la question de la recherche généalogique d'Emmy.

— On risque de mettre un certain temps à maîtriser ce logiciel. Je n'ai aucune expérience dans ce domaine, Emmy. En plus, j'ai du mal à concevoir qu'on puisse retrouver la trace de quelqu'un qui a réussi à rester caché aussi longtemps.

— Justement. Et si ma mère attendait que je prenne contact avec elle ? C'est drôle. Avant d'apprendre ce qui était arrivé à Frannie, je ne me sentais pas le droit de lancer des recherches, comme si c'était trahir Frannie. Et subitement, je me suis mise à penser que peut-être, pendant toutes ces années, ma vraie mère avait essayé de me retrouver. Tu crois que c'est normal ?

— Non, rien n'est normal, Emmy. Ta mère t'a délaissée. Est-ce qu'une femme qui commet un acte aussi abominable mérite qu'on la trouve ?

Du siège arrière, Alanna intervint, la voix débordant d'émotion.

— Tu as perdu ta maman, Emmy ? Moi aussi. Toi et moi, on pourrait se lancer dans une expédition, comme le petit oiseau. Il a bien fini par trouver sa mère.

— Alanna, tu ne peux pas retrouver ta mère, dit Riley en lançant à Emmy un coup d'œil furibond et accusateur.

Emmy ne sut franchement pas quoi dire. C'était Riley qui avait abordé le sujet. Qu'est-ce qu'il croyait ? Qu'Alanna était sourde ? Malgré tout, elle se sentit un peu coupable. Aussi rappela-t-elle à la fillette, comme Riley l'avait fait précédemment, que l'histoire de l'oisillon était inventée.

— Emmy et moi, on parlait travail, Alanna. Tu sais que papa aide les gens qui ont des problèmes juridiques. Emmy a besoin de moi pour trouver de vieux dossiers, comme ceux que j'ai dans mon bureau.

Alanna s'empara de sa peluche et s'enfonça le pouce dans la bouche. C'était la première fois qu'Emmy la voyait sucer son pouce. Elle examina discrètement la réaction de Riley. Il semblait contrarié, mais ne fit aucun commentaire.

Alanna s'était endormie quand ils arrivèrent à destination.

— J'attends ici jusqu'à ce que tu sois entrée chez toi, Emmy, dit-il gentiment, mais en évitant toutefois son regard.

— Ça fait des années que je rentre chez moi toute seule, Riley. Je n'ai besoin de personne pour me tenir la main.

Il tambourina de ses doigts sur le volant.

— Tu n'as jamais su dissimuler tes sentiments, Emmy. Tu brûles d'envie de me dire quelque chose. Alors, vas-y.

Elle serra ses mains entre ses genoux et se tourna vers lui.

— Ce ne sont pas mes affaires, commença-t-elle à voix basse. Mais j'ai eu l'impression qu'Alanna n'était pas très sûre de ce qui était arrivé à sa mère. Crois-en mon expérience, c'est une erreur de ne pas être franc avec elle.

— Tu as raison, répliqua-t-il d'un ton glacial. Ce ne sont pas tes affaires.

— Si une nouvelle venue en ville est déjà au courant des circonstances de la mort de ta femme, tu penses bien qu'à l'école, il y aura, un jour ou l'autre, un gamin qui vendra la mèche, rien que pour s'amuser. Je ne savais pas que Frannie n'était pas ma mère avant de commencer l'école. Ça a coûté un œil au beurre noir au gamin qui me l'a annoncé. J'ai mis du temps avant de pouvoir faire de nouveau confiance à Frannie. La seule façon de limiter les dégâts est de ne rien cacher à ta fille.

Elle jeta un coup d'œil à l'arrière de la voiture pour s'assurer qu'Alanna dormait toujours.

— Je lui ai expliqué que sa mère était morte. Pour le reste… je ne peux pas… je ne veux pas courir le risque qu'elle me demande de rencontrer la famille de Lani. N'oublie pas qu'ils me rendent responsable de sa mort. Tu te rends compte, si Alanna se mettait à croire à cette ineptie ?

— C'est normal qu'elle soit curieuse. C'est la nature humaine. Plus tu seras sincère avec elle, moins elle aura de chances d'être blessée par des remarques inopinées.

— Marge m'a dit à peu près la même chose ce matin. Alanna pose davantage de questions sur sa mère depuis le mariage de Jed et de Gwen. Apparemment, Gwen a mentionné en passant que les bébés arrivaient une fois qu'un couple était marié. Evidemment, comme Alanna a les oreilles qui traînent…

— C'est étrange qu'aucun enfant du voisinage ne lui ait encore parlé de la façon dont on fait les bébés.

— Il n'y a pas d'enfants dans le voisinage.

— Tu as sûrement des amis qui sont mariés et qui ont des enfants.

— Pas vraiment. Jed n'en a pas encore. Rico et Leïla si, mais comme lui est généraliste, il a encore moins de temps libre que moi. Quant aux copains du Crazy Jake, je bois juste une bière avec eux ou je fais une partie de fléchettes. Il n'est pas question de se voir en famille.

— Ce n'est pas étonnant qu'Alanna se sente seule. Les enfants ont besoin d'avoir des copains et des copines.

— Je l'emmène au parc, quand je peux. Ces deux dernières années, nous sommes allés à la fête foraine. Elle rencontre plein d'enfants de son âge aux attractions pour les petits. Tu l'as bien vue faire la folle avec les autres gamines à la pizzeria. Elle n'est pas brimée.

— Non, mais une petite fille a besoin d'avoir une meilleure amie. Comme moi, j'avais Josey. Ne serait-ce que pour partager des secrets.

Riley bafouilla une réponse évasive et Emmy décida d'enfoncer le clou.

— A partir du cours préparatoire, ta sœur et moi on a été très copines. Je croyais que tu le savais. Nous passions des heures à tisser des bracelets de perles. Josey m'a appris à préparer la terre pour la poterie. Ce sont des souvenirs extraordinaires pour moi.

Riley ne fit aucun commentaire et changea de sujet.

— Bon, eh bien… Il se fait tard. Il faut que je donne son bain à Alanna et que je la mette au lit.

— Pendant qu'on y est, Riley. Il y a pire dans la vie que d'avoir une tante pétrie de talents qui pourrait montrer à sa nièce comment occuper ses heures de solitude.

— La barbe, Emmy, protesta-t-il, tu tires vraiment sur la ficelle, comme d'habitude. L'amitié a ses limites.

Là-dessus, au moment même où elle se détournait pour ouvrir la portière, il la saisit par le bras, la fit glisser vers lui sur le siège, et la bâillonna… de ses lèvres. Comme pour effacer leur désaccord par un baiser passionné.

Emmy voulut lui dire qu'il ne servait à rien de créer des diversions… Elle n'en eut pas le temps. Son esprit se vida au moment même où les lèvres brûlantes de Riley touchèrent les siennes. Elle résista une seconde, deux tout au plus, avant de s'abandonner à son étreinte. Comment pouvait-elle accepter d'être achetée par quelques baisers ? Jamais aucun homme ne l'avait jamais fait céder sur ses principes. Mais Riley avait le pouvoir d'anéantir sa volonté de penser rationnellement.

Quand ils eurent repris leur souffle, échangé de tendres adieux et qu'Emmy eut regagné ses pénates, elle avait oublié la cause de leur différend. D'ailleurs s'étaient-ils vraiment disputés ? Seul comptait leur rendez-vous du lendemain, à son bureau. Pourvu qu'on vienne lui installer son téléphone à l'heure prévue !

Son vœu fut exaucé. La camionnette arriva avant midi. A 1 heure, les installateurs étaient repartis et le téléphone sonna. Emmy décrocha, pensant entendre Riley. C'était Gwen.

— Où tu étais passée ?

— Excuse-moi. J'ai eu pas mal de choses à régler.

— Il paraît que Fielder t'a interrogée, Emmy. Jed est parti pour la journée. Alors, il m'a demandé de t'appeler pour voir si tout allait bien.

— Oui. Le shérif voulait que je confirme des déclarations que j'avais faites à l'époque.

— J'espérais que l'enquête ne vous viserait plus, toi et tes deux frères.

Emmy aurait aimé pouvoir rassurer Gwen.

— Pour le moment, Fielder ne semble pas prêt à s'engager sur d'autres pistes. Je lui ai demandé pourquoi il ne s'intéressait pas davantage à l'homme à tout faire qui aménageait la véranda de

Frannie. Selon le shérif, il arrivait souvent à Belmonte de disparaître pour faire la noce.

— Pendant dix-neuf ans ? Je sais qu'il n'avait pas de domicile fixe et qu'il se déplaçait de ville en ville. Mais, selon Jed, il finissait toujours par revenir traîner à Uncertain.

— Ne t'inquiète pas, Gwen. Jed est innocent. Fielder ne parviendra pas à trouver de preuves contre lui, tout simplement parce qu'elles n'existent pas.

— Ce que je suis heureuse que tu sois là, Emmy ! Je sais bien que Jed n'a tué personne. Mais je sais aussi que la moitié des habitants d'Uncertain me trouvent folle de l'avoir épousé, alors qu'autant de soupçons pèsent sur lui.

— Ils n'ont rien d'autre à faire. Certains sont beaucoup trop prompts à emboîter le pas à des crapules comme Ray Jennings. Il a l'impression que la ville entière lui appartient. A lui et à sa famille. Du coup, il fourre son nez partout. Dis donc, avant que j'oublie. J'ai bien demandé à Riley de m'aider à retrouver ma vraie mère. Il a fini par accepter… après avoir d'abord refusé. Un de ses collègues lui a recommandé un logiciel qui nous aidera à démarrer. J'allais appeler Riley pour lui confirmer notre rendez-vous.

— Je te laisse, dans ce cas. Bonne chance, Emmy. Si Jed ou moi pouvons t'aider, tu sais où nous trouver. En tout état de cause, viens nous voir. Cela nous ferait plaisir de bavarder un peu.

— Merci, Gwen. J'aurai sans doute des moments difficiles. Dans ces cas-là, ça fait du bien d'avoir quelqu'un à qui parler. D'autant plus que tu as une amie qui est déjà passée par là.

— La maison t'est ouverte.

— Merci.

Après avoir raccroché, Emmy appela Riley.

— Super ! s'écria-t-il. Je vois que ton téléphone est installé.

Sa voix rayonnait.

— Le logiciel est arrivé. Je suis toujours libre à 4 heures. Mme Yates a accepté de rester plus tard et de faire dîner Alanna.

N'oublie pas que je te dois un restaurant. J'avais pensé au Lake House au lieu du Catfish Corner.

— Bonne idée. Mais je ne suis pas sûre de pouvoir avaler quoi que ce soit. Je suis vraiment sur les nerfs. J'ai l'impression de me lancer dans une nouvelle vie.

— J'ai regardé une partie du programme pour m'assurer qu'il fonctionnait sur mon ordinateur. Ne te fais pas trop d'illusions, Emmy. Il me semble qu'il faut déjà être en possession d'un certain nombre de renseignements pour obtenir des résultats avec ce logiciel.

Emmy refusa de laisser Riley refroidir son enthousiasme.

— Peut-être que j'ai toujours eu les renseignements nécessaires mais que je n'ai pas su les voir.

— Oui, peut-être, dit-il sans conviction. Excuse-moi, il faut que je raccroche. Marge vient de m'appeler. J'ai un client qui attend. A très bientôt.

9.

Quand Emmy se gara en bas du cabinet de Riley, le soleil printanier avait cédé la place à de gros nuages d'orage et le vent soufflait en tempête. Lorsqu'elle posa un pied sur le trottoir, un tourbillon souleva sa jupe, à la grande joie des jeunes passagers d'une voiture qui tournait au coin de la rue. Sans prêter attention à leurs sifflets admiratifs, elle se glissa à l'intérieur du bâtiment de Riley, où elle fut enfin à l'abri. Jamais elle n'aurait dû mettre une robe d'été à jupe ample ! Mais elle n'avait pas beaucoup de vêtements de rechange et elle avait voulu se faire belle pour aller dîner avec Riley.

Elle monta l'escalier d'un pas léger et se heurta à Marge, au moment où celle-ci sortait du cabinet de Riley.

— Ah ! Vous voilà, s'exclama la secrétaire en accueillant Emmy sur le palier. Le patron ne m'a rien dit de précis mais, depuis un moment, il passe la tête à la porte de son bureau toutes les cinq minutes pour inspecter la salle d'attente.

Elle se recula de quelques pas pour admirer la tenue d'Emmy et ajouta :

— Ma foi, on ne dirait pas que c'est un jour de tempête à vous voir ! Vous êtes superbe !

— Nous allons dîner au Lake House, quand Riley m'aura montré le logiciel.

— Vous savez, il a dû sacrément prendre sur lui pour accepter de vous aider, chuchota Marge.

— Pour moi non plus la décision n'a pas été facile, avoua Emmy en tortillant nerveusement la bandoulière de son sac. Cela faisait des années que je comptais engager des recherches mais, au dernier moment, je trouvais toujours une raison de renoncer.

— Alors, je croise les doigts pour que cette fois-ci soit la bonne.

La porte derrière elle s'ouvrit et Riley apparut.

— J'ai entendu des voix. Qu'est-ce que vous complotez toutes les deux ? Marge ? Vous n'allez pas être en retard à la séance du conseil municipal ?

La secrétaire regarda tour à tour son patron et Emmy qui, tous deux, montraient des signes de nervosité.

— Je peux rester pour servir de chaperon, si vous voulez. A moins que ce ne soit d'un arbitre dont vous ayez besoin ?

Riley saisit l'allusion, qui ne lui plut qu'à moitié.

— Quoique vous pensiez, je suis un être civilisé. Il est vrai que j'ai craint un moment qu'à cause de ce programme informatique Emmy ne se perde à tout jamais dans son passé. Maintenant, j'ai compris qu'il ne s'agissait que d'une vulgaire base de données.

Emmy sentit que Riley étaient sur les nerfs. Elle le trouva néanmoins plus beau que jamais, avec sa chemise blanche dont il avait relevé les manches et… sa paire de bretelles. C'était bien la première fois qu'elle trouvait des bretelles excitantes ! A moins que son émotion ne soit causée par le large triangle de peau lisse et bronzée que révélait sa chemise ouverte au col… Toujours est-il que ses mains étaient moites.

— Au fait, patron, j'ai libéré vos après-midi la semaine prochaine, au cas où vous en auriez besoin pour vos recherches, déclara Marge du palier du premier étage.

Riley se figea. Emmy le poussa à l'intérieur de son cabinet et adressa un petit signe de la main à Marge par-dessus la rampe. Puis elle ferma résolument la porte et sourit.

— On n'a qu'à examiner le logiciel d'abord, dit-elle. Je suis sûre que je pourrai me débrouiller toute seule pour un certain nombre de choses, sans que tu bouleverses ton emploi du temps. Gwen m'a dit que son amie avait mis plus d'un an avant d'arriver à des résultats. Je vais me retrouver sur la paille à ce rythme-là ! Au fait, combien est-ce que je te dois pour le logiciel ?

— Rien du tout.

Riley vérifia que la porte d'entrée était verrouillée avant de faire entrer Emmy dans son bureau.

— Emmy, que les choses soient claires. C'est un service que je te rends. Pas question d'argent entre nous. Par contre, je vais tenter une dernière fois de te dissuader de te lancer dans cette aventure, ajouta-t-il l'air préoccupé.

Il débarrassa Emmy de son sac, puis lui posa deux doigts sur les lèvres pour l'empêcher de parler. Il la plaça face à un grand miroir ovale où elle pouvait se voir en pied.

— Regarde-toi bien, Emmy. Prends ton temps. Tu vois la couleur de tes cheveux ? Cette couleur est unique. Elle me rappelle la glace à la vanille d'autrefois. Considère leur implantation aussi, ce « V » sur ton front. C'est assez rare. Les yeux maintenant. Chez la plupart des gens, ils ne sont pas d'une seule couleur. Chez toi, ils sont verts, d'un vert émeraude parfaitement pur.

Emmy n'appréciait guère cet examen.

— Où veux-tu en venir ?

— Si on ne tient pas compte du fait que tu es aujourd'hui plus mince et plus grande, tu n'as pas changé depuis tes treize ans. Comme tu peux le constater, tu as hérité de tes parents de traits caractéristiques. J'ai presque toujours vécu à Uncertain. J'ai des clients dans toutes les villes des environs. Je suis allé à la fac à moins de cent kilomètres d'ici. Même si ce n'est pas le genre de choses qu'un homme avoue facilement, je dois te dire, Emmy, que pendant presque toute ma vie j'ai eu ton image devant les yeux en permanence. Tu crois que si j'avais croisé quelqu'un qui te ressemblait, jeune ou vieux, je ne l'aurais pas remarqué ?

Emmy sentit des larmes lui brûler les paupières. Riley lui signifiait qu'elle ne trouverait sans doute pas sa famille à Uncertain ou dans la région. Sa mère serait donc venue de loin, d'un autre Etat peut-être, pour se débarrasser de son bébé à la foire à la brocante de Canton ? Non, c'était trop absurde. Elle se prit à frissonner et Riley l'attira contre lui.

— Loin de moi l'idée de te faire souffrir, ma douce. J'aimerais seulement que tu sois heureuse telle que tu es.

Il effleura de ses lèvres ses paupières humides, la serra dans ses bras et la couvrit de baisers jusqu'à ce qu'elle s'abandonne contre sa poitrine.

Emmy accueillit avec bonheur la vague de chaleur qui l'enveloppa. Elle s'était si souvent imaginé de tels moments providentiels. Dans des rêves torrides, elle s'était vue enlacée avec Riley, au clair de lune, dans l'écume argentée des vagues. Ou bien, dans un avion sans pilote. Ou bien encore, sur le dos d'un cheval au galop. En comparaison, un cabinet d'avocat semblait un décor fort sage, même si le vent qui secouait les vitres contribuait à électriser l'atmosphère.

Emmy dégagea les bretelles de Riley et fit voler ses propres sandales. Puis elle se suspendit à son cou en encerclant ses hanches étroites de ses deux jambes nues.

Riley perdit l'équilibre et entraîna Emmy dans sa chute, qui fut heureusement arrêtée par le bord de son bureau. Leurs bouches se happèrent. Un désir fulgurant lui traversa les reins, faisant vibrer son corps tout entier. Brûlante, Emmy se plaqua contre Riley et laissa échapper un soupir, comme un sanglot. Peut-être un appel à la délivrance ?

— Oh, Emmy, ma douce. Je ne pense qu'à te prendre dans mes bras depuis cette nuit chez toi. Mais je ne veux pas que tu m'accuses de te détourner de ton but…

— Quel but ? demanda-t-elle en lui mordillant la lèvre inférieure et en commençant à déboutonner sa chemise de ses doigts tremblants.

D'un large mouvement du bras, il fit place nette sur son bureau, sans quitter Emmy de ses yeux avides. Elle dégrafa sa robe et la laissa gracieusement glisser jusqu'à ses pieds, dévoilant, pour tout sous-vêtement, un minuscule morceau de dentelle rouge autour de ses reins. Il ôta ce dernier obstacle.

— Il y a quelque chose que j'ai toujours su, Emmy Monday, lui avoua-t-il d'une voix rauque, c'est qu'en grandissant tu rendrais un jour un homme fou d'amour.

Elle accueillit cette remarque avec un rire sensuel qui fit frissonner Riley d'excitation. Elle s'allongea sur le bureau et l'accueillit entre ses cuisses, dont la blancheur laiteuse contrastait avec la peau foncée de son amant. Jamais plus Riley ne pourrait s'asseoir à ce bureau sans se rappeler ce moment d'intense plaisir. Il possédait dorénavant une parade secrète pour tuer l'ennui de certaines réunions. Il n'aurait qu'à passer le doigt à l'endroit précis où le trésor tatoué d'Emmy avait laissé sa marque indélébile…

Riley était émerveillé de se voir si peu inhibé. Ses ébats amoureux avec Lani avaient toujours eu lieu au lit, dans le noir, à la sauvette. Un peu comme un « devoir », pensa-t-il juste avant de céder à la force extatique qui les emportait tous les deux dans le même tourbillon. Avec Emmy, c'était comme un embrasement spontané, se dit-il, rayonnant.

On n'entendait plus dans la pièce que le ronronnement de l'ordinateur et leurs deux souffles mêlés. Dehors, les bruits habituels de la ville s'étaient tus. Jusqu'au vent qui s'était calmé.

— Où et comment la prochaine fois ? entendit-il tout à coup la voix pleine de promesses d'Emmy lui susurrer à l'oreille.

La prochaine fois…

Déjà Emmy l'entraînait avec elle vers la petite cabine de douche aménagée dans un coin de son bureau.

— Emmy, protesta-t-il faiblement. Tu as dit toi-même qu'on allait être en retard au restaurant.

Pour toute réponse, Emmy le poussa dans la cabine avec un sourire enjôleur et une avalanche de baisers. Sentant fondre la résistance de Riley, elle régla le jet d'eau chaude en pluie fine.

— Ça permet de gagner du temps. Il faut bien qu'on prenne une douche, non ? Et ne crois pas que j'ai oublié le logiciel, chuchota-t-elle contre ses lèvres tandis qu'il lui savonnait les seins.

Il marqua un temps d'arrêt, un sourire indéchiffrable aux lèvres.

— Tu veux dire que nous allons nous habiller et aller sagement nous asseoir, côte à côte, à mon bureau ?

— Tu préfères qu'on reste tout nu ? demanda-t-elle avec malice, en faisant lentement descendre la savonnette vers son bas-ventre… C'est une idée, ma foi…

Elle se mit à lui mordiller l'oreille.

— Tu as vu la femme de ménage dans le bâtiment en face ? poursuivit-elle. Je crois bien que tu lui as montré tes fesses. Si on allumait pour aller s'asseoir devant l'ordinateur dans notre tenue actuelle, je pense qu'elle aurait une crise cardiaque.

Riley était en train de boire du bout de la langue les ruisselets d'eau qui coulaient le long de la gorge d'Emmy. Il s'arrêta net.

— Tu me fais marcher ! Quelqu'un nous a vus ? Dis-moi que c'est une blague, insista-t-il en la secouant légèrement.

— Ne t'inquiète pas, répondit-elle en s'agrippant à son cou pour serrer ses hanches entre ses jambes, ce qu'elle a vu de toi ne lui permettra pas de t'identifier.

Emmy partit d'un éclat de rire cristallin qui résonna dans la cabine de douche et se mêla à la vapeur qui montait de leurs corps enlacés. Riley s'appuya des deux mains contre la paroi et serra les dents pour ralentir la montée de son plaisir. Il avait toujours pressenti que la vie avec Emmy ne serait jamais ennuyeuse. Mais à ce point…

Trois quarts d'heure plus tard, ils étaient tous les deux propres, secs, vêtus et assis côte à côte devant l'ordinateur.

Riley ne se rappelait pas s'être jamais senti aussi détendu et heureux, même si, de temps en temps, il jetait des coups d'œil furtifs à la femme de ménage qui, dans le bâtiment d'en face, semblait passer plus de temps que nécessaire à épousseter le mobilier du bureau. En tout cas, il ne la connaissait pas, pensa-t-il avec soulagement. Non pas que cela change quoi que ce soit à ce qui s'était passé, mais il ne voulait pas qu'on cancane sur Emmy. Dans les petites villes, les hommes pouvaient se permettre de batifoler impunément ; leurs partenaires, par contre, étaient sûres de se faire écharper par les mégères.

Emmy lui donna un bon coup de coude dans les côtes.

— Redescends sur terre, Riley. J'ai lu les consignes deux fois. Ça a l'air assez simple. Va directement à la deuxième partie.

— Pourquoi ?

— Parce que la première concerne la recherche de personnes ayant servi dans l'armée. Au fait… Reviens en arrière. Là. Il y a une adresse.

Elle sortit un bloc que Riley lui avait donné et nota les renseignements inscrits sur l'écran.

— Jed et moi, on pense que Will s'est peut-être engagé. Il en avait parlé une ou deux fois. Jed pourrait envoyer une lettre au ministère de la Défense. On ne sait jamais.

— Et si Will n'a pas envie qu'on le trouve ?

— Pourquoi n'en aurait-il pas envie ? En tout cas, il voudra au moins savoir ce qui est arrivé à maman Frannie.

— C'est vrai. Ils s'aimaient beaucoup tous les deux.

Riley n'appréciait décidément pas l'idée d'aller fouiner dans la vie privée des gens. Il n'était pas croyant, mais il avait toujours été persuadé que les événements obéissaient à un schéma préétabli. Or, Emmy allait déranger cet ordonnancement. Mais que pouvait-il faire ? Comment refuser quoi que ce soit à cette jeune femme qui, les yeux brillant d'espoir, remplissait des pages et des pages de notes ? Il s'avoua vaincu et rapprocha sa chaise de celle d'Emmy. Il lui passa le bras droit autour des épaules et se mit à lui caresser distraitement le bras. Sa peau était si douce ! De son autre main, il manipula la souris pour faire défiler l'écran.

Riley lut la liste des consignes à haute voix. Il y avait de bonnes idées : tenir un journal des recherches, consulter les annuaires téléphoniques, les vieux journaux, les registres des mariages et des divorces. Dans le cas d'Emmy, la situation était plus compliquée parce que son nom de famille n'était pas le bon. Au fait, était-ce sûr ?

— Tous ces conseils sont logiques, commenta Riley sans arrêter sa lecture. Faire le tour des hôpitaux et des églises dans la région où le bébé, en l'occurrence toi, a été abandonné. Passer voir les gens qui habitaient là à l'époque et qui peuvent en savoir plus qu'ils ne l'ont dit aux services sociaux. Ah ! Il y a celui-là aussi. Vérifier les trombinoscopes des lycées et des universités de l'année précédant la naissance, à la recherche d'éventuelles ressemblances.

— Oui. Tout ça est effectivement très logique. Mais j'ai besoin de réfléchir avant de décider quelle piste suivre, dit-elle en posant son stylo.

— Tu as vu l'heure ? s'exclama Riley. Si on n'est pas à Lake House dans une demi-heure, on risque trouver notre table prise. Il faut qu'on se dépêche. Voilà une chemise pour tes notes.

— On y va séparément ?

— Cela ne me dérange pas de faire un crochet par ici au retour pour récupérer ton pick-up. Comme ça, je pourrai te suivre jusque chez toi.

— Mmm… Tout ça est très prometteur, dit-elle avec une étincelle coquine dans les yeux.

Elle éclata de rire quand Riley, troublé par sa remarque, se trompa de manche.

— Tu vas trouver que je suis insatiable, dit-elle.

— Tu plaisantes ? Je voudrais déjà avoir fini de manger.

— On pourrait sauter le repas, proposa-t-elle négligemment. Tant qu'à passer pour une dévergondée…

Elle cala la chemise contenant ses notes sous son bras et lui sourit tout en lui caressant la poitrine. Il emprisonna sa main dans les siennes, coupant court à l'excitation qu'il sentait monter en lui.

— Je devrais être flatté…

— Mais ? Je sens qu'il y a un « mais », Riley. Qu'est-ce qu'il y a ? Tu me trouves trop directe ? J'ai l'impression qu'on a la moitié de notre vie à rattraper. S'il y a quelque chose qui te pose problème, dis le tout de suite.

— Est-ce que j'ai l'air d'une bête qu'on mène à l'abattoir ? Si tu veux savoir la vérité, depuis cette soirée dans la véranda, j'attends l'occasion d'être de nouveau seul avec toi.

— Dans ce cas, je ne comprends pas ce qui te gêne.

Riley avait éteint les lumières de son bureau et ils traversaient le vestibule plongé dans l'obscurité.

— Moi non plus je ne comprends pas. La seule explication c'est peut-être qu'il m'arrive encore de penser que tu n'as encore que treize ans.

— Les jeunes filles de treize ans qui habitent à Uncertain ne font pas de propositions malhonnêtes aux hommes, dit-elle d'un ton léger en le devançant dans l'escalier.

— Si j'en crois mon expérience, rétorqua-t-il mi-figue mi-raisin, les femmes de trente ans avec qui je suis sorti non plus. D'accord, il n'y en a pas eu beaucoup, mais…

Quelque chose, dans la façon dont il hésitait, alerta Emmy.

167

— Comme je ne joue pas les saintes-nitouches, tu crois que j'aborde tous les hommes que je rencontre ?

Il enfonça nerveusement la clé dans la serrure de la portière sans dire un mot. Cela aurait d'ailleurs été inutile. En s'installant dans la décapotable, Emmy lut, au fond de ses yeux méfiants, tous les doutes qui l'assaillaient. Elle sentit une profonde déception lui serrer le cœur.

— J'ai tendance à oublier que la pilule rend les femmes libres. On n'est pas très à la page par ici.

— Arrête de faire l'enfant, Riley, s'exclama-t-elle d'un ton cassant. La pilule n'a rien à voir là-dedans. Ma décision de ne pas mettre d'enfant au monde tant que je ne serai pas sûre de mon hérédité ne date pas d'hier. Cela ne veut pas dire que je doive me priver d'avoir des relations avec un homme. Tant pis si mon point de vue te choque.

Riley alluma ses phares et démarra rageusement.

— Et si ta recherche n'aboutit à rien ?

— Eh bien, dans ce cas, je n'aurai pas d'enfants. De toute façon, à mon âge, il est assez probable que j'épouserai quelqu'un qui a déjà une famille. Pour en revenir au sujet initial, sache que je ne couche pas avec n'importe qui.

— Est-ce que je t'ai accusé de le faire ?

— Pas explicitement, mais c'est ça que tu as dans la tête.

— Non. C'est simplement que j'attends plus de notre relation que de coucher avec toi, Emmy.

Riley se sentit soudain oppressé. Une oppression tenace. Peut-être était-ce la pensée de sa fille qui le tourmentait ? Il avait toujours pensé qu'Alanna aurait des frères ou des sœurs. Et voilà que la femme à qui il ne pouvait résister venait de lui annoncer, comme si de rien n'était, qu'il ne fallait pas y penser et que la discussion était close.

— Je n'ai pas pris cette décision sur un coup de tête, Riley. Mets-toi à ma place. Quand on est gamin, on pose des questions sur ses ancêtres. Si Alanna te demandait de placer ses grands-parents et ses arrières-grands-parents sur son arbre généalogique, ce ne serait pas un problème. Et il y aurait des ramifications sur son arbre. Sur le mien, aucune. Un simple tronc.

Riley aurait préféré ne pas aborder ce sujet. Il avait eu à peu près la même conversation avec Marge l'autre jour. Etant donné qu'il avait coupé les ponts aussi bien avec sa propre famille qu'avec celle de Lani, il constituerait la seule branche de l'arbre d'Alanna.

— Je trouve que tu exagères un peu avec cette histoire d'arbre généalogique. Ce n'est quand même pas un thème qui vient sur le tapis tous les jours.

— A l'école, souvent. Au cours préparatoire, ma maîtresse avait découpé des arbres dans du papier marron. On les avait collés sur du carton et emportés à la maison pour que nos parents nous aident à ajouter des branches. Trois ans plus tard, on a fabriqué des albums pour la fête des mères. On devait dessiner nos parents, nos grands-parents, et même nos arrières-grands-parents. Heureusement, j'étais déjà plus maligne. J'ai dessiné Frannie et je lui ai demandé de me parler de sa famille. Mais au cours préparatoire, j'avais pleuré toutes les larmes de mon corps et, à la journée portes ouvertes, j'avais été la seule à ne pas avoir d'arbre.

Quelque chose se débloqua chez Riley. Il ne pouvait supporter l'idée que quelqu'un, ou quelque chose, puisse faire souffrir Emmy. Quant à sa fille, n'allait-elle pas connaître les mêmes tourments, par sa faute à lui ?

— Je ne savais pas que la généalogie occupait une telle place à l'école, dit-il tout bas. Tu paraissais pourtant étonnamment... sereine.

— Bien obligée, dit-elle dans un haussement d'épaules. Il ne faut pas toujours se fier aux apparences.

— Marge me fait la guerre parce que je n'ai mis aucune photo de Lani dans la maison. Ce que je ne lui ai pas dit, c'est que je n'en ai jamais eu en ma possession. Pour le mariage, la famille de Lani a organisé une cérémonie indienne traditionnelle. Ça aurait dû me mettre la puce à l'oreille. Mais je pensais que Lani avait accepté pour faire plaisir à sa famille. Si je n'avais pas déposé les papiers au tribunal, notre mariage n'aurait même aucune valeur légale.

— Si vous étiez si différents tous les deux, pourquoi vous êtes-vous mariés, bon sang ? Non, ne réponds pas si tu n'en as pas envie. Je suis sûre que tu l'aimais.

— Ça fait au moins quelqu'un qui en est sûr.

Riley réfléchit un moment avant de poursuivre.

— Je me dis souvent que si je l'avais aimée, j'aurais fait des concessions. Au lieu de ça, je l'ai arrachée à son milieu et j'ai eu la présomption de penser qu'elle allait renier tout ce qu'on lui avait enseigné.

— On a toujours tort d'espérer que les gens vont changer.

Le sous-entendu ne fut pas perdu pour Riley, qui choisit de ne pas relever. De toute façon, ils étaient arrivés au restaurant.

— On est dans les temps ! s'exclama-t-il en appuyant sur le bouton qui relevait la capote.

Le vent poussait des nuages chargés de pluie devant une lune voilée de brume. Emmy posa son sac et ses notes sur le tableau de bord et verrouilla le toit.

— Je t'ai toujours imaginé dans une voiture comme celle-ci, Riley. Mon dernier été ici, tu économisais pour t'acheter une décapotable rouge.

— Oui… Eh bien, cette somme a servi à notre déménagement dans l'Oklahoma. Après, quand j'ai eu de nouveau un peu d'argent de côté, je me suis acheté un vieux tacot pour faire les allers-retours à la fac. Cette voiture-là, c'est uniquement pour me faire plaisir. Tu as une mémoire impressionnante, ajouta-t-il en lui tenant la portière. Avec tout ce qui t'est arrivé, je n'aurais pas cru que tu te souviendrais du rêve extravagant d'un gamin de seize ans.

Emmy ne sut trop comment répondre. Voulait-il qu'elle lui dise que, pendant des années, il avait symbolisé l'espoir pour une jeune fille qui ne possédait rien d'autre ? A en croire Josey, pour Lani aussi il avait été un symbole. Connaissant Riley, elle était prête à mettre sa main au feu qu'il s'accusait encore de la mort de sa femme.

— Prends la chemise avec toi.

— Quoi ?

Elle se redressa, soulagée que leur conversation, un peu trop personnelle à son goût, suive un autre cours.

— La chemise. Prends-la. Quand on aura commandé, on aura le temps de jeter un coup d'œil à tes notes et peut-être d'établir la marche à suivre.

— Tu es sûr ? Je sais ce que tu penses de mon projet. Tu as été assez clair. Je ne voudrais pas gâcher le dîner.

Elle attrapa néanmoins ses notes. S'il était prêt à l'aider, il fallait saisir l'occasion.

Riley s'effaça pour laisser entrer Emmy dans le restaurant et ne lui répondit pas avant de s'être annoncé auprès de l'hôtesse.

— Si j'ai hésité à t'aider, commença-t-il en pesant ses mots, c'est parce que je n'arrive pas à comprendre tes motivations. Je ne suis toujours pas convaincu que nous parviendrons un jour à te rassurer vraiment. Tout ce dont je suis sûr, c'est que je veux être à côté de toi si nous échouons, et je veux voir ton regard s'éclairer si nous réussissons. C'est aussi simple que ça.

Emmy lui effleura le visage. Pourquoi l'hôtesse d'accueil choisit-elle ce moment précis pour les appeler ? Emmy dut attendre d'être à table pour remercier Riley.

— Ce n'est rien. C'est mon métier de résoudre les énigmes. En examinant le logiciel, je me suis rendu compte qu'on se trouvait en face d'un gigantesque puzzle. Quand on a le nez dessus, il est difficile de repérer les bonnes pièces. Il faut souvent un œil extérieur, plus à même de prendre du recul et d'analyser la situation, sans se laisser aveugler par l'émotion. Tu as choisi ce que tu voulais ?

demanda-t-il à brûle-pourpoint, avec un sourire qu'il adressa à Emmy par-dessus la carte. Voilà notre serveuse qui arrive.

Emmy avait à peine regardé le menu.

— J'ai une furieuse envie de scampi. Mais je n'en prendrai que si toi aussi tu manges de l'ail. Enfin… Si tu comptes m'embrasser pour me dire bonne nuit.

A cette boutade, le silence se fit à la table voisine, à laquelle étaient assises huit femmes très élégantes, et huit paires d'yeux se braquèrent vers le couple.

Pour comble de malheur, à cet instant précis, la serveuse fit tomber le sac et la chemise qu'Emmy avait posés au bord de la table. Emmy se pencha aussitôt pour récupérer ses notes qui s'étaient éparpillées… et son sac s'ouvrit, déversant son contenu.

Tout le monde se mit à parler en même temps. Les deux femmes qui étaient les plus proches d'Emmy s'empressèrent de l'aider à ramasser ses affaires. Une blonde, à l'allure extrêmement soignée, s'attarda sur les feuilles. « Est-ce qu'elle n'essaye de lire mes notes ? » s'alarma Emmy.

Elle se cogna la tête contre celle de Riley en voulant prendre les feuillets des mains de l'inconnue. Pas inconnue pour tout le monde, d'ailleurs. Comme plusieurs de ses compagnes, elle appela Riley par son nom.

— Merci, bafouilla Emmy, beaucoup trop gênée pour se présenter à ces femmes, qui la dévisagèrent sans vergogne.

Heureusement, la serveuse venait de rendre la monnaie à ses clientes et se posta entre les deux tables pendant que les huit femmes enfilaient leurs manteaux. Elle attendit qu'elles soient sorties pour prendre la commande d'Emmy et de Riley. Emmy, occupée à ranger ses notes, laissa son compagnon officier.

— Tout est là ? demanda-t-il quand la serveuse fut partie.

— A première vue, oui. Je suis vraiment désolée de t'avoir embarrassé comme ça devant tes clientes.

172

— Tu crois que ça me dérange ? De toute façon, il n'y avait qu'une seule cliente à moi. Lauren Stevens. Je l'ai aidée à débrouiller un testament l'année dernière. A côté d'elle, c'était Dana Bartlett, la femme de Neil Bartlett. Tu sais, le propriétaire des pompes funèbres. Il a l'âge de Jed en gros.

— Oui, je me rappelle. C'était un rouquin, rondouillard. Et il a épousé cette pimbêche blonde ? Eh bien !

— Non. Dana est une petite brune, plutôt frivole. Une blonde, tu dis ? Celle qui était assise juste derrière toi ? Ça, c'était Catherine Jennings, dit Riley qui ne put s'empêcher de rire devant la mine médusée d'Emmy.

— Je n'ai pas reconnu la mère d'Amanda ? Je n'arrive pas à y croire.

— Probablement parce que tu n'as pas pris le temps de la regarder.

— J'ai cru qu'elle lisait mes notes. Mais, en fait, elle ne s'abais-serait pas à pareille vulgarité. Est-ce que ma maladresse a pu choquer quelqu'un de plus important ?

— A part Catherine, la personne la plus influente à cette table était Valérie Parr, la femme de Dwight Parr, un architecte qui a soumis un projet de rénovation de l'ancien club réservé aux hommes de la bonne société, sur la rive est du lac, que le vieux Pettygrove a légué à la commune. Ces femmes étaient réunies pour fêter à l'avance le vote, par le conseil municipal, d'une proposition visant à transformer les terrains autour du club en parc public, avec une jetée pour la mise à l'eau des bateaux. Une affaire juteuse pour la banque de Jennings. Franchement, tout cela n'a guère d'importance. On ferait mieux de réfléchir à notre stratégie.

— J'ai déjà décidé de la première étape. Comme le conseille le programme, je vais aller parler aux habitants d'Uncertain qui me connaissaient quand j'étais bébé. C'est-à-dire Joleen Berber, qui était la meilleure amie de Frannie, le révérend Briggs, qui était le pasteur de notre paroisse, et les gens pour qui Frannie faisait des ménages : les Parker, les Hartfield, Noreen Baxter et… Catherine et Ray Jennings.

— Cela me semble un bon départ. Le révérend Briggs a été muté dans une paroisse près de Canton, il y a quelques années. On pourrait profiter de notre visite chez lui pour faire un tour à Canton, histoire de voir si les gens qui exposent encore à la foire se souviennent de quelque chose.

— Notre visite ?

Emmy s'arrêta d'écrire.

— Tu vas venir avec moi voir ces gens, Riley ?

Il tendit les bras et prit les mains d'Emmy entre les siennes.

— Frannie est morte depuis longtemps, mais la déclaration de Logan est récente. Cela inclut des conséquences pour toi. Si tu vois ce que je veux dire.

Oui. Elle ne voyait que trop bien ce qu'il voulait dire et elle aurait préféré qu'il garde ses craintes pour lui.

10.

Après leurs deux copieuses assiettées de scampi, Emmy et Riley, rassasiés, quittèrent le restaurant.

Comme prévu, Riley déposa Emmy devant son pick-up, puis ils roulèrent de concert jusqu'à l'embranchement des deux allées qui menaient à leur maison respective. Riley se réjouissait à l'idée d'aller prendre le café et… de passer le reste de la soirée en sa compagnie, quand Mme Yates l'appela du perron.

Riley, inquiet, se précipita. Quelques instants plus tard, Emmy le vit revenir. Il semblait préoccupé.

— Le fisc doit débarquer chez un de mes clients demain matin. Mon bonhomme est dans tous ses états et n'arrête pas de téléphoner. Il faut que je l'appelle et puis que je m'enferme dans mon antre pour étudier le dossier.

— Ce n'est que ça ? Je croyais que quelque chose était arrivé à Alanna. Pourquoi Mme Yates ne t'a-t-elle pas prévenu sur ton portable ?

— Marge lui a formellement interdit de m'appeler. Mme Yates est très en colère. Elle déteste être dérangée pendant ses émissions de télévision.

— Je sais. Alanna me l'a dit. Une nounou devrait avant tout s'occuper de l'enfant dont elle a la charge, non ?

— Ecoute, Mme Yates ne boit pas et ne reçoit pas d'hommes à la maison. Ce n'est déjà pas si mal ! Et je parle en connaissance de cause. Bien sûr que j'aimerais qu'elle soit plus affectueuse. Mais ici, ce n'est pas commode de trouver des assistantes maternelles dignes de confiance.

— J'ai honte d'avoir privé Alanna de ta présence ce soir.

— Tu n'as pas à avoir honte. Je ne suis pas un père absent. Quand elle était toute petite, je travaillais à la maison. J'ai attendu qu'elle ait trois ans avant de la confier à une baby-sitter le soir... Je vois Mme Yates qui s'apprête à partir. Il faut que je rentre. Je t'aurais bien invitée à boire une tasse...

— Je sais. Tu as un dossier à étudier. Ce n'est pas grave. De toute façon, je veux relire mes notes.

— Je pense être de retour à mon cabinet vers 1 heure demain. Je demanderai à Marge de nous prendre des sandwichs quand elle ira déjeuner. Cela nous fera gagner du temps. On n'aura qu'à commencer par Joleen, et ensuite passer chez les différents employeurs de Frannie. Gardons le révérend Briggs pour la fin, puisqu'il est à Canton. S'il est trop tard, on ira le voir demain. J'ai promis à Mme Yates d'être rentré à 5 h 30 précises. Elle a un rendez-vous.

— C'est vraiment gentil de me consacrer tout ce temps, Riley. Je pensais me débrouiller toute seule pour ces entrevues. Mais plus le moment approche, plus j'ai le trac.

— J'ai encore une question à te poser, Emmy, et après, il faut que je me sauve. Tu n'as pas besoin de me répondre tout de suite. Prends le temps de bien réfléchir. Comment réagirais-tu si tu découvrais quelque chose... d'affreux ?

Il recula lentement, malheureux d'avoir brisé l'enthousiasme d'Emmy. Mais mieux valait la préparer à affronter la réalité, quelle qu'elle soit.

Il s'arrêta sous les branches de son gros chêne et observa Emmy. Elle finit par baisser la tête et entrer précipitamment chez elle. Quand il eut entendu sa porte se fermer et vu une lumière s'allumer, il desserra sa cravate, enleva sa veste et monta lentement les marches de son perron.

Il se rendit d'abord dans la chambre d'Alanna. Il la borda et caressa ses cheveux soyeux en pensant à ce qu'Emmy avait dit sur le manque de tendresse de Mme Yates. La maison était impeccable, les jouets d'Alanna rangés comme des petits soldats au garde-à-vous sur les étagères. Serait-il préférable que sa fille vive dans le fouillis dans lequel il avait grandi, lui ? C'est ce qu'avait insinué Emmy le jour où ils avaient évoqué sa brouille avec sa mère et sa sœur.

Sa mère était une femme bien. Comment avait-il pu laisser leur relation se détériorer à ce point ? Après la mort de Lani, elle avait essayé de l'aider. Mais Riley n'avait été qu'aigreur et ressentiment, alors. L'idée de remettre un jour les pieds dans la réserve indienne lui avait paru inconcevable.

Mais maintenant… Avec Emmy… Pourquoi pas ? Elle avait éveillé sa conscience et son cœur de fils, de frère et de père. Dans une vingtaine d'années, sa fille lui en voudrait peut-être de l'avoir coupée d'une famille qui aurait pu l'aimer — qui l'aurait aimée. Il savait pertinemment que sa mère et sa sœur adoreraient Alanna. C'est lui qui avait rompu les ponts avec elles Quel monstre il était d'avoir renvoyé les lettres de sa mère, sans même les ouvrir, jusqu'à ce qu'elle renonce à lui écrire…

Et Riley continua ainsi à s'adresser des reproches. Au détriment du dossier qu'il devait préparer…

Riley n'était pas encore rentré du tribunal et Emmy l'attendait à son cabinet. Pour passer le temps, elle était allée acheter leur pique-nique. Depuis, elle tournait nerveusement en rond en regardant Marge dévorer son sandwich.

Soudain, il fit irruption dans la pièce. Il enleva son pardessus trempé et secoua ses cheveux ruisselant de pluie.

— Brrr. Nous avons bien choisi notre jour pour nous mettre en chasse, dit-il en accrochant son manteau sur une patère. L'orage couvait depuis le début de la semaine. Il faut qu'il éclate aujourd'hui.

— Comme ça, vous aurez davantage de chances de trouver les gens chez eux, fit remarquer Marge en regardant par-dessus ses lunettes en demi-lune.

— C'est vrai, renchérit Emmy. Les femmes chez qui maman Frannie faisait des ménages ne restaient pas enfermées quand il faisait beau. Elles jouaient au tennis ou au golf. C'est drôle, je me disais qu'elles devaient être de vieilles bonnes femmes maintenant. Jusqu'à ce que je vois Catherine Jennings hier soir. Je n'y avais jamais réfléchi, mais elle devait être vraiment très jeune quand elle a eu Amanda. Ma… ma… mère naturelle pourrait très bien avoir l'âge de Catherine.

Riley coupa court aux spéculations d'Emmy. Il disparut dans la salle de conférences et revint avec les sandwichs.

— Le type qui m'a recommandé le logiciel m'a appelé tout à l'heure. Il n'est pas très optimiste sur nos chances de réussite, vu le peu de données de départ dont nous disposons. Pourquoi est-ce que j'ai accepté de m'embarquer là-dedans ? Je ne voudrais pas que tu souffres encore plus, ajouta-t-il, la bouche pleine.

Emmy attendit que Marge soit sortie acheter des timbres pour le serrer dans ses bras.

— C'est gentil, Riley. Mais ne t'en fais pas. J'ai eu le temps d'apprendre à vivre avec mon chagrin. Par contre je suis devenue d'une curiosité maladive. Qui étaient mes parents ? De quelle nationalité étaient-ils ? Comment étaient-ils physiquement ? Qu'aimaient-ils faire ? Avaient-ils des maladies héréditaires ?

Elle brandit son sandwich.

— Est-ce que je risque d'être allergique à certains aliments ?

Riley lui effleura la joue de son doigt.

— Je me suis lancé dans cette aventure avec toi, Emmy. Pour le meilleur et pour le pire.

Elle avait la gorge nouée et dut marquer un temps.

— A t'entendre, on dirait qu'on est sur le point de s'engager pour la vie. On va seulement parler à quelques personnes qui m'ont connue autrefois.

Il y avait des terrains qu'il était préférable de laisser en friche, pour le moment, se raisonna Riley.

— Je meurs de faim, Emmy. On n'a qu'à finir de manger ici avant de nous coiffer de nos chapeaux de Sherlock Holmes et d'emboîter le pas à Huckleberry Finn.

— Quel méli-mélo littéraire ! dit Emmy en prenant une gorgée de café. Au fait, en venant, j'ai fait un crochet par Beaumarais pour donner à Jed cette adresse à laquelle il faut écrire pour essayer d'avoir des nouvelles de Will. Gwen était ravie et a promis d'envoyer une lettre dès aujourd'hui.

— Tu parles de retrouvailles, si ce vieux Will revenait sur son blanc destrier…

— Pourquoi tu dis ça ?

— Parce que je l'imagine bien en justicier. Tu te rappelles comme il imitait Zorro, en signant ses initiales dans l'air de grands gestes du bras ? Bien qu'il ait été maltraité par la vie, il croyait dur comme fer à la justice. J'imagine d'ici Fielder ! Il va craquer si Will revient. Encore aujourd'hui, je ne peux pas rencontrer le shérif sans avoir l'impression d'être le pire voyou de la ville.

Emmy prit une autre bouchée de son sandwich à la dinde.

— Vous étiez trois à vous disputer ce titre : toi, Will et Rico. Tu te rappelles l'année où vous aviez bombé les véhicules de la municipalité à la peinture fluorescente, pour Halloween ? Fielder venait d'être élu shérif.

Riley jeta l'emballage de son sandwich et ouvrit une bouteille d'eau.

— Tu aurais dû l'entendre, l'année dernière, quand il a découvert que c'étaient Will et moi — aidés, contre son gré, de Jed — qui avions volé ces quinze caisses de bière. On était en seconde, se remémora Riley avec un sourire.

— Quinze caisses ? Vous n'avez pas été malades comme des chiens ?

— On ne les a pas bues. On les avait chargées dans le vieux tacot de Jed. Après une brève course-poursuite, on a réussi à semer la police. Will nous a alors conduits chez Santiago.

— Ah oui ! Est-ce que ses parents servent toujours leurs délicieux plats mexicains faits maison ? J'en ai l'eau à la bouche rien que d'y penser.

— Ils se sont agrandis. Il faudra que je t'y emmène un soir. Pour en revenir à mon histoire, un des cousins de Santiago se mariait ce week-end-là. Will a eu l'excellente idée de leur laisser la bière pour la réception. Will m'a raconté plus tard qu'ils avaient fait la fête jusqu'à l'aube.

— Et dire que je vous idéalisais !

— C'était le bon vieux temps. Si les gamins faisaient des coups comme ça aujourd'hui, tu imagines le tollé ? On les traiterait immédiatement de délinquants juvéniles.

— Quand Alanna sera adolescente, elle pourrait très bien traîner avec des types comme toi, ou comme Jed.

Riley s'essuya la bouche avec sa serviette en papier.

— Ne parle pas de ça. Je ne crois pas qu'il existe quelque chose de plus angoissant pour un père que de penser au moment où sa fille commencera à sortir avec des garçons.

Emmy plia soigneusement la poche en papier de son sandwich avant de la déposer dans la poubelle. Pourquoi, tout à coup, eut-elle l'impression d'avoir un poids dans l'estomac ?

— D'ici là, tu seras sûrement remarié.

— C'est possible. J'aimerais vraiment qu'Alanna ne reste pas enfant unique.

Emmy prit alors son manteau et récupéra son joli parapluie aux couleurs vives.

— Si tu es prêt, on ferait mieux d'y aller, parce que c'est moi qui paye.

— Je t'ai dit que je faisais ça gracieusement, pour te rendre service, Emmy.

— J'ai demandé à Marge de dresser un contrat. Il vaut mieux qu'on se place dans un cadre strictement professionnel pour cette enquête. Je ne veux pas que les mauvaises langues puissent dire que je couche avec toi pour te payer.

Riley était éberlué.

— Personne ne dira ça puisque ce n'est pas vrai. Bon, comme tu voudras, Emmy, concéda-t-il, manifestement peiné en enfilant son pardessus mouillé. Ma voiture serait plus confortable, mais ton pick-up consomme sûrement moins. A toi de choisir, dans la mesure où Marge te facturera certainement les frais de transport.

Emmy s'arrêta sur le seuil.

— Je me suis mise d'accord avec elle sur un taux horaire tout compris. En plus, je préférerais que tu conduises. Tu connais mieux la région que moi. Je paierai l'essence.

Riley fit pivoter Emmy sur elle-même.

— Mais enfin, Emmy. Qu'est-ce qui s'est passé ? Comment se fait-il que tu aies changé du tout au tout ? Hier soir, quand nous nous sommes séparés, tu étais ma maîtresse et moi ton amant. Aujourd'hui tu es ma cliente et moi ton avocat.

Les joues d'Emmy se colorèrent. Elle prit une profonde inspiration puis expira lentement.

— Laisse-moi te dire qu'effectivement j'ai l'impression d'être deux personnes à la fois : la femme que tu as devant toi et une autre femme, une espèce d'ombre qui s'agite en arrière-plan. Il faut que je tienne ces deux personnages bien séparés jusqu'à la conclusion de mes recherches. Je t'en prie, Riley. Tu appartiens à la période la plus heureuse de ma vie. Enfin, je parle de Riley Gray Wolf, pas de l'avocat Riley Gray. Tu vois, toi aussi, d'une certaine façon, tu es double. Ou alors, peut-être que je deviens folle…

— Bizarrement, dit-il en l'embrassant sur le front, ce que tu dis es parfaitement sensé.

Il lui prit la main et la posa sur sa poitrine.

— Tu m'as montré qu'il était absurde de continuer à vivre en essayant d'occulter son passé, de renier son milieu d'origine. J'aurai beau faire, je ne serai jamais tout à fait comme Jed ou Will.

— Et donc ?

Il avait l'air triste, plein de regrets.

— Le jury est encore en train de statuer sur mon cas. Mais en ce qui te concerne… Ce que je ressens pour toi ne changera pas, quoi que nous découvrions. Parce que tu comptes trop pour moi. Je t'aime exactement comme tu es.

— Oh, Riley ! J'espère de tout cœur que ce que tu viens de dire sera toujours vrai.

Il lui déposa un autre baiser sur le front.

— Allez ! Plus vite on aura des réponses, mieux ce sera.

La pluie avait faibli quand ils se garèrent devant la petite maison de Joleen Berber. Les parterres, qui faisaient sa fierté autrefois, étaient envahis de mauvaises herbes. Le crépi jaune était en mauvais état. Quant aux fenêtres qui, dans le souvenir d'Emmy, étaient ornées de coquets rideaux aux couleurs vives, elles étaient maintenant obstruées par du papier d'aluminium en guise d'isolant.

— Je ne vois pas de lumière, chuchota Emmy. Tu veux attendre ici pendant que je vais vérifier si elle est là ?

— Marge dit qu'elle vit en ermite. Elle est un peu loufoque apparemment. Je viens avec toi, dit-il en coupant le moteur et en empochant ses clés.

— Tu crois qu'elle pourrait ne pas me reconnaître ?

— C'est possible.

Ils poussèrent le portillon rouillé et montèrent les marches du perron. Emmy frappa, plus timidement qu'elle n'aurait voulu. Elle dut s'y reprendre à deux fois avant qu'ils n'entendent des pas et que la porte ne s'entrouvre, laissant passer une odeur de tabac froid.

— Joleen, c'est…

Emmy eut à peine le temps d'entrevoir un éclair de terreur dans les yeux de la femme. Le grand corps massif de Joleen s'effondra, bloquant la porte. Il leur fallut plusieurs minutes avant de pouvoir pénétrer dans la maison.

Emmy prit alors dans les siennes les mains grassouillettes de Joleen pour les frictionner, tandis que Riley composait le numéro des services d'urgence sur son portable. Mais Joleen protesta et parvint à se redresser. Il raccrocha.

— Joleen, c'est Emmy Monday. J'habitais avec Frannie Granger. Je suis désolée. J'aurais dû téléphoner avant de venir. Je ne voulais pas vous prendre par surprise.

— Emerald ? Oh ! Je croyais que c'était… Peu importe. Qu'est-ce que tu veux ? Frannie n'est plus là. Elle a été… Sur ce dernier mot, un long frisson la parcourut.

— Je sais, dit Emmy en la regardant avec tristesse, tandis que Riley peinait à relever l'infirmière autrefois si alerte.

— Vous étiez la meilleure amie de maman Frannie. La nouvelle a dû être un choc terrible pour vous.

Joleen se dégagea des bras de Riley. Elle coinça dans son chignon une mèche grise qui s'était défaite, puis serra sur sa gorge la robe de chambre dont elle était encore vêtue, malgré l'heure. Elle tenta alors de fermer la porte.

— Allez vous-en ! Les paroles ne feront pas revenir Frannie.

Les lèvres serrées de Joleen étaient comme une fine cicatrice sur son visage jaune cireux.

— C'est vrai, et je le regrette sincèrement, insista Emmy. J'espérais seulement que vous pourriez me dire quelque chose qui me permettrait de découvrir qui je suis réellement.

— Je croyais que vous étiez Emmy Monday.

Les yeux délavés de la femme s'affolèrent dans leur orbite pour échapper au regard de ses interlocuteurs. Les mains tremblantes, elle sortit une cigarette d'un paquet qu'elle avait tiré de sa poche.

— Oui, c'est moi, dit Emmy en s'efforçant de rester calme. Est-ce qu'on peut bavarder un peu ? Je vous présente Riley Gray. C'est un vieil ami de Jed et de Will, les deux fils adoptifs de maman Frannie. Vous vous souvenez d'eux, n'est-ce pas ?

— Les paroles ne feront pas revenir Frannie, répéta la vieille femme.

Elle alluma sa cigarette dont elle recracha presque immédiatement la fumée.

— Vous avez raison. Je sais que vous m'avez trouvée à la foire à la brocante. Je voudrais savoir où sont mes vrais parents, Joleen. Il faut que vous me racontiez tout ce dont vous vous souvenez, dans les moindres détails.

Joleen maugréa. Puis, avec une force inattendue, elle poussa Emmy et Riley dehors, sous la pluie.

— Frannie t'adorait. Elle t'a donné un foyer où tu étais bien, finit-elle par marmonner sans enlever sa cigarette de sa bouche. Ça n'amènera rien de bon de déranger les morts. Les gens auront vite fait de dire qu'elle n'était pas une bonne mère, alors que ce n'est pas vrai.

— Mais il n'est pas question de maman Frannie. Moi aussi je l'aimais, rétorqua Emmy, les yeux pleins de larmes. Essayez de comprendre, je vous en prie. J'ai besoin de savoir qui… pourquoi on s'est débarrassé de moi. Tous vos souvenirs peuvent être utiles, même ceux qui vous paraissent sans importance.

Le visage de Joleen s'adoucit, l'espace d'un instant.

— Tu étais dans un panier, sous une table, dans la dernière rangée des stands des antiquaires. Tu étais adorable. Une vraie petite poupée. Tu portais une robe jaune d'or et tu étais emmitouflée dans une couverture vert clair. La propriétaire du stand était partie manger un morceau. C'est à son retour qu'elle t'a trouvée. Elle ne savait pas du tout comment tu étais arrivée là.

— C'est difficile à croire, intervint Riley.

— Vous n'y étiez pas, répondit-elle sèchement. Vous voulez savoir ce que j'ai à dire, oui ou non ?

— Oh, oui, je vous en supplie.

Emmy lança un coup d'œil furibond à Riley.

— Bon, eh bien… Frannie avait perdu son mari. Elle était très déprimée. Pour reprendre pied, il fallait qu'elle se sente utile. Je savais que le dossier qu'elle avait envoyé aux services sociaux pour être autorisée à accueillir des enfants avait été accepté. Je les ai convaincus de te confier à Frannie et, comme l'enquête sur ta famille n'avait rien donné, ils t'ont laissée avec elle. Il y a trente ans de cela. Tu penses que les pistes ont été brouillées depuis.

— Trente-deux ans, corrigea Emmy presque mécaniquement. Est-ce que les services sociaux ont téléphoné à la police ? Est-ce qu'ils ont vérifié dans les hôpitaux si une mère célibataire n'avait pas accouché ? Est-ce que la date qui figure sur mon certificat de naissance officieux est exacte ?

— Je ne peux pas t'aider, répondit Joleen, avec fermeté cette fois. Tu as l'air d'être une fille bien. Et intelligente. Je te conseille de laisser les morts là où ils sont.

D'une adroite pichenette, elle projeta son mégot dans le jardin et leur ferma la porte au nez.

Riley attendit quelques instants avant de passer un bras autour de la taille d'Emmy et de l'entraîner gentiment vers la rue.

— Viens. Marge avait bien dit qu'elle était dingue.

— Tu ne crois pas qu'elle se tait, plutôt ? Elle avait l'air d'avoir toute sa tête quand elle a décrit comment j'étais habillée le jour où elle m'a trouvée.

— Qu'est-ce que tu veux qu'elle cache, ma douce ? demanda-t-il calmement.

Emmy poussa un soupir et, s'appuyant sur Riley, se laissa guider jusqu'à la voiture.

— J'avais cru bêtement que Joleen possèderait toutes les clés de mon histoire. Tu m'avais pourtant prévenue !

— On continue quand même ? s'inquiéta-t-il en s'asseyant au volant.

— Naturellement ! On ne fait que commencer. C'est une course de fond, pas un sprint, Riley !

Il ne répliqua pas. Il resta tout aussi silencieux quand il vit l'abattement d'Emmy augmenter au fur et à mesure des visites suivantes. Si les femmes pour qui Frannie avait travaillé se montrèrent plus loquaces que Joleen, elles n'avaient aucun fait nouveau à révéler.

Catherine Jennings, la dernière sur leur liste, les reçut dans son salon, une pièce d'un luxe froid qui suggérait une fortune établie de longue date. Riley et Emmy s'assirent côte à côte sur un canapé recouvert de soie damassée blanche. Leur hôtesse, élégamment vêtue, agita une clochette en argent d'un air majestueux.

Comme par magie, une domestique entra, les yeux baissés, en trottinant derrière une table roulante chargée d'un service à café en argent. Catherine emplit trois tasses en porcelaine fine de café noir. Elle écouta poliment les questions d'Emmy, mais resta très évasive.

— Je ne me mêle jamais de la vie privée de mes employés. Tout ce que je peux vous dire, c'est que Frannie Granger faisait bien son travail. Elle ne cancanait pas et était d'une honnêteté exemplaire.

Emmy ne fit aucun commentaire. En l'absence d'autres éléments, ils partirent après avoir remercié Mme Jennings pour le café et pour le temps qu'elle leur avait consacré.

— On a été plus vite que prévu, dit Riley en consultant sa montre. Tu veux qu'on arrête là pour aujourd'hui ou qu'on pousse jusqu'à Canton ?

— Tu crois qu'il y aura des vendeurs au marché aux puces ? Il n'ouvre que lundi prochain, non ?

— Oui, mais certains exposants viennent à l'avance pour installer. Cela dit, je reconnais bien volontiers que les chances de trouver des brocanteurs qui étaient déjà là il y a trente ans sont infimes. On pourrait voir s'il existe un journal local et jeter un coup d'œil dans ses archives.

— Est-ce que les bébés abandonnés intéressent les journalistes ?

Riley passa son bras autour du cou d'Emmy et la serra contre lui.

— Voilà que tu remets ça ! Arrête de nous faire le coup de la femme aigrie ou je vais regretter de t'avoir accompagnée.

— Je sais que nous venons à peine de commencer, mais je suis déjà découragée.

— Continue à prendre des notes. Lors d'affaires que j'ai eues à traiter, il m'est arrivé de ne pas remarquer un élément au premier examen. Et puis, en relisant le dossier, ce qui m'avait d'abord échappé m'a sauté aux yeux.

— On n'a rien appris, vraiment rien, se lamenta-t-elle.

— Ce n'est pas tout à fait vrai. Tu savais que tu avais une robe jaune et que tu étais enveloppée dans une couverture verte quand on t'a trouvée ?

— Je me rappelle vaguement qu'une de mes premières poupées avait une couverture de cette couleur. Frannie adorait m'acheter des poupées. Dans ce que Catherine Jennings a dit, il y a quelque chose d'intéressant finalement. Tu sais, quand elle a parlé de l'honnêteté de Frannie… et des vols, chez elle. Eh bien, chez nous, une broche de valeur, qui avait été épinglée à ma couverture, paraît-il, a disparu un beau jour. Catherine accuse ses domestiques, mais Frannie, elle, n'en avait pas. Se peut-il qu'il y ait ou qu'il y ait eu à Uncertain un voleur de bijoux ? Tu vois où je veux en venir ?

— Très bien. Si le voleur a mis ses larcins en dépôt chez un prêteur sur gages, on devrait trouver des traces écrites. C'est effectivement une piste possible.

— J'ai oublié de demander à Joleen ce qu'elle savait à propos de cette broche. Elle passait à la maison quasiment tous les jours en rentrant de l'hôpital et elle dînait souvent avec nous. L'image que j'ai gardée d'elle, c'est celle d'une femme pimpante dans un uniforme blanc impeccablement amidonné. Aujourd'hui, on aurait dit une petite vieille.

— Elle ne travaillait pas dans un hôpital de Canton ?

— Non. A Tyler. Elle était affectée au service des soins pallia-tifs. Je me rappelle que Frannie disait qu'elle ne comprenait pas comment Joleen faisait pour supporter de soigner, jour après jour, des gens qui allaient mourir. Tu sais que Frannie s'est occupée de son mari jusqu'à sa mort. Il avait un cancer du poumon.

— Bon. Eh bien, ma théorie ne tient plus. Je pensais qu'elle travaillait peut-être en obstétrique et qu'elle aurait pu rencontrer ta mère au moment de l'accouchement. Mais ça aurait été trop facile.

— Rien n'est facile dans mon histoire. Malgré tout, je n'avais pas pu m'empêcher de croire à un miracle…

— Le révérend Briggs sera peut-être ton sauveur.

— Tu es toujours aussi optimiste, Riley ?

— En fait, non, dit-il en fronçant le nez. Mes collègues m'ap-pellent la voix du malheur. Je suis du genre à guetter les nuages quand il fait beau. Je crois que si on se prépare au pire, on est mieux armé pour faire face à toute éventualité.

— Pour aujourd'hui, en tout cas, l'orage est derrière nous.

Effectivement, le soleil brillait et avait séché les trottoirs et la chaussée quand ils parvinrent enfin au presbytère où vivait le révérend Briggs. Les cheveux d'Emmy avaient frisé sous l'effet de l'humidité.

— Je te reconnais, ma petite, s'exclama immédiatement le pasteur quand Emmy se fut présentée. Mme Granger te coiffait toujours d'un bonnet en laine, quel que soit le temps. Quand tu arrivais aux cours d'instruction religieuse, le dimanche, ta tête était une masse de boucles dorées. Elle disait que tu étais un vrai petit ange.

— Il faut le dire vite… dit Emmy en esquissant un sourire.

— J'ai été très peiné d'apprendre la façon horrible dont cette femme si bonne, si généreuse, avait fini ses jours. Mais les voies du Seigneur sont impénétrables.

— Je ne suis pas venue pour parler de ma mère adoptive, mon révérend. J'ai décidé de retrouver mes parents naturels, ou ma mère au moins. Je me suis dit que, peut-être, vous saviez quelque chose. Même un détail qui vous paraîtrait insignifiant pourrait me mettre sur la voie.

Le pasteur les invita dans son jardin de roses. Emmy et Riley réglèrent docilement leurs pas sur ceux du vieil homme, qui s'arrêtait de temps à autre pour humer le parfum de ses fleurs. Emmy, malgré son impatience croissante, s'efforça de garder son calme.

— C'est ici que je réfléchis le mieux, expliqua le révérend Briggs quand ils eurent parcouru une longueur de jardin et commencé à revenir sur leurs pas. Peu après la mort de son mari, Frannie avait demandé à être officiellement autorisée à accueillir des enfants. Tu as été un véritable don du ciel pour cette pauvre femme. Tu es allée voir Joleen Berber ? C'est elle qui t'a trouvée quand tu n'étais qu'une toute petite chose. Je crois, en tout cas. Cela fait si longtemps. Ma mémoire me joue des tours.

— Nous sommes passés chez Joleen tout à l'heure. Elle ne semble plus avoir toute sa tête, déclara Emmy en suivant distraitement du doigt le bord des pétales d'une rose.

— C'est exact. La disparition de sa meilleure amie l'a frappée de plein fouet. Surtout que Frannie n'avait laissé aucune trace. C'est à cette époque qu'elle a commencé à décliner. Cela fait un bon moment qu'on m'a muté, mais quand je suis parti d'Uncertain, Joleen avait déjà cessé de venir à l'office. C'est elle qui pourra t'être le plus utile.

— Vous ne savez donc rien qui puisse aider Emmy ? Avez-vous entendu parler d'une broche qui, semble-t-il, avait été trouvée en même temps que le bébé ? demanda Riley. Elle a disparu par la suite.

— Oui, je me rappelle que des bruits ont couru à ce sujet. Cependant, Mme Granger ne s'est ouverte de rien auprès de moi, ni pour les confirmer ni pour les infirmer. Elle n'était pas du genre à se plaindre. Dieu ait son âme.

Le visage d'Emmy s'assombrit.

— Maman me faisait souvent des dessins de la broche. Malheureusement, je ne les ai pas conservés.

Le pasteur sourit avec indulgence.

— Peut-être qu'elle n'existait que dans son imagination.

— Je me rappelle avec précision la description qu'elle m'en a donnée. Je suis sûre qu'elle n'a rien inventé. Pourquoi l'aurait-elle fait, d'ailleurs ?

— Je n'en sais rien, mon enfant. Les gens affabulent pour toutes sortes de raisons. Est-ce que Mlle Berber a pu te dire quelque chose à propos de cette broche ?

— J'ai oublié de lui en parler. Je vais retourner la voir.

Emmy posa encore quelques questions au vieux pasteur et consigna méticuleusement ses réponses dans son bloc. Il ne se rappelait pas avoir entendu parler de grossesses non désirées chez les jeunes femmes de la ville à l'époque de la naissance d'Emmy.

190

— C'est le genre de choses qui s'ébruitent facilement. Les commérages vont bon train dans les petites villes. Il est extrêmement difficile de cacher les grossesses et les infidélités conjugales. Si je voulais, je pourrais dénoncer au moins cinq messieurs en vue qui trompaient leur femme à cette époque. Mais, pour moi, le silence est une règle. Il n'est jamais bon de divulguer les secrets des autres.

— Tout ce qui nous intéressait, intervint Riley, gêné, c'était de savoir si une de ces aventures clandestines s'était conclue par une grossesse. Mais comme vous affirmez qu'aucune jeune femme n'a brusquement disparu à cette époque, je pense que nous pouvons en rester là.

— Etant donné qu'Emerald a été trouvée près de ma paroisse actuelle, je me ferai un plaisir de regarder dans les archives ici. Parfois, les mères célibataires ressentent le besoin de faire baptiser leur bébé, même si elles l'abandonnent ensuite.

— Vous feriez ça ? s'écria Emmy en serrant les mains aux veines saillantes du vieil homme dans les siennes.

Elle nota sur une feuille la date estimée de sa naissance ainsi que son numéro de téléphone, et lui tendit le tout.

— Tout ce que vous glanerez sera bon à prendre. Et vous pouvez compter sur ma discrétion, l'assura-t-elle.

— Je n'en doute pas. As-tu écrit au service de l'état civil du Texas pour leur demander une liste des petites filles nées au cours des cinq jours avant et après la date supposée de ta venue au monde ? J'ai aussi entendu parler d'une enfant qui, à partir des étiquettes sur les vêtements qu'elle portait lors de son arrivée dans sa famille d'adoption, avait réussi à remonter jusqu'à la personne qui les avait achetés.

— Nous ne sommes qu'au début de notre travail, expliqua Riley. Merci beaucoup de nous avoir reçus. Vos conseils vont nous être précieux. Je vous laisse ma carte. Emmy habite à côté de chez moi. Je pourrai donc lui transmettre un message si vous ne parvenez pas à la joindre à son numéro.

— Je vous souhaite bonne chance à tous les deux.

Le vieil homme, frêle silhouette sur ses jambes vacillantes, les regarda s'éloigner et leur fit un signe de la main quand ils démarrèrent.

— J'espère qu'il ne va pas casser sa pipe avant d'avoir pu examiner ces registres, dit Riley à mi-voix.

— Tu es un vrai pessimiste, s'esclaffa Emmy.

C'était la première fois de la journée qu'elle s'autorisait à rire de bon cœur.

— Tu dois quand même reconnaître qu'il a été d'une extrême gentillesse, remarqua-t-elle.

— Exact. Et jusqu'à présent, c'est lui qui nous a le plus aidés. Tu veux passer à la foire ?

— Non. Je préfère attendre un jour d'ouverture. Le révérend Briggs m'a donné une idée en parlant des étiquettes sur les vêtements. J'ai toujours le couffin dans lequel on m'a trouvée. Il avait été fabriqué dans une usine de la région. Demain, on pourrait peut-être y faire un saut. C'est bête que je n'y ai pas pensé plus tôt. Tu te rends compte, si jamais ils gardent des traces de chaque achat, il n'y aura plus qu'à suivre la piste.

— Alors, c'est fini pour aujourd'hui. On rentre ?

— Oui. Comme ça tu auras une heure de plus à passer avec Alanna. Comme le ciel se dégage, vous pourriez faire un tour en bateau sur le lac.

— Excellente idée. Tu ne veux pas venir ? Je ferai griller des saucisses en revenant.

— Je ne veux pas m'imposer. Elle a besoin d'avoir son père pour elle toute seule de temps en temps.

— Et si je lui demande ce qu'elle en pense ?

— A condition que tu ne formules pas malhonnêtement ta question, comme savent si bien le faire les avocats et que tu lui laisses vraiment le choix.

Riley prit un air indigné, la main posée sur son cœur.

— Tu es vexante, ma douce. Quel genre d'avocats fréquentes-tu, d'abord ?

— Des avocats marron. Pourquoi, il en existe d'autres ?

Elle battit gracieusement des paupières et il la frappa sur le bras.

— Aïe ! Grosse brute, minauda-t-elle, en lui rendant son coup.

Grâce à ce petit jeu qui faisait renaître leurs querelles d'enfants, l'atmosphère se détendit et c'est le cœur léger qu'ils évoquèrent leurs souvenirs tout au long du trajet de retour.

Hélas, en arrivant, ils aperçurent Alanna, assise sur la dernière marche du perron… en larmes ! Gwen était à son côté, en train de composer un numéro sur son téléphone portable.

Elle se leva, visiblement soulagée, dès qu'elle vit la voiture s'engager dans l'allée. Riley et Emmy, chacun de leur côté, bondirent de leur siège.

— Que se passe-t-il ? Où est Mme Yates ? s'écria Riley.

Il s'agenouilla auprès de sa fille et la prit dans ses bras. Elle s'accrocha à son cou en sanglotant contre son épaule.

— Ta Mme Yates m'a téléphoné à 5 heures moins le quart, lui dit Gwen, pour m'annoncer qu'elle avait passé un entretien récemment et qu'elle commençait à travailler demain matin pour un sénateur, actuellement dans sa résidence d'été sur le lac Sam Rayburn. Dès que je suis arrivée, elle est partie. J'étais en train d'essayer de te joindre sur ton portable.

— Quoi ? Elle a fait quoi ?

Riley était hors de lui. Alanna gigota pour qu'il desserre son étreinte.

— Papa, Mme Yates a dit qu'elle gagnerait davantage dans son nouveau travail et qu'elle n'aurait plus à s'occuper d'enfants. Je ne peux pas rester toute seule, et toi, il faut bien que tu ailles travailler. Comment je vais faire ?

Ses sanglots redoublèrent.

— Je ne demanderais qu'à te dépanner, Riley, s'excusa Gwen. Hélas, il faut que je sois sur un tournage à Austin demain pour m'occuper d'un guépard et je serai peut-être obligée de passer la nuit là-bas.

— Moi, je suis libre comme l'air, intervint Emmy. Je peux très bien garder Alanna, Riley. Je n'ai rien de prévu à part cette visite à la fabrique de paniers que nous devions faire ensemble demain après-midi. Alanna peut venir avec nous. Ou bien nous pouvons la remettre à un autre jour.

— Papa, accepte supplia Alanna. S'il te plaît ! Je jouerai avec Pharaon et Emmy me lira des histoires.

— Tu es sûre, Emmy ? demanda Riley. On est en pleine folie ! Je n'arrive pas à croire qu'une adulte responsable ose quitter son travail sans préavis. J'ai bien envie d'appeler le sénateur pour le prévenir. Oh ! Après tout, qu'il se débrouille avec elle !

— Je t'assure que cela ne me gêne pas du tout, insista Emmy. On va très bien s'entendre toutes les deux, n'est-ce pas mon chou ?

— Ça, c'est sûr.

— Ouf ! Dieu soit loué ! Vous avez trouvé une solution, s'exclama Gwen en se dirigeant vers sa Land Rover. Je vous appellerai quand je serai de retour. Pourquoi ne pas organiser un barbecue tous les cinq, ce week-end ? Riley, pourrais-tu appeler Jed demain, si tu as l'occasion ? Fielder s'en est encore pris à lui aujourd'hui.

— Je lui téléphonerai du bureau demain, Gwen. Je me demande ce que Logan a derrière la tête. Est-ce qu'il a dit avoir recueilli des éléments nouveaux ?

— Je n'ai pas posé de questions. Jed est tellement furieux !

— Prépare une double margarita à ton mari en rentrant et dis-lui que Logan n'a rien à se mettre sous la dent.

— J'espère que tu as raison. Bon. Au revoir tout le monde. Emmy, quand je rentrerai on prendra le café ensemble. Je veux que tu me racontes tout ce que tu as trouvé sur ta mère.

Emmy fit un signe d'acquiescement avec les doigts. Mais elle était soulagée de ne pas avoir à aborder la question tout de suite avec Gwen. Comment admettre qu'ils avaient fait chou blanc, ou presque, aujourd'hui ? Peut-être que demain, à la fabrique de paniers, la chance leur sourirait…

11.

Gwen était partie.

— Est-ce que tu as toujours envie d'aller faire cette promenade en bateau sur le lac et de pique-niquer ensuite ? demanda Riley à Emmy après s'être assuré qu'Alanna ne pouvait les entendre.

— Oui, mais d'abord tu dois donner quelques coups de fil pour savoir ce que manigance Fielder. Alanna peut venir chez moi m'aider à préparer des tacos pendant ce temps-là.

— Parfait. On les mangera en rentrant de la balade. Je vais me changer et téléphoner. Rendez-vous à l'embarcadère dans… disons vingt minutes ?

— Ça me va. Et vous mademoiselle Alanna, ce projet vous sied-il ? demanda Emmy avec un clin d'œil en direction de la petite qui était revenue.

— Oui ! Je sais où papa range les gilets de sauvetage ! Parce qu'il faut qu'on en porte tous les trois, annonça la fillette à Emmy, sur un ton sans appel.

— Mais je n'en ai pas, s'inquiéta Emmy.

— Il y a celui que tu avais acheté pour Mlle Blair, papa.

Alanna, la tête rejetée en arrière, examina Emmy d'un œil professionnel.

— Mlle Blair était plus grosse… en haut, dit-elle en tapotant la poitrine d'Emmy. Mais tu pourras resserrer les lanières, hein, papa ?

196

Emmy se sentit rougir.

— C'est qui, Mlle Blair ? s'enquit-elle.

Pourquoi avait-elle posé cette question ? Elle se moquait bien de la réponse, pourtant. « Faux ! » lui murmura sa conscience. Rien ne lui importait davantage. D'autant plus que Riley semblait soudain extrêmement mal à l'aise et se retenait visiblement pour ne pas bâillonner sa fille.

— Je vais te montrer, poursuivit Alanna. Papa la trouve belle, mais moi je ne l'aime pas.

La fillette se dégagea de l'étreinte de son père et partit à toutes jambes vers la maison.

— J'ai une photo de Mlle Blair et de papa au bal des poissons, dit-elle par-dessus son épaule tout en escaladant quatre à quatre les marches de la terrasse.

— Le bal des pêcheurs, corrigea Riley les mains en porte-voix. De toute façon, je ne crois pas que cela intéresse Emmy de regarder des photos d'une fête de charité locale.

— Oh, si ! Au contraire, murmura-t-elle.

Alanna n'entendit pas son père. La porte-moustiquaire s'était déjà refermée derrière elle. Emmy n'ajouta pas un mot, laissant Riley s'enferrer.

— Blair Dunning. C'est une collègue. Enfin, pas vraiment une collègue. Elle est substitut du procureur de la région. Nous, euh… Nous nous voyons quelquefois… pour des raisons profes-sionnelles.

— Naturellement. Je suppose que tu achètes aussi des gilets de sauvetage pour tes collègues masculins.

Elle n'enfonça pas le clou davantage. Alanna courait vers eux en agitant quelques photos. Riley leva les yeux au ciel.

— Ce n'est pas ce que tu crois, soupira-t-il. C'est Marge qui les lui a données.

Alanna s'arrêta dans une glissade à quelques centimètres d'Emmy et, sans autre cérémonie, lui mit les photos dans les mains.

Sur la première, la femme qui se collait langoureusement contre Riley pouvait effectivement être considérée comme belle : grande, blonde, impeccablement vêtue d'une robe noire décolletée. Elle était trop plantureuse pour que son gilet s'adapte à son propre tour de poitrine, estima Emmy. Même en serrant les lanières à fond.

— Rien que du beau monde, remarqua Emmy après s'être éclaircie la voix. Je suppose que tu es devenu membre du club d'Uncertain, maintenant. Tu te rappelles quand on se cachait près du lac pour espionner tous ces frimeurs et qu'on se demandait comment ils réagiraient si on débarquait sans invitation ?

Sur la deuxième photo, Emmy forma un cadre de ses doigts, pour ne laisser apparaître que Riley. Comme il était séduisant dans son smoking ! De temps à autre, elle l'avait imaginé ainsi vêtu, en particulier quand elle travaillait au casino. Elle avait même passé une soirée entière à se demander comment elle réagirait si Riley se présentait à sa table. Mais, dans ses rêves, il n'avait jamais été accompagné...

Elle rendit les photos à Alanna, sans prononcer une parole. Elle brûlait pourtant de demander à la petite pourquoi elle n'aimait pas l'élégante Blair Dunning.

— Ne te monte pas la tête avec le club, Emmy. Je t'y emmènerai si tu veux. Mais tu ne supporteras pas l'atmosphère guindée. Pour répondre à ta question, figure-toi que chaque fois que j'y vais, je regarde le lac et je me demande s'il n'y a pas des lycéens tapis dans les buissons à échafauder des plans rocambolesques comme nous le faisions.

— Ecoute, dit-elle tout à coup. Je crois qu'il est trop tard pour faire ce tour en bateau. Je n'avais pas pensé à l'histoire du gilet de sauvetage. On peut remettre à un autre jour, quand je me serai acheté une brassière.

— Je veux aller faire du bateau maintenant et je veux qu'Emmy vienne, insista Alanna avec une mine boudeuse tout en encerclant de ses petits bras la taille fine d'Emmy.

Riley avait trop longtemps vécu dans un milieu féminin pour être pris de court par ces brusques sautes d'humeur. Il décida de passer outre au refus d'Emmy.

— Je n'ai pas acheté ce gilet spécialement pour Blair. J'en ai deux supplémentaires pour les invités, hommes ou femmes. Ils s'adaptent facilement à toutes les tailles.

Il indiqua sa montre à Emmy.

— On vient de perdre cinq minutes, mesdames. Il ne vous en reste plus que quinze pour préparer à manger.

— On ferait bien de se dépêcher alors, dit Alanna en tirant Emmy par la manche.

— Oui, oui, concéda Emmy, vaincue. Je n'ai plus qu'à couper les oignons et les tomates en rondelles. Toi, tu pourras farcir les tacos, Alanna.

— Tout est réglé alors ? s'assura Riley.

En guise de réponse, Emmy et Alanna se mirent à courir en pouffant d'un air complice.

Emmy enfila à Alanna un tablier trop grand pour elle. A la vue de la fillette, juchée sur une chaise, Emmy fut brusquement projetée bien des années en arrière. Elle se vit debout sur un tabouret, ici même, dans cette pièce, pendant que Frannie lui apprenait patiemment à faire la cuisine. La table avait changé, les ustensiles avaient changé, mais les quatre murs étaient les mêmes. Si seulement ils pouvaient parler, songea Emmy en se passant la main sur la poitrine pour chasser le poids qui l'oppressait.

Tous trois se rejoignirent à l'embarcadère. Emmy trouva Riley bien maladroit. Il mettait un temps à lui régler son gilet de sauvetage ! Soudain, elle sentit ses doigts lui frôler le bout des seins et, aussitôt, une onde d'excitation lui parcourut le ventre. Il le faisait exprès, l'affreux !

— Tu ne perds rien pour attendre, articula-t-elle silencieusement derrière le dos d'Alanna.

— C'est facile de faire des promesses, lui susurra Riley à l'oreille en la serrant contre lui pour un ultime réglage.

En un éclair, la pulpeuse Blair fut reléguée aux oubliettes. Le trouble d'Emmy ne s'apaisa qu'au milieu du lac, sous l'effet rafraîchissant d'une petite brise d'ouest. Elle se cala confortablement dans son siège pour profiter de la balade… et du spectacle qu'offrait Riley, au gouvernail, avec sa chemise à moitié déboutonnée gonflée par le vent et ses bras dont les rayons du soleil faisaient ressortir la musculature.

— Ce bateau est nettement mieux que celui que tu avais emprunté la dernière fois que tu m'as emmenée sur le lac. D'ailleurs, je ne suis jamais retournée sur l'eau depuis.

— C'est vrai ? Aucun de tes amis du cirque n'avait de bateau en Floride ?

— Les gens du cirque gagnent à peine de quoi manger. Ils ne possèdent pas de hors-bord et ne sont pas membres de clubs tape-à-l'œil.

Heureusement, il fut épargné à Riley de défendre un statut social auquel il avait eu tant de peine à accéder car, à ce moment précis, Alanna leur montra avec un cri de joie une famille de canards qui se frayait un chemin entre les nénuphars, ainsi que deux aigrettes qui venaient de se percher sur une branche d'un vieux cyprès, une patte repliée sous les ailes.

Riley ralentit pour laisser passer un vapeur à aubes, en tout point semblable à ceux qui naviguaient autrefois, et se placer dans son sillage. Des touristes, accoudés au bastingage, répondirent aux signes amicaux d'Emmy et d'Alanna.

— On va le suivre jusqu'à Mossy Brake et on fera demi-tour quand il s'engagera dans Jackfish Alley, expliqua Riley. J'adore ce bras du lac, mais Alanna n'est pas rassurée.

— Blair aussi avait peur. Même qu'elle avait piqué sa crise. C'est toi-même qui l'a dit, papa.

Riley réprima un sourire.

— C'est sûr que Blair… préférait le plancher des vaches.

Emmy avait le regard perdu vers le tunnel de végétation dans lequel le vapeur s'enfonçait en brassant l'eau verdâtre.

— Quand on était enfant, avec Jed et Will, on allait dans Jackfish Alley sur des radeaux qu'on avait fabriqués, raconta-t-elle. C'est un miracle qu'on ne se soit pas noyé ou perdu dans les bayous. J'imaginais que j'étais une femme pirate. J'adorais ça !

— Je n'ai pas le droit de m'approcher du lac toute seule. Papa dit qu'il y a encore des alligators.

— Je n'invente rien, Alanna, dit Riley. Il reste effectivement des alligators, même si la plupart se sont réfugiés dans les réserves protégées. C'est vrai qu'on allait sur le lac quand on était enfant. Mais maintenant que je suis père, je vois les choses différemment. Donc, mademoiselle, il vous est toujours interdit d'approcher du bord, sauf si vous êtes accompagnée par un adulte.

— Cela me paraît une règle très raisonnable, Alanna. Regarde ! s'exclama Emmy en montrant du doigt des feuilles bleu-vert en forme de parapluie. Bientôt il poussera une grappe de fleurs jaune vif que les Indiens Caddos appellent « Yonqupins ». Avec Jed et Will, on faisait un concours pour savoir qui verrait la première de l'année. Frannie racontait, qu'à une époque, le lac s'était complètement asséché. Là où nous sommes actuellement, c'étaient des marécages.

Soudain, Emmy se redressa, les sourcils froncés. Une idée lui avait traversé l'esprit.

— Frannie disait que les gens du coin venaient ramasser des moules dans ces marécages, et que certaines avaient une perle à l'intérieur. Des « perles caddo », ça s'appelait. Tiffany, à New York, avait acheté les plus grosses et les industriels du pétrole ou du bois de la région en faisaient sertir pour leurs femmes et leurs filles.

Emmy était de plus en plus excitée.

— La perle sur ma broche était une perle Caddo.

— Ça, c'est important, dit Riley. Je me demande si les bijoutiers ont gardé des registres de leurs commandes. Tu saurais dessiner ta broche ?

— Pas avec précision, parce que je ne l'ai jamais vue. Je peux seulement reproduire le croquis que Frannie en avait fait. Mais...

Quelque chose d'autre venait de lui revenir.

— Un jour, peu de temps avant sa disparition, Frannie m'avait prise à part et m'avait fermement recommandé de ne surtout *jamais* parler de la broche à l'école. Cet avertissement m'était complètement sorti de la tête.

— Elle t'avait expliqué pourquoi ?

— Non, répondit Emmy avec un haussement d'épaules. Et je ne me rappelle pas le lui avoir demandé.

Elle tressaillit de nouveau.

— Qui sait si elle n'avait pas découvert que la personne qui avait volé la broche faisait partie de nos connaissances ? Peut-être que le jour où elle a disparu elle était allée trouver le voleur... Peut-être que c'est lui qui lui a fait du mal... Et si c'était un ou une de mes camarades de classe ?

— Cela me paraît plus qu'improbable, répondit Riley. Qui veux-tu que ce soit ? La plupart des gamins, à part toi, Jed, Will, Rico, Josey et moi, étaient issus de familles riches. Et si Frannie avait effectivement des preuves, elle serait allée voir le shérif, non ? Elle n'était pas du genre intrépide.

— Tu as raison. Si seulement j'avais été plus curieuse !

— Allons ! Regarde tout ce que tu as déjà glané aujourd'hui. Dommage qu'il faille déjà rentrer, mais il n'est pas prudent de naviguer dans les parages la nuit.

Alanna se leva sans bruit de son banc au milieu du bateau pour venir se blottir contre Emmy.

— Mlle Gwen m'a dit que tu essayais de trouver ta maman. Et ton papa ? Tu as bien un papa, comme moi, hein ?

Emmy lança un appel au secours silencieux à Riley.

— Alanna, ma chérie, l'histoire d'Emmy est un peu compliquée. Elle a été séparée de son papa et de sa maman quand elle était bébé. Elle a été recueillie par la dame à qui appartenait la maison où elle habite et elle l'a traitée comme sa propre fille.

Alanna fixait sur son père un regard perplexe.

— Mais… Mme Yates a dit à quelqu'un au téléphone que tu aides Emmy à chercher sa maman.

— A qui a-t-elle dit ça ?

— J'sais pas. J'écoutais en cachette, avoua Alanna d'un air penaud.

— Je ne suis pas fâché, Alanna. C'est vrai que j'aide Emmy. D'une certaine manière. Ce n'est pas un secret, après tout, ajouta-t-il en manœuvrant pour accoster.

Il sauta sur le ponton pour amarrer le bateau. Alanna suivait des yeux chacun de ses gestes. Riley la souleva et l'installa à califourchon sur sa hanche. Il tendit son autre main à Emmy, qu'il ne lâcha pas, même une fois qu'elle eut débarqué.

— Alanna, je sais ce que tu penses, dit-il. Ecoute-moi. Ta maman à toi n'est pas perdue ; elle est morte à ta naissance. Je te l'ai déjà expliqué. Pour Emmy, c'est différent. Il se peut que la femme qui l'a mise au monde soit encore dans la région.

— Je sais que ma maman est au ciel. Tu as dit qu'elle était là-haut avec la lune et les étoiles. Mlle Marge dit la même chose aussi. Je suis contente que tu aides Emmy, parce que ce n'est pas drôle de ne pas avoir de maman. On se sent seul.

Riley resta sans voix et ne put que planter un court baiser sur le nez d'Alanna. Il sentit Emmy lui serrer la main.

— Alanna, j'ai eu tort de ne pas te parler davantage de ta maman. Moi aussi j'ai une maman. J'ai pensé qu'on pourrait demander à Emmy de venir avec nous dans l'Oklahoma pour rendre visite à Grand-mère Gray, euh… Gray Wolf, dit-il tout bas en jetant un regard coupable à Emmy, dont les yeux s'embuèrent de larmes.

— Cela me ferait extrêmement plaisir, finit par dire Emmy. Demain, vendredi, ça irait ? On pourrait partir après notre visite à la fabrique de paniers.

— Si vite ? Eh bien… Euh… Oui, pourquoi pas ? Attends, Gwen n'avait-elle pas parlé d'un barbecue ce week-end ?

— La cour n'acceptera aucun atermoiement, maître, déclara Emmy d'une voix solennelle.

Riley poussa un soupir résigné.

— Je téléphonerai à mon oncle demain matin. A lui aussi, je dois réparation.

— Et à Josey ?

— Ne m'en demande pas trop, Emmy. Je vais réfléchir. Josey s'est mêlée de ce qui ne la regardait pas.

— Ce n'était pas son intention, Riley. Elle n'a cessé de se le reprocher depuis.

— J'ai dit que j'allais y réfléchir. Je t'en prie, Emmy. Je ne peux pas faire davantage pour le moment.

— D'accord, d'accord, concéda-t-elle avec un haussement d'épaules. Hé ! Vous n'avez pas faim ? Le dernier arrivé dans ma cuisine met la table.

Emmy lâcha la main de Riley, ôta vivement son gilet de sauvetage et partit en courant, imitée par Alanna. Riley remercia intérieurement Emmy de lui permettre ainsi de reprendre ses esprits. Il regarda s'éloigner les deux silhouettes, qui bondissaient côte à côte dans les derniers rayons du soleil couchant, la femme aux cheveux blonds et l'enfant aux cheveux noirs. Il enfonça les mains dans ses poches et se mit en route d'un pas nonchalant. Faute avouée est à moitié pardonnée… Il devait y avoir du vrai dans ce proverbe. S'était-il jamais senti aussi serein ?

En entendant leurs rires, au loin, il eut soudain l'impression d'être en famille. D'avoir sa famille à lui. Alanna… et Emmy.

Il les vit disparaître dans la maison. Il allongea le pas, tout à coup en proie à un étrange pressentiment.

Son cœur cognait anormalement fort dans sa poitrine quand il pénétra dans la maison, mais il fut accueilli par une scène on ne peu plus paisible. Alanna faisait courir le chaton après une ficelle et Emmy était dans la cuisine, la tête dans le Frigidaire.

— Tu as perdu, claironnèrent-elles en chœur.

— Non.

Trois petites enjambées et il était à côté d'Emmy. Il l'attrapa par la taille pour la tourner vers lui.

— J'ai gagné, chuchota-t-il en lui effleurant les lèvres d'un rapide baiser. Je vais dîner avec les deux plus jolies femmes de l'univers.

Les joues en feu, Emmy se dégagea.

— Si c'était une nuit de pleine lune, je dirais que tu es devenu fou. Tu sais quoi ? cria-t-elle à Alanna, dans l'autre pièce. Ton père croit qu'un peu de flatterie lui évitera de mettre la table.

— C'est quoi la flatterie ? demanda la petite, à la porte de la cuisine.

— Ton père dit que nous sommes les plus jolies femmes de l'univers. Ça s'appelle de la flatterie : ça veut dire mensonge, en beaucoup plus gentil.

— C'est vrai que nous sommes jolies.

— Tu vois…, s'esclaffa Riley en obligeant Emmy à reculer jusqu'au comptoir.

Il prit alors le prétexte des assiettes qu'il devait attraper pour se presser contre elle. Et elle ne le repoussa pas. Au contraire. Elle respira son odeur et s'abandonna à sa force virile. Et c'est beaucoup trop vite à son goût qu'il s'éloigna pour mettre la table, l'abandonnant à ses désirs inassouvis.

Il avait juste voulu s'amuser, se persuada-t-elle. Elle prenait les choses trop au sérieux. Bien trop au sérieux, vu leur passé à tous les deux.

205

Alanna piqua du nez durant le dîner. Quoi de plus normal après un après-midi riche en émotions, une promenade en bateau sur le lac et une partie de cache-cache avec le chat ? Emmy l'attrapa au moment où elle allait tomber de sa chaise.

— Pauvre gosse. Si tu as fini de manger, Riley, tu n'as qu'à rentrer pour la mettre au lit. Au fait, tu préfères la déposer ici demain matin ou que j'aille la garder chez toi ?

— Viens passer la nuit à la maison, proposa-t-il en se penchant pour lui prendre Alanna.

Il voulait plaisanter, sans aucun doute. Emmy chercha le regard de Riley pour s'en assurer, mais ne trouva que du désir dans ses yeux aux longs cils noirs serrés. Elle fut aussitôt comme électrisée. Mais elle résista.

— Je respecte beaucoup trop la sensibilité d'Alanna. Je ne veux pas qu'elle me trouve dans ton lit, Riley.

— Qu'est-ce que tu racontes ? Elle t'adore.

— Crois-moi. Ses sentiments changeraient si elle nous surprenait. Tu as entendu sa réflexion sur Blair ? Elle n'a peut-être jamais connu sa mère, mais elle considère toutes les femmes avec qui tu sors comme des menaces. Elle ne veut pas d'une belle-mère.

— Blair n'est pas de l'étoffe dont on fait les belles-mères.

— Moi non plus.

— Oh, que si ! Je vous ai observées toutes les deux. Tout a l'air de couler de source entre vous. On formerait une famille épatante à nous trois.

Emmy eut un serrement de cœur. Elle lui posa les doigts sur les lèvres pour le faire taire, pour lui éviter de s'enferrer dans une proposition de mariage qu'il risquait de regretter.

— Attendons de voir ce qu'Alanna pense de moi comme nounou. Je te l'ai déjà dit, Riley, je ne peux... je ne veux pas m'engager avec qui que ce soit tant que je ne saurai pas qui je suis vraiment.

— La barbe, Emmy. Je me moque pas mal de tout ça. Je t'aime… Je t'aime en bloc. On a tous des failles, des choses qui ne vont pas, bon sang !

— Justement, s'écria-t-elle des sanglots dans la voix. Toi, tu as une histoire. Tu sais où sont tes failles. C'est parce que je vous aime, toi et Alanna, que je vous dois la vérité sur moi. Le problème, c'est que je ne la connais pas encore et que peut-être je ne la connaîtrai jamais.

Riley lut une telle souffrance dans les yeux noyés de larmes d'Emmy, qu'il se détourna.

— Alors, on n'arrêtera pas tes recherches tant qu'on n'aura pas levé le voile sur ton passé et retrouvé ta mère, promit-il avec fermeté. On commence demain. Je vais demander à Marge d'annuler tous mes rendez-vous.

— Non. Je ne veux pas être responsable de la faillite de ton cabinet. On n'est pas obligés de s'y consacrer à plein temps. Demain matin, tu n'as qu'à nous emmener, Alanna et moi, pour que je récupère mon pick-up. Ce n'est pas prudent d'être coincée ici avec un enfant, sans moyen de transport. On passera te prendre à ton bureau pour aller à la fabrique de paniers quand tu auras terminé ce que tu as à faire.

— D'accord. Mais j'avais l'intention de partir tôt. Tu pourras être prête pour 7 heures ?

— Pas de problème.

Elle le suivit jusqu'à la porte. Et là… elle l'embrassa à perdre haleine.

— Je t'aime, tu sais, Riley, lui murmura-t-elle en s'écartant de lui.

Il ne la quitta pas des yeux et se força à ne pas la retenir.

— Je veux que tu saches que je ne l'ai jamais dit à aucun homme.

Riley bafouilla et se pencha pour l'embrasser encore. Mais elle fut plus rapide que lui et s'esquiva derrière la porte de la maison, qu'elle ferma. Il eut envie de l'enfoncer, de prendre Emmy dans le bras qu'Alanna laissait libre et de les emporter toutes les deux chez lui. C'était là qu'elles devaient être.

Petit à petit cependant, il se calma. En regagnant ses pénates, il se mit à réfléchir fiévreusement. La seule solution était de redoubler d'efforts afin d'obtenir les réponses qui permettraient de rassurer Emmy. Il devait non seulement l'aimer, mais l'aimer suffisamment pour s'impliquer à fond dans sa recherche. Jusqu'à présent, il l'avait suivie passivement, pour l'amadouer. Tout à coup, il souhaitait de tout son cœur qu'Emmy réussisse parce que ce qu'il désirait le plus était de la voir heureuse.

Tous les trois furent au rendez-vous tôt le vendredi matin. Quand ils arrivèrent au cabinet de Riley, Emmy et la petite s'installèrent directement dans le pick-up pour aller à l'épicerie.

Riley savait ce qu'elles manigançaient. Alanna, incapable de tenir sa langue, lui avait révélé qu'elles avaient décidé de lui préparer des petits gâteaux au beurre de cacahuète. Bien qu'apparemment anodine, cette nouvelle lui avait fait chaud au cœur. Ainsi, Emmy se souvenait de sa pâtisserie préférée ! Décidément, elle avait toujours deviné ce qui l'ennuyait et ce qui lui faisait plaisir. Aucune des femmes qu'il avait connues n'avait possédé ce talent.

Encore plongé dans ses pensées, il ouvrit la porte de son cabinet d'un cœur léger et alluma les lumières de la réception. Il ne remarqua pas immédiatement l'enveloppe blanche, par terre et faillit marcher dessus. Il se pencha pour la ramasser en songeant qu'elle avait sûrement été glissée là après le départ de Marge, la veille au soir. Peut-être le paiement d'une facture ? Il la posa sur le bureau de sa secrétaire.

C'est alors qu'il remarqua son nom, en majuscules, tapé à la machine. Au-dessous apparaissait la mention : « Strictement personnel ». Intrigué, il posa son porte-documents sur le bureau et décacheta l'enveloppe avec le coupe-papier de Marge. Il n'y avait qu'un seul feuillet et un message court et concis : « Laisse le passé là où il est »

Riley resta perplexe. Puis les questions se bousculèrent dans sa tête. Que voulait l'auteur de ce message ? Jouer les importants, préserver un secret… ? Il plia la feuille et gagna son bureau. Manifestement, leur démarche de la veille avait touché quelqu'un. Ils tenait peut-être une piste, dans ce cas.

Il desserra sa cravate et téléphona au collègue qui lui avait recommandé le logiciel.

— Duncan ? C'est Riley Gray. J'ai un problème. Un anonyme me suggère de ne pas pousser plus loin les recherches dont je t'ai parlé.

Pendant plusieurs minutes, ils évoquèrent les différentes hypothèses possibles.

— Je crois qu'il faut prendre cette personne au sérieux, conseilla Duncan. Au cas où elle serait mal intentionnée.

— Franchement, je penche plutôt pour une farce de gamin. Ou pour la réaction de quelqu'un de supersticieux qui croit que les morts se vengent quand on les dérange ! mais il est possible aussi que tu aies raison… Ecoute, toutes choses égales, j'ai assez envie de ne rien changer à nos plans et de voir si le loup va sortir du bois.

— Mouais…, admit Duncan sans grande conviction. Je ferais vraisemblablement la même chose. Vas-y doucement quand même et reste sur tes gardes !

— Ne t'inquiète pas. Je ne vais parler de ce message à personne et je vais attendre de voir la tournure que prennent les événements. Je te tiens au courant.

Riley resta figé, la main crispée sur le téléphone, jusqu'à ce qu'il entende Marge le saluer de loin. Quand elle entra lui apporter une tasse de café, lettre et enveloppe étaient rangées dans un compartiment intérieur de son porte-documents.

— Votre mission d'hier a-t-elle donné quelque chose ? demanda-t-elle en lui présentant une pile de courriers à signer.

— Pas grand-chose, répondit-il pendant qu'il ôtait le capuchon de son stylo. Est-ce que quelqu'un a appelé hier, après notre départ, pour demander... enfin... pour poser des questions sur Emmy ou sur ses démarches ?

— Non, répondit Marge en examinant son patron. Mais si vous espériez que vos recherches resteraient secrètes, c'est raté. Hier, je suis allée chez le coiffeur et le salon était en effervescence.

Riley signa son courrier, revissa le stylo et rendit le tout à Marge.

— Les commérages habituels ?

— Les recherches d'Emmy ont fait resurgir d'anciennes histoires sur les infidélités conjugales. Mais apparemment, en tout cas si on se fie aux clientes, aucune de ces incartades n'a débouché sur une grossesse.

Riley resta silencieux. Après le message qu'il venait de recevoir, il avait pourtant tendance à croire qu'au moins un enfant naturel était né à Uncertain. Le secret avait été bien gardé jusque-là et quelqu'un voulait visiblement qu'il continue à l'être.

— Marge, pourriez-vous téléphoner à Jed, s'il vous plaît ? Fielder l'a de nouveau interrogé au sujet du meurtre de Mme Granger. J'aimerais savoir quelle mouche a piqué le shérif, cette fois.

Quelques minutes plus tard, Marge l'appela sur l'Interphone. Jed était en ligne.

— Alors, le violoneux. Où tu étais passé ? Il va falloir qu'on se réserve une soirée avec Gwen et Emmy au Crazy Jake. Il n'y a pas de raison que je sois le seul imbécile à qui Emmy flanque une dérouillée aux fléchettes.

Le rire de Jed parut forcé.

— J'essaye de ne pas me faire remarquer en ce moment. Pour ce que ça me sert... Fielder n'en démord pas.

— Gwen m'a dit. Qu'est-ce qu'il te voulait ce coup-ci ?

— D'après le médecin légiste, qui a examiné ce qui restait des chaussures de Frannie, il semble qu'elle ait été transportée sur l'un des pontons du lac, avant d'être amenée et enterrée près des tumulus Caddos. Fielder veut des détails sur ma virée en bateau après notre dispute à propos de l'école de musique.

— Il n'y a pas qu'un seul ponton sur le lac. L'analyse ne peut sûrement pas révéler sur lequel elle se trouvait. Il ne s'agit donc pas d'une preuve déterminante.

— C'est exactement ce qu'a dit Thorny. Il n'en reste pas moins que les insinuation de Fielder sont insultantes. Je ne sais pas ce qui me retient d'aller lui casser la figure, histoire de lui faire passer ce petit sourire satisfait.

— Il n'attend que ça, Jed. Il aurait alors un prétexte pour t'arrêter. Si les résultats des analyses lui avaient permis de prouver quoi que ce soit, tu serais déjà derrière les barreaux. Dis donc, Gwen a proposé qu'on se retrouve pour un barbecue samedi. L'idée est excellente, mais je préférerais une autre date, si c'est possible. Je compte me rendre dans l'Oklahoma avec Emmy et Alanna ce week-end. J'ai décidé de renouer avec ma famille.

Les deux amis restèrent encore un moment à discuter de l'importante résolution prise par Riley. Ils raccrochèrent après s'être promis de se rappeler pour fixer la date du barbecue.

Ce fut ensuite pour Riley une matinée normale de travail. Dès que son dernier client fut parti, Marge apparut sur le seuil de la porte.

— Voilà, c'est fini pour aujourd'hui. M. Davidson doit apporter les contrats dont il a parlé vers 3 heures. Je passerai les donner à Mme Yates en rentrant.

Riley sursauta et leva les yeux vers sa secrétaire.

— J'ai oublié de vous dire, Marge…

Et il raconta rapidement le départ inattendu de la nounou.

— Bon débarras, si je puis me permettre… Emmy Monday sera cent fois mieux qu'elle pour Alanna. Toutefois, vous devrez faire attention à ce qu'elles ne s'attachent pas trop l'une à l'autre. A moins que vous n'ayez l'intention de pérenniser la situation.

Marge croisa ses bras grassouillets et scruta Riley de ses yeux perçants.

— Décidément, Marge, votre discrétion est votre seul défaut… Trêve de plaisanterie. Que les choses soient bien claires. Emmy est ici pour trouver ses racines, pas un mari. Dites-le bien autour de vous.

— L'un n'empêche pas l'autre.

— Ne vous montez pas la tête, Marge, dit-il en se levant et en dénouant sa cravate. Et surtout, ne montez pas la tête à Alanna. Depuis des années, Emmy mène une vie de nomade. Qui peut être sûr qu'elle est capable de se fixer quelque part ?

— Saperlipopette ! Ça saute aux yeux que cette jeune femme meurt d'envie d'avoir une famille ! Maintenant, si vous êtes trop aveugle…

— Ça suffit, Marge, ordonna Riley en prenant son rôle de patron. Si vous avez besoin de moi cet après-midi, vous pouvez me joindre sur mon portable.

Il sortit à grandes enjambées, grimpa dans sa décapotable et démarra. Tout au long du trajet, il ressassa ce que Marge venait de dire. Peut-être devrait-il de nouveau proposer le mariage à Emmy et se montrer plus insistant ? A cette interrogation, s'ajoutait l'inquiétude suscitée par la lettre anonyme qu'on avait glissée sous sa porte. Et si l'auteur de ce message était un psychopathe ? Il devait prendre la menace au sérieux. Emmy courait peut-être un danger. D'ailleurs, qui sait si, en ce moment même…

Le moteur de sa décapotable n'était pas encore tout à fait arrêté que Riley sautait par-dessus sa portière. Il pénétra chez lui comme un ouragan et trouva… une atmosphère familiale des plus sereines. La maison sentait la cire et le beurre de cacahuète.

Emmy et la petite étaient assises sur le canapé, tête contre tête, le chaton couché en rond sur les genoux de l'enfant. Alanna enfilait des lacets dans des cartes perforées qu'elle avait reçues pour son anniversaire.

— Bonjour ! dit Emmy en lui adressant un sourire hésitant. Qu'est-ce qui t'arrive, cow-boy ? On dirait que tu t'attendais à nous trouver assassinées.

Elle se leva et s'étira paresseusement, comme un chat. Son T-shirt se trouva plaqué contre sa poitrine que n'entravait aucun soutien-gorge. Riley eut aussitôt des pensées coupables, mais la remarque d'Emmy l'avait mis à cran.

— Tu t'es proposée pour garder ma fille. Mais n'importe quel cinglé pourrait entrer ici et l'enlever. Elle ou toi, aussi bien. Pourquoi crois-tu que j'ai fait installer des verrous ?

Emmy et Alanna se regardèrent, interloquées.

— J'avais oublié que la ville n'était plus aussi calme qu'autrefois. Je te promets de fermer la porte à clé dorénavant.

— Moi et Emmy on a fait des petits gâteaux. Elle a cuit du pain aussi et elle m'a laissée pétrir la pâte. On a préparé des sandwichs à la dinde et on les a rangés dans le panier qu'Emmy doit apporter à l'usine. Je me suis drôlement bien amusée, tu sais. Papa, s'il te plaît, ne gronde pas Emmy.

Alanna était sur le point d'éclater en sanglots. Riley se passa la main dans les cheveux.

— Excusez-moi. Mais, en arrivant, j'ai cru que la maison était vide.

Il prit Alanna dans ses bras et serra doucement l'épaule d'Emmy. Mon Dieu ! Il ne devait pas céder à la panique comme ça ! Il avait failli lâcher le morceau. Cela ne servirait à rien de les affoler.

Il se força à sourire.

— Du pain frais et des biscuits faits maison ? Vous n'essaieriez pas de m'acheter, mesdemoiselles, par hasard ?

A sa grande surprise, elles prirent toutes les deux un air penaud.

— Ah ! ah ! triompha-t-il en posant Alanna par terre pour ouvrir son portefeuille. Alors, combien cela va-t-il me coûter ?

— Pas d'argent, murmura Alanna.

Emmy passa son bras autour des épaules de la fillette.

— J'ai sorti des cartons quelques-uns de mes vieux albums de photos ce matin. Alanna est tombée sur une photo de nous cinq près du lac : Jed, Will, toi, moi et… Josey. Ta sœur habite sur le chemin de l'usine, s'empressa-t-elle d'ajouter. Quand on reviendra, elle aura fini sa journée et… on pourrait peut-être… euh… passer la prendre et l'emmener manger une pizza. Ah ! Et puis Gwen a appelé d'Austin. Elle trouve qu'on devrait remonter le moral à Jed ce week-end. J'ai donc dit d'accord pour le barbecue samedi. Du coup, on ne pourra pas aller dans l'Oklahoma.

Riley fut pris de court et, devant les deux paires d'yeux implorants, il ne put qu'accepter le projet. D'un certain côté, il n'était pas mécontent. La perspective des retrouvailles avec sa sœur détournerait ses pensées de la lettre anonyme.

— D'accord. D'autant plus que je n'ai pas encore pris le temps de téléphoner à mon oncle et que je veux absolument lui parler avant d'aller dans l'Oklahoma. Je te rappelle cependant que les retrouvailles peuvent être des moments difficiles et désagréables.

Emmy réfléchit quelques instants.

— Je comprends ton appréhension, Riley. Mais je suis convaincue que, pour guérir, il faut laisser les plaies cicatriser au grand jour.

— Dieu fasse que tu aies raison, dit-il avec gravité. Alanna, monte vite aux toilettes avant de partir. Donne-moi le couffin, Emmy. Je vais le mettre dans le coffre.

Aussitôt qu'Alanna eut disparu, il réussit à voler quelques

baisers à Emmy. Quoique « voler » ne fût pas vraiment le terme approprié…

Quand Alanna fut de retour, ils prirent place dans la voiture, comme une véritable famille. Dix kilomètres plus loin, les soucis de Riley s'étaient miraculeusement envolés.

12.

Ils mangèrent leurs sandwichs dans la voiture et purent ainsi filer d'une traite jusqu'à la fabrique de paniers. Une fois qu'ils se furent garés, ils se dirigèrent tous trois vers la partie de l'usine réservée à la vente aux particuliers, une salle dans laquelle toutes sortes de paniers étaient artistiquement disposés sur des étagères de bois. Des pots de fruits en conserve, posés ici et là, donnaient de la couleur à l'ensemble.

Emmy laissa Riley se charger des opérations. Il tendit sa carte de visite à une employée derrière un comptoir.

— Nous avons un couffin que nous pensons avoir été fabriqué ici, il y a un peu plus de trente ans. Je sais que ça fait longtemps… Nous nous demandions si vous aviez conservé les archives de cette époque et si vous pouviez nous dire qui a acheté ceci, dit-il en prenant le couffin des mains d'Emmy et en le posant sur le comptoir.

— Je ne travaille ici que depuis dix ans. Je sais, cependant, que nous exportons nos paniers dans le monde entier. Votre couffin a bien été fabriqué chez nous mais il a pu être acheté n'importe où. De toute façon, nous ne gardons pas trace des acheteurs.

Riley, devinant combien cette nouvelle déception était difficile pour Emmy, lui posa la main sur l'épaule pour la réconforter.

— Est-il au moins possible de dire si ce modèle a été produit en nombre limité ou non ?

Alanna tenait toujours la main d'Emmy.

— Il y a des tas de paniers dans les salles là-bas. Papa, je peux aller les voir ? demanda-t-elle en essayant de chuchoter.

— Je t'accompagne, murmura Emmy, certaine qu'ils allaient une nouvelle fois dans le mur.

Elle préférait laisser Riley poursuivre seul. Il se montrait si patient ! Alors qu'elle, n'était qu'une boule de nerfs !

Un quart d'heure plus tard, Riley rejoignit Emmy et Alanna qui étaient montées dans une petite pièce exiguë, en haut d'un escalier pour admirer des corbeilles.

— J'ai mis ton couffin dans la voiture, Emmy. Je n'ai pas pu glaner grand-chose. Actuellement, l'usine produit entre six et dix mille paniers par jour. D'après une femme vannier qui travaille ici depuis trente-cinq ans, beaucoup de boutiques d'artisanat, à travers tout le Texas, ont vendu des paniers comme le tien, faits d'un mélange d'arbre à gomme et d'orme, souvent accompagnés d'un mode d'emploi et de tissu pour les transformer en couffins. C'était très en vogue. Je suis sincèrement désolé, Emmy. Je sais que tu espérais davantage de cette visite.

— Non, pas vraiment. J'avais conscience que c'était un coup de dés.

— Papa, tu peux m'acheter un couffin pour ma poupée ? Regarde celui-là. Il ressemble un peu à celui dans lequel Emmy a été trouvée.

— D'accord, ma puce. Pendant que je vous cherchais, je me suis dit que ce serait bien d'offrir un petit panier décoratif à tata Josey ce soir, et un autre à ta grand-mère quand nous irons la voir.

Riley se releva et balaya la salle du regard. Il ne semblait pas très sûr de lui.

— C'est une idée géniale, Riley ! le rassura Emmy en le serrant furtivement contre elle avant de s'adresser à Alanna.

— Tu te rappelles ces adorables petites corbeilles peintes à la main ? Elles feraient des cadeaux super.

— Oh oui ! Viens voir, papa, s'écria-t-elle en tirant son père par la manche.

— Doucement ! Je vous fais confiance à toutes les deux.

Puis il chercha Emmy du regard et lui glissa en aparté, pendant qu'Alanna gambadait devant eux, impatiente de choisir les cadeaux :

— Je ne veux surtout pas avoir l'air de les amadouer pour regagner leurs bonnes grâces.

— Ne t'inquiète pas. Ce n'est pas un cadeau de valeur. Personne ne pourra te soupçonner de vouloir soudoyer ta famille. Par contre, cela permettra de rompre la glace. Si c'est Alanna qui leur offre, Josey et Neva auront une raison supplémentaire d'être gagas.

— Merci, Emmy. Quand je pense qu'au départ je voulais te dissuader de fouiller dans ton passé ! Au final, c'est toi qui m'as convaincu de fouiller dans le mien. Je n'aurais jamais cru qu'Alanna serait aussi excitée à l'idée de faire connaissance avec ma famille. J'avais l'impression qu'on se suffisait, juste nous deux. Je dois avouer que mes proches m'ont manqué. Grâce à toi, j'ai fini par ouvrir les yeux.

— Je n'ai joué qu'un rôle secondaire. C'est Marge qui est à l'origine de ta prise de conscience. Je t'envie d'avoir une famille comme la tienne, Riley. Moi, j'ai attendu trop longtemps avant de me mettre à la recherche de la mienne, dit-elle avec un long soupir.

— Les traces ne sont plus très fraîches, je te l'accorde.

— Tu sais, hier soir, je me suis tout à coup rendu compte que les visiteurs de la foire à la brocante arrivaient de tous les coins du Texas, et même des Etats voisins. Donc, ma mère pouvait venir de n'importe où ; elle pouvait même être seulement de passage. Tu as vu la vieille coupure de journal que l'usine a encadrée et accrochée à l'entrée de la grande salle ? Avant, la région vivait essentiellement de la culture de la tomate et attirait des saisonniers de tout le pays au moment de la récolte.

Riley pensa tout à coup au message anonyme.

— C'est possible, mais peu probable. Tu crois qu'un ouvrier agricole aurait pu posséder une broche de prix ? Quand tu étais petite, as-tu remarqué si quelqu'un te portait un intérêt particulier ?

— Qu'est-ce que tu veux dire ?

— Par exemple… Est-ce qu'un étranger t'apportait des jouets ou des cadeaux ? Ou bien, plus tard, est-ce que quelqu'un t'arrêtait dans la rue, uniquement pour parler avec toi ? Tu vois, ce genre de choses…

Emmy, les doigts sur ses lèvres serrées, réfléchit un long moment, puis finit par secouer la tête.

— Non. Joleen venait prendre le dessert pour les anniversaires. Mais de toute façon, elle passait, en général en rentrant de son travail. Une fois, elle m'a offert un livre de coloriages de Barbie. Mais tu ne crois quand même pas que ma mère m'aurait abandonnée et serait restée à proximité pour regarder quelqu'un d'autre m'élever ? C'est tiré par les cheveux, non ?

Pas vraiment, songea Riley, compte tenu du mystérieux message caché dans son porte-documents. Toutefois, il garda ses pensées pour lui. Tant qu'il n'aurait pas tout compris, il n'allait pas inquiéter Emmy davantage.

— Peut-être que Joleen se sentirait plus à l'aise si tu allais la voir sans moi, dit-il.

— Donc, tu crois qu'elle en sait plus qu'elle ne le dit.

— C'est elle qui t'a trouvée. Peut-être qu'elle finira par se rappeler quelque chose qui nous aidera.

— Oui. Je pourrais faire un gâteau avec Alanna, lundi, et aller le lui porter. La présence d'Alanna peut réveiller des souvenirs de moi enfant.

— Cela vaut la peine d'essayer. Mais vas-y doucement. Et si elle fait mine de vous mettre dehors, n'insistez pas.

— Ce n'est pas parce qu'elle est un peu ours qu'elle est dangereuse.

— Possible. Cependant, elle peut très bien aussi être complètement cinglée.

Emmy allait partir d'un grand éclat de rire moqueur, mais se ravisa... Riley avait l'air si sérieux ! Elle frissonna d'appréhension.

La conversation en resta là, car Alanna revint avec les cadeaux qu'elle avait choisis ils gagnèrent alors la caisse.

— Ne manquez pas d'aller visiter notre terrasse d'observation, leur conseilla la caissière. C'est à gauche en sortant. C'est passionnant pour les enfants de voir comment on tresse les paniers.

Riley la remercia et paya ses achats avant de rejoindre Emmy et Alanna qui se dirigeaient déjà vers l'endroit indiqué par l'employée. Ils passèrent là une demi-heure à observer les vanniers et Alanna se montra très intéressée.

— Il se fait tard, finit par dire Riley. Si nous voulons voir Josey avant le dîner, il faudrait qu'Emmy lui téléphone maintenant.

Une fois sur le parking, Riley tendit son portable à Emmy, puis s'affaira autour de la voiture et d'Alanna, pour se donner une contenance pendant qu'Emmy bavardait avec Josey. Emmy lui demanda d'un signe s'il voulait parler à sa sœur. Il fit mine de prendre le téléphone, puis changea d'avis. Emmy n'insista pas, mais le considéra bizarrement.

— Eh bien, ça a été comme sur des roulettes, dit-elle en rendant l'appareil à Riley. Un instant j'ai cru qu'elle allait s'évanouir. Heureusement, elle a repris ses esprits plus rapidement que toi, ajouta-t-elle avec un petit sourire en coin. Josey est aux anges. J'ai noté les indications pour aller chez elle sur mon bloc.

Riley prit une profonde inspiration et dit d'une voix mal assurée, tout en s'installant au volant :

— Je t'ai entendu parler de pizza. Je me rappelle celle qu'elle préférait. Et si elle n'aime plus le chorizo ?

Riley, comme Emmy d'ailleurs, savait pertinemment que ce n'était pas la pizza qui était en jeu.

— Ta sœur a dit de prendre ce qu'on voulait. A mon avis, elle sera trop excitée pour avaler un morceau, de toute façon.

Tout à coup, Emmy sentit des larmes lui voiler les yeux. Elle les essuya discrètement, mais Riley l'observait.

— Je suis vraiment un mufle de te demander d'assister à nos retrouvailles, alors que ce sont celles avec ta famille que nous voulons organiser, s'excusa-t-il, l'air soucieux.

— Ne fais pas attention à moi. Je suis très fleur bleue, tu sais. Je ne voudrais manquer la scène pour rien au monde.

Elle sourit bravement. Alanna, de son siège arrière, lui caressa les cheveux.

— Ne pleure pas, Emmy. Papa t'a promis de retrouver ta maman, et il tient toujours ses promesses.

— J'ai promis d'essayer. Ce n'est pas tout à fait pareil.

— Mais je sais que tu y arriveras. Parce que c'est important pour Emmy et qu'on n'aime pas quand elle est triste. Hein, c'est vrai papa ?

Ce fut pour Riley comme un coup de massue. Alanna avait dit vrai. Il marcherait pieds nus sur des clous si cela pouvait aider Emmy à atteindre son but. Mais, avant tout, il devait veiller à sa sécurité. Fallait-il prendre au sérieux cette lettre anonyme ? Devait-il en parler à Emmy ? Peut-être aurait-elle une explication ? Ou bien la menace était-elle dirigée contre lui uniquement, parce qu'il se mêlait à l'affaire ? En tout état de cause, tant qu'il n'était sûr de rien, mieux valait lever un peu le pied.

— Si tout se passe bien avec Josey, Emmy, je vais demander à Marge d'annuler mes rendez-vous pendant quelques jours, la semaine prochaine. On pourrait partir dimanche voir maman, pour qu'elle fasse connaissance avec son unique petite-fille. Ce n'est pas juste de la faire attendre.

Une idée venait de lui traverser l'esprit. Si Marge répandait la nouvelle auprès des commères de la ville que, grâce à ses efforts et à ceux d'Emmy, son patron allait se réconcilier avec sa famille, cela aiguillerait peut-être l'auteur du message sur une fausse piste. Riley aurait ainsi le temps de faire analyser la feuille à la recherche d'empreintes.

— Est-ce que tu peux annuler des rendez-vous comme ça, du jour au lendemain ? Tu ne vas pas perdre de clients ?

— Marge sait très bien s'y prendre. Ce genre de contretemps est fréquent quand il n'y a qu'un seul avocat dans un cabinet. Je dois souvent me rendre au tribunal à l'improviste.

— Bon, dans ce cas… Je n'avais rien prévu d'autre pour la semaine prochaine que de m'occuper d'Alanna. Ah ! Et puis aussi de rendre visite à Joleen. Mais je peux le faire n'importe quand.

— C'est d'accord, alors ? Dès qu'on arrivera à la maison, je téléphonerai à maman. Pour l'instant, aide-moi à trouver ce que je vais dire à Josey.

— Sois naturel et tout se passera bien, lui dit-elle gentiment.

— Cela fait des années qu'on ne s'est pas parlé, murmura-t-il en jetant un coup d'œil à sa fille dans le rétroviseur.

Alanna s'était mis les écouteurs de son lecteur de cassettes sur la tête et se trémoussait en chantant en play-back les paroles de sa chanson préférée de Disney. Riley sourit de la voir si concentrée, mais il se sentait nerveux. Il tendit la main vers Emmy. Il avait besoin de ce contact.

Elle comprit ses craintes et lui prit la main, qu'elle blottit entre ses seins. Avec ses pouces, elle lui massa les doigts qu'elle embrassa les uns après les autres. Il sentit alors son anxiété se dissiper. Emmy lui avait toujours produit cet effet. Il lui sourit tendrement, regrettant de ne pouvoir faire davantage, de ne pouvoir être plus que son ami et son amant d'une nuit. Si elle semblait se satisfaire d'être sa maîtresse occasionnelle, il souhaitait, lui, qu'elle dorme à son côté toute la nuit. Toutes les nuits. Il fut profondément remué de prendre soudain conscience de la force de ses sentiments pour cette femme.

Emmy sentit Riley se raidir de nouveau. Rien d'étonnant, pensa-t-elle. Ils approchaient de la pizzeria et donc du moment où ils allaient frapper à la porte de Josey. Elle se tourna vers lui et fit lentement glisser son doigt sur le devant de sa chemise, un sourire prometteur aux lèvres.

— Allez ! Ce n'est pas insurmontable. Je connais une méthode de relaxation. Je te ferai une démonstration après, quand nous serons rentrés à la maison…

Riley freina brutalement et se gara avec l'habileté d'un débutant. Il pila à quelques centimètres du mur de la pizzeria.

— Arrête, Emmy. Sinon, les retrouvailles seront finies avant d'avoir commencé ! chuchota-t-il.

Elle attrapa son sac et se glissa hors de la voiture en riant.

— Attends ici. Je m'occupe aussi du repas, ce soir… Profite-en.

Et Riley profita… du balancement des hanches d'Emmy. Cela valait toutes les pizzas du monde. La méthode d'Emmy pour le débarrasser de son anxiété était d'une rare efficacité ! La perspective de passer du temps avec elle dans un vrai lit avait chassé toute autre pensée. Même ses retrouvailles avec Josey n'étaient plus au centre de ses préoccupations.

Quand il la vit revenir, il sortit lestement pour lui ouvrir la portière et réussit au passage à lui faire une promesse à sa façon en lui déposant un rapide baiser sur les lèvres. Avec Alanna qui observait leurs moindres gestes et les deux boîtes de pizza qu'elle devait maintenir en équilibre, Emmy ne put lui adresser en retour qu'un sourire entendu.

Riley sifflotait, tout en conduisant avec précaution dans ce quartier de Marshall qu'il ne connaissait pas.

— C'est là, dit enfin Emmy en indiquant une jolie maison blanche, avec des moulures vert foncé et des volets.

Riley se gara le long du trottoir.

— Tu es sûre du numéro ? Il y a deux voitures dans l'allée. Est-ce qu'on a assez de pizzas si elle a du monde ?

— C'est pour ça que j'en ai pris deux grosses. Son ami ne travaille pas ce soir, pour une fois. J'avais proposé à Josey de remettre notre visite à un autre jour, mais elle a refusé. Apparemment tu le connais. Il s'appelle Leon.

— Non. Cleon. Cleon Woldu. Toi aussi, tu le connais Emmy. C'était la vedette d'Uncertain en athlétisme. Il avait battu le record du Texas au huit cents mètres, et puis, en terminale, il s'était déchiré le tendon d'Achille et, du coup, il n'avait pas obtenu de bourse pour poursuivre ses études. Josey en avait toujours pincé pour lui et elle avait entrepris, de son propre chef, de l'orienter vers une autre voie. Elle lui a appris la poterie. Je suis surpris qu'ils se voient toujours. Je n'aurais pas cru qu'il s'intéresserait à l'artisanat.

— Il travaille la nuit et elle le jour. J'ai eu l'impression qu'ils étaient plus que des amis, mais ce n'est pas mes oignons. Ni les tiens d'ailleurs. Les affaires de cœur ne regardent personne. Mais oui ! Je me souviens de lui, s'écria-t-elle tout à coup. Est-ce que sa famille n'était pas originaire d'Afrique ? Sa mère était une grande femme élégante. Elle portait des boubous magnifiques, avec des turbans assortis.

— Oui. Cleon est éthiopien. Son père et sa mère étaient tous les deux docteurs en médecine et faisaient de la recherche dans un laboratoire pharmaceutique à Tyler. Peut-être qu'ils y sont toujours.

— Dans ce cas, il ne devait pas avoir besoin de bourse.

— J'ai entendu dire que les Woldu ne voyaient pas d'un très bon œil leur unique fils se diriger vers une voie… professionnelle.

— Ah ! Ce sont des snobs qui jugent les gens sur leur métier ! Comme toi, en quelque sorte.

— Comme moi ? s'étrangla-t-il.

Il releva la tête et regarda Emmy d'un air pincé.

224

— Oui, comme toi. L'autre jour, tu as bien déclaré que tu voulais qu'Alanna soit quelqu'un, non ?

Riley devint écarlate.

— Il va falloir que je fasse attention à ce que je dis. Surtout devant Josey, ajouta-t-il.

— C'est une vieille querelle, tu sais. Jed et Frannie se disputaient pour la même chose. Lui voulait être violoniste et elle voulait qu'il soit chercheur.

— Qu'est-ce qu'on attend ? Que les pizzas refroidissent ? demanda Alanna avec irritation. Si c'est bien tata Josey qui guette entre ses rideaux, elle doit se demander pourquoi on reste dans la voiture.

— De la bouche des enfants... commença Riley en sortant de la voiture, suivi d'Emmy et d'Alanna.

A la grande surprise d'Emmy, Riley la déchargea des pizzas et prit les devants pour aller frapper à la porte de sa sœur, qui ouvrit instantanément.

S'ensuivirent des retrouvailles poignantes entre le frère et la sœur : larmes, embrassades, rires. Dieu sait ce qu'il serait advenu des pizzas si Cleon n'en avait pas déchargé Riley !

Emmy et Cleon se tinrent en retrait, mais eux aussi avaient les yeux humides. Ils se saluèrent en évoquant brièvement leurs souvenirs communs, pendant que Josey, qui ne pouvait se résoudre à lâcher son frère, faisait connaissance avec sa nièce et la remerciait de son cadeau.

— Tu as drôlement bien décoré ta maison, Josey, dit Riley avec un regard admiratif aux étagères de livres. Je suppose que tu l'as aidée pour la menuiserie, poursuivit-il à l'adresse de Cleon, qu'il avait pratiquement ignoré jusque-là.

Puis il ajouta, avec un air lourd de sous-entendus.

— C'est gentil à toi de passer ton temps libre à aider une amie. Je sais le travail que cela représente, puisque j'ai moi-même aménagé mon sous-sol.

Cleon adressa un signe interrogateur à Josey, qui se mit à triturer sa natte brune, enroulée en chignon sur sa nuque.

— Je... euh... nous..., bafouilla-t-elle en jetant des regards inquiets vers Alanna qui faisait le tour de la pièce en examinant une collection de pots peints à la main.

— Josey essaie de te dire que nous vivons tous les deux ici, déclara Cleon sur un ton de défi, à l'adresse de Riley.

Riley se tourna vers sa sœur.

— Doit-on vous féliciter ? L'annonce du mariage m'aurait-elle échappé ?

Le regard de Cleon se fit carrément hostile. Josey toussota nerveusement et glissa fermement son bras autour de la taille de son compagnon.

— La famille de Cleon refuse absolument qu'on se marie. Ses parents le font chanter avec la perspective d'un héritage mirobolant.

La morgue de Riley n'avait d'égale que l'animosité de Cleon.

— Je n'aurais jamais cru que tu faisais partie de ces êtres méprisables pour qui l'argent compte plus que la morale.

Cleon saisit Riley par le col de sa chemise.

— Allons régler ça dehors. C'est plutôt toi le minable. En cinq ans, tu n'as pas téléphoné une seule fois à ta sœur.

L'affrontement aurait pu se terminer de façon désastreuse, si Emmy ne s'était pas interposée entre les deux hommes. Par sa seule présence, elle força Riley à se calmer.

— Cleon a raison, dit-elle d'un ton sans réplique. De quel droit est-ce que tu te permets d'entrer chez Josey, de jouer au grand frère et d'imposer ta loi ?

Riley baissa les bras et chercha Alanna du regard. Il constata avec soulagement qu'elle n'avait pas remarqué l'algarade. Elle était fascinée par deux petites poupées indiennes habillées de costumes traditionnels en perles. Ce devait être l'œuvre de sa grand-mère, jugea Riley.

— Tu les trouves belles, Alanna ? Ta grand-mère Gray Wolf en fabriquait. Elle pourra peut-être t'en faire.

— C'est sûr, renchérit aussitôt Josey, visiblement délivrée de voir que la dispute s'était désamorcée aussi rapidement, même si Cleon restait encore sur ses gardes.

— J'adore ces poupées, dit Alanna en les reposant. Mais j'ai faim. Quand est-ce qu'on mange ?

Même Cleon ne put s'empêcher de sourire.

Josey se précipita dans la cuisine d'où elle revint aussitôt avec une salade appétissante. Cleon disparut lui aussi et apporta un pichet de thé glacé.

— Il y a du lait ou du jus de fruits pour Alanna, dit-il en regardant Riley droit dans les yeux.

— Du lait, s'il te plaît. Et… je te prie de m'excuser. Sincèrement. Je ne peux pas m'empêcher de réagir en homme de loi. Et puis aussi en frère, malgré tout. Les habitudes ont la vie dure. Emmy va me remonter les bretelles, tout à l'heure, dit-il en secouant la tête. La façon dont vous vivez ne regarde que vous. Pendant toute la journée j'ai été sur des charbons ardents à la perspective de cette rencontre. Ce n'est pas facile d'admettre qu'on est un imbécile. Je dois pourtant avouer que Josey et maman m'ont terriblement manqué. Si tu veux bien, j'aimerais recommencer de zéro.

Il tendit la main à Cleon. Josey et Emmy, qui avaient retenu leur souffle, applaudirent quand Cleon gratifia Riley d'une bourrade amicale et lui serra la main.

Le reste de la soirée se déroula sans incidents. Les quatre adultes mangèrent et bavardèrent du bon vieux temps. Devant l'insistance de Josey, Riley téléphona à leur mère. Si Emmy ne le vit pas pleurer, elle l'entendit cependant toussoter à plusieurs reprises pendant la conversation. Et il avait la voix voilée quand il revint parmi eux.

— Je vais lui envoyer de l'argent pour son billet de car. Elle arrivera dans une semaine exactement. Jusqu'à ce que je régularise ma situation avec le conseil de la tribu, je suis persona non grata dans la réserve.

— Maman est obligée de braver Oncle Charlie pour venir te voir, l'avertit Josey. Je ne veux pas te harceler, Riley. Sache malgré tout que ce serait plus facile pour elle et pour moi si tu déposais une requête de réintégration auprès du conseil de la tribu. Si tu souhaites renier ton passé, libre à toi, mais tu n'es pas seul. Il y a Alanna. C'est à elle de prendre ses propres décisions par rapport à ses origines.

Il y eut un regain de tension entre le frère et la sœur.

— On devrait y aller, fit remarquer Emmy. Alanna lutte contre le sommeil. Elle devrait être au lit depuis longtemps.

— Oh là ! Cela fait quatre heures que nous sommes ici, s'écria Riley en consultant sa montre.

Josey se mit sur la pointe des pieds pour lui déposer un rapide baiser sur la joue.

— J'ai peur de te dire au revoir. Promets-moi qu'on ne va plus se perdre de vue, supplia-t-elle.

Riley enveloppa de son bras les épaules d'Emmy. Il se sentit rassuré quand elle lui prit la main dans la sienne.

— C'est à Emmy que nous devons cette réunion. Et elle ne vous a même pas dit que nous avions entamé des recherches pour retrouver ses parents naturels. Sa mère, en tout cas.

Emmy baissa les yeux.

— Mon entreprise ne vous intéresse pas vraiment.

— Au contraire, s'écria Josey en serrant impulsivement Emmy dans ses bras. Quand nous étions gamines, on se demandait souvent comment était ta mère, tu te rappelles ? Pour être franche, je n'avais pas beaucoup de sympathie, a priori, pour une femme qui était prête à abandonner son enfant. Mais maintenant, avec mon expérience des brouilles familiales, je comprends qu'il puisse parfois exister des circonstances atténuantes. Je te souhaite toute la réussite possible.

— Merci. Mais nous n'en avons pas eu beaucoup jusqu'à présent, se plaignit Emmy.

— Tu sais, ma douce, parfois il suffit d'un petit rien pour tout débloquer, lui assura-t-il en resserrant son étreinte.

— Est-ce que tu as accès aux documents de ton adoption ? demanda Cleon.

— Je n'ai pas été officiellement adoptée. Alors, c'est plus difficile.

Cleon alluma la lumière extérieure et les accompagna jusqu'à leur voiture.

— Les organismes qui placent des enfants ne disposent-ils pas tous d'archives ? Tu es bien née quelque part. Les mères, quelle que soit leur situation, accouchent soit dans un hôpital, soit dans une maternité.

— Le cas d'Emmy n'est pas ordinaire. Tu demanderas à Josey de t'expliquer.

Alanna tombait de sommeil et Riley eut du mal à l'attacher dans son siège. Il tint ensuite la portière à Emmy.

— Nous avons passé une excellente soirée, dit-il en s'adressant à Cleon en particulier. Nous vous inviterons chez moi, quand maman sera là.

— Si vous voulez bien de moi, répondit Cleon. Josey sait quand j'ai mes soirées libres. En général, je travaille de 16 heures à minuit.

— Evidemment que nous voulons bien de toi, déclara Riley en lui tapotant le bras. Emmy s'occupe d'Alanna demain, ajouta-t-il à l'intention de sa sœur. Téléphone-lui pour fixer une date. Maman arrive vendredi prochain à midi.

Quand Riley se pencha vers sa fille pour lui rappeler de dire merci, la petite dormait déjà, la tête posée sur un joli coussin brodé que Josey lui avait offert.

Riley se redressa et prit la main de Josey.

— Merci pour la soirée et pour cette photo de Lani. Je vais la faire agrandir et encadrer pour Alanna. Par contre, je préfère attendre qu'elle ait quelques années de plus avant de lui parler des croyances de sa mère.

Josey acquiesça de la tête.

— Je sais que tout ce qui concerne Lani est difficile. Je t'admire d'avoir osé faire ce premier pas. Bravo !

Emmy approuva. Les quatre adultes continuèrent à deviser une bonne demi-heure avant que Riley démarre enfin.

Ils roulèrent en silence pendant plusieurs kilomètres.

— C'est vrai, Riley ? demanda Emmy tout à coup. Tu as passé une bonne soirée ?

— Je ne donnais pas l'impression d'être sincère ? s'étonna-t-il. Pourtant, tout ce que j'ai dit, je le pense. Je regrette seulement de m'être fait de fausses idées sur Cleon. C'est un chic type. A ton avis, j'ai tort de penser que Josey préférerait être mariée ?

Emmy haussa négligemment les épaules.

— Pendant que nous débarrassions la table et mettions de l'ordre dans la cuisine, elle m'a expliqué qu'ils étaient amoureux et qu'ils étaient engagés dans une relation durable. L'histoire de l'héritage est liée à la tradition. Apparemment, en tant que fils aîné, Cleon a automatiquement droit à une somme que ses parents ont placée pour lui à sa naissance. Mais les Woldu ont ajouté des conditions au dispositif pour contraindre leur fils à faire des études et à renoncer à se marier avec une femme d'une autre race.

— Les coutumes familiales et la tradition peuvent décidément causer bien des malheurs. Tu es sûre de vouloir connaître ta famille, Emmy ? Si ça se trouve, tu es plus tranquille comme tu es actuellement.

Elle sourit et glissa sa main le long de sa cuisse. L'effet fut immédiat sur Riley. Mais un sentiment d'angoisse persista.

— Je trouve que l'union entre un homme et une femme devrait compter davantage que toutes les traditions familiales. D'ailleurs, c'est bien ça qui est dit pendant la cérémonie. Tu sais le passage où il est question de renoncer à tous les autres, à son père et à sa mère ?

— Je ne suis pas vraiment une référence en matière de mariage, dit-elle en retirant sa main de la cuisse de Riley.

Riley insista.

— Emmy, quand deux personnes s'unissent, ils le font par amour, par pour quelque chose qui est, ou n'est pas, dans leur histoire familiale.

— La personnalité de chacun se construit à partir des leçons données par la vie et aussi des gènes hérités.

Dans la lumière des phares des voitures qu'ils croisaient, Riley vit le visage tendu d'Emmy.

— Je ne mets pas en doute ton amour, murmura-t-elle. On se sent en droit d'aimer quand on se connaît soi-même, Riley. Un luxe que je n'ai jamais eu.

— Viens chez moi, ce soir, ma chérie, supplia-t-il en se garant dans son allée. Je te prouverai que ce qu'il y a entre nous est plus fort que les gènes.

Emmy défit sa ceinture de sécurité et se jeta dans ses bras.

— Oui, murmura-t-elle. Je veux croire que l'amour peut modifier le destin.

Malgré leur impatience, ils portèrent doucement Alanna dans sa chambre et la mirent au lit sans la réveiller.

Puis ils s'occupèrent d'eux. Le temps d'atteindre le lit, ils étaient nus. Un grand lit, chaud, confortable. Sous les caresses attentionnées de Riley, Emmy n'eut aucune difficulté à accepter l'idée que sa vie pourrait changer, que Riley parviendrait à chasser les nuages qui assombrissaient son passé.

Il lui susurra à l'oreille tout ce qu'elle voulait entendre… et elle s'embrasa. Physiquement, il n'y avait aucune fausse note entre eux. C'était un accord parfait. Leurs cœurs battaient à l'unisson et c'est ensemble qu'ils se perdirent dans l'extase.

Mais, tandis que Riley sombrait dans le sommeil en la tenant dans ses bras, Emmy, incapable de dormir, regarda les murs baignés de lune de la chambre. L'amour que Riley lui portait et qu'elle-même éprouvait pour lui et pour Alanna remplissait en partie le vide qu'elle sentait en elle. Cependant, elle avait toujours l'impression... d'un manque. Comment expliquer cela à Riley, alors qu'il lui offrait son âme ? Elle resta allongée là, à lutter contre ses démons intérieurs, à profiter égoïstement de la chaleur de son amant, jusqu'à ce que la chouette du lac ait poussé son dernier hululement de la nuit. Elle finit par se lever et ramassa leurs vêtements. Le cœur plein de tristesse, elle plia ceux de Riley, enfila les siens, descendit sans bruit l'escalier et sortit de la maison.

Elle resta quelques instants sur le perron, frissonnant dans la fraîcheur et la brume du petit matin. Une voiture apparut à la sortie du virage. Pour éviter que quelque client de Riley ne la voie sortir en catimini de chez lui à l'aube, elle fit mine de partir pour une promenade matinale et se dirigea résolument vers le lac. La voiture se mit à rouler au pas.

Qui pouvait bien emprunter une petite route secondaire à cette heure-là ? se demanda-t-elle en frissonnant de plus belle. Ce ne fut que lorsqu'elle entendit la voiture accélérer qu'elle sauta par-dessus la clôture et se précipita chez elle.

Quelle sotte de s'affoler ainsi ! Elle et Riley étaient adultes et libres de toute attache.

— Rien ne peut nous empêcher d'avoir une liaison, dit-elle à haute voix.

C'est ce mot « liaison » qui posait problème. Parce que Riley, lui, voulait le mariage.

Et elle, tout au fond d'elle-même, ne désirait-elle pas la même chose ? Ne s'était-elle pas toujours imaginée mariée à Riley Gray Wolf ?

Si, bien sûr !

Mais Riley méritait une femme qui ait un passé, avec une histoire familiale — une femme qui pourrait lui donner des enfants, sans aucune arrière-pensée.

Elle arpenta la pièce en retournant ces pensées dans sa tête. Oui. Elle profiterait du moment où il déposerait Alanna, tout à l'heure, pour lui avouer que son souhait le plus cher était de l'épouser. Mais qu'elle ne le pouvait pas... tant qu'elle n'aurait pas de réponses à ses questions.

13.

Le tout nouveau téléphone de la chambre d'Emmy sonna un peu après 6 heures du matin. Ce devait être Riley, pensa-t-elle. Lui seul pouvait avoir une raison de l'appeler si tôt. Effectivement : à peine eut-elle décroché qu'elle l'entendit la rabrouer gentiment, de sa voix profonde et sensuelle.

— Pourquoi es-tu partie sans me réveiller ? Je sais que tu ne veux pas qu'Alanna nous surprenne, mais la prochaine fois, sois gentille, laisse-moi quand même t'embrasser et te raccompagner chez toi. Même si tu n'habites pas loin, on ne sait jamais ce qui peut arriver la nuit. D'accord ?

— Riley, la nuit dernière a été… merveilleuse. Plus que ça encore…

— Pour moi aussi, murmura-t-il.

— Tu ne m'as pas laissée finir. Je disais donc, plus que merveilleuse, mais…

— Il n'y a pas de « mais », Emmy. On est en totale harmonie toi et moi.

— Oui, c'est vrai. Comme les deux parties d'un médaillon. Sauf qu'il y manque les photos. Les photos de ma famille.

— Sottises ! Pourquoi refuses-tu de te laisser convaincre ? Nous pouvons fort bien nous marier, sans que cela nous empêche de continuer à chercher ta vraie mère.

— Je ne peux pas. Il y a trop d'inconnues… trop de mystères.

Riley poussa un soupir. Un soupir de frustration et de désespoir.

— Je te demande seulement de ne pas disparaître de nouveau, ma douce.

— Ah ! Si un génie pouvait apparaître, là, maintenant, et me dire la vérité sur mon passé, murmura-t-elle d'une voix pleine de larmes.

— Allons, allons, Emmy. J'appelais pour savoir si tu pouvais venir garder Alanna à la maison. Elle ne se sent pas bien. C'est peut-être une indigestion de pizza. En tout cas, si tu préfères être libre aujourd'hui, je peux téléphoner à une agence pour qu'on m'envoie une aide-ménagère. Il faut que je passe quelques heures à mon bureau pour terminer un dossier que je dois déposer au tribunal lundi.

— Il est hors de question que je te laisse en plan. J'avais l'intention de suivre le conseil de Cleon et de téléphoner à l'organisme qui gère les familles d'accueil, ainsi qu'aux hôpitaux de la région. Ils ont sans doute des archives. Le temps de prendre de quoi occuper Alanna, et j'arrive. Au fait, elle a remarqué que je m'étais verni les ongles de pieds. Elle meurt d'envie que je lui fasse les siens. Est-ce que tu serais d'accord, si j'utilisais une couleur discrète ?

C'est avec émotion que Riley revit tout à coup en pensée les ongles rose nacré des orteils d'Emmy qui, tels de jolis papillons, avaient virevolté dans la lumière tamisée de sa chambre quand elle lui avait entouré la taille de ses longues jambes nues et s'était ouverte à lui… Qu'il était difficile de revenir aux contingences matérielles ! La voix d'Emmy lui parut lointaine.

— Franchement, je comprendrais très bien que tu refuses. C'est vrai qu'elle est un peu jeune pour se mettre du vernis. D'un autre côté, les petites filles de son âge adorent se déguiser. A ce propos, je pensais lui donner la robe à paillettes et les chaussures à talons que je portais au casino. Ecoute, laissons tomber l'idée du vernis. J'apporterai des perles pour fabriquer des bracelets si elle va mieux. Quand il pleuvait, j'en faisais souvent avec maman Frannie. Ce sont ces moments-là qui font les meilleurs souvenirs...

Emmy laissa sa phrase en suspens, comme si elle était déjà repartie dans le monde de son enfance. Riley s'éclaircit la gorge pour la rappeler, elle aussi, à la réalité présente.

— Comment veux-tu qu'Alanna ne t'aime pas ? Mme Yates n'a jamais eu l'imagination ou la patience de lui proposer des activités comme celles-là. Pas d'objection pour le vernis. Et merci, Emmy. Ce sont ces instants privilégiés qui manquent à une petite fille qui n'a pas de maman. Je n'avais pas voulu le voir jusqu'à maintenant.

C'est à peine si Emmy l'entendit lui dire au revoir. Repliée dans le monde idyllique de ses souvenirs, elle vit Frannie sortir une malle pleine de vieilles robes, de chapeaux défraîchis, de chaussures et de boucles d'oreilles en verroterie. Emmy en avait passé des après-midi à préparer des défilés de mode pour un public conquis d'avance ! Et Frannie n'avait pas eu son pareil pour improviser des goûters qui avaient égayé sa solitude d'enfant.

Quand elle sortit enfin de sa rêverie, Emmy s'aperçut que ses mains tremblaient et qu'elle n'avait pas raccroché le téléphone. Riley avait peut-être raison, après tout, quand il affirmait qu'elle avait été formée par Frannie et non par son hérédité génétique ; que ce qui comptait c'étaient toutes ces années où elle s'était sentie aimée et protégée. Cette idée méritait qu'on y réfléchisse. Et elle y réfléchissait encore lorsque, arrivée chez Riley, elle prépara le petit déjeuner d'Alanna et sortit sur le perron pour le regarder partir. Comme s'ils avaient été mari et femme.

Durant tout le trajet qui le mena jusqu'à la porte de son cabinet, Riley ne put détacher son esprit d'Emmy. Il avait chaud au cœur en la revoyant en pensée s'affairer chez lui, dans sa cuisine. Et Alanna avait retrouvé du tonus dès qu'Emmy avait mis le pied dans la maison. Sa place était là, c'était évident !

Il chercha ses clés et ouvrit la porte de son cabinet. Il entra… et posa le pied sur une enveloppe blanche, identique à la précédente. Cette fois, il fit attention en la ramassant. Il la saisit par un coin, avec un mouchoir.

Assis à son bureau, Riley décacheta l'enveloppe et sortit la feuille avec précaution, en évitant de laisser des empreintes. Des lettres découpées dans des journaux avaient été collées et formaient une ligne sinueuse qui traversait la page : « Tu es trop curieux, Gray Wolf. » En guise de signature, en bas, le dessin maladroit d'une tête de mort.

— Gray Wolf, répéta Riley.

Depuis qu'il avait ouvert son cabinet à Uncertain, il était connu sous le nom de Gray. L'auteur de cette farce avait donc connu Riley et Emmy enfants. Il, ou elle, poussé par la colère, avait composé ce message en toute hâte en oubliant que Riley avait raccourci son nom.

Comme toujours lorsqu'il s'attelait à un problème ardu, Riley se cala dans son fauteuil qu'il fit pivoter de droite à gauche. Et si l'auteur anonyme était Joleen Berber ? se dit-il. La bonne femme était un peu cinglée. Ou prudente, lui chuchota la voix de la raison.

D'un coup, il se redressa, saisit le téléphone et appela l'avocat de Jed.

— Allô, Thorny ? C'est Riley Gray. Comment allez-vous ? Je suis content d'avoir pu vous joindre chez vous.

Riley écouta poliment les salutations de son éminent confrère, avant d'aborder le sujet de son appel.

— Je ne vous téléphone pas à propos de Jed. Pour autant que je sache, il est toujours dans le collimateur de Fielder, qui cherche à tout prix à avoir un coupable. Il aimerait prendre sa retraite avant la prochaine élection et, à mon avis, il n'a pas très envie de quitter la police avec un crime non résolu à son actif. Mais je vous appelle pour une autre affaire.

Riley expliqua les circonstances dans lesquelles il avait reçu les deux lettres de menace et communiqua leur contenu à l'avocat.

— J'ai dû laisser mes empreintes partout sur la première, avoua-t-il. Par contre, pour la deuxième, j'ai pris des précautions et j'aimerais la faire analyser, mais pas dans un laboratoire d'Uncertain pour ne pas que l'auteur des messages puisse être au courant de ma démarche. Ni le shérif, d'ailleurs. Mon intuition me dit qu'il connaît l'expéditeur des messages.

Son confrère indiqua à Riley une adresse. Dès qu'il eut raccroché, Riley alluma son ordinateur et tapa une lettre d'explication pour le laboratoire. Non pas qu'il se méfiait de Marge, mais il préférait agir en secret. Il irait même dans une autre ville, à Jefferson, pour envoyer le tout.

Quand il eut terminé, il quitta son cabinet et gagna sa voiture. Poussé par une intuition subite, il passa chez Joleen. Il dut tambouriner à sa porte pendant plusieurs minutes. Quand elle ouvrit enfin, Riley sursauta devant l'apparition cauchemardesque.

— Qu'est-ce que vous voulez ? grogna-t-elle avant d'être secouée par une terrible quinte de toux. J'ai attrapé la grippe depuis votre visite. Je vous l'ai déjà dit, je ne peux pas aider votre amie… Emerald.

Joleen serra son peignoir et voulut fermer la porte.

— Un instant… Vous avez consulté un médecin ? s'enquit poliment Riley.

Il cherchait seulement à savoir si elle était sortie de chez elle, car elle aurait pu alors profiter de cette visite pour déposer les enveloppes.

— J'ai téléphoné à mon docteur. D'après lui, c'est le virus qui traîne en ce moment. Rien d'autre à faire que de boire et de dormir.

Je suis ses conseils. Si cela ne vous dérange pas, j'aimerais bien retourner me coucher. J'ai des vertiges quand je reste debout.

— Emmy a l'intention de venir vous voir. En attendant, est-ce que vous voulez que j'aille vous faire des courses ?

Joleen passa sa main couverte de taches de vieillesse dans sa tignasse hirsute.

— Dites à Emerald de ne pas venir. Vous, les jeunes, vous vous croyez immortels ! Mais la seule façon de vivre vieux et en bonne santé, c'est de s'occuper de ses affaires et de ne pas essayer d'aider les autres.

Là-dessus, malgré son apparente fragilité, elle claqua avec vigueur la porte au nez de Riley.

Il resta planté là, le regard dans le vague, à tourner dans sa tête les maigres renseignements qu'il avait recueillis. Manifestement, elle n'était pas en état de quitter sa maison, encore moins d'entreprendre la montée de l'escalier de son cabinet. Le dernier commentaire de Joleen le déconcertait, surtout venant juste après son allusion à la visite prochaine d'Emmy. Peut-être était-ce tout simplement un réflexe d'infirmière. Elle était contagieuse et trouvait idiot de faire courir un risque inutile à Emmy…

Riley se sentit découragé en retournant à sa voiture.

Qui donc tenait tant à garder secrètes les origines d'Emmy ? Il n'avait plus la moindre piste, maintenant. Comment allait-il procéder ? Il tenta de faire le point. Ce soir, il y avait le barbecue chez Jed et Gwen. Le week-end suivant, sa mère serait là. Sa mère… Elle se rappellerait sûrement des ragots qui avaient couru à Uncertain ! songea-t-il tout à coup. Il fallait qu'il trouve un moyen de l'interroger, sans éveiller les soupçons d'Emmy. Trente ans plus tôt, Uncertain était une ville trop petite pour qu'on puisse dissimuler longtemps des relations coupables ou des naissances illégitimes. Il y avait quelqu'un dans la ville qui était décidé à employer les grands moyens pour empêcher que la vérité sur la naissance d'Emmy n'éclate. Mais cette personne était-elle prête à aller jusqu'à faire du mal ? La mort de Frannie avait-elle un lien avec cette histoire ?

Riley tourna le problème dans tous les sens en se rendant à Jefferson afin de poster la lettre pour le laboratoire. On en revenait toujours à la mort inexpliquée de la mère adoptive d'Emmy. Mais que pouvait-il faire ? Révéler l'existence des messages ? Pas question. Parce que, dans ce cas, Fielder devrait être tenu au courant des recherches d'Emmy. Sans compter qu'Emmy serait terrorisée. Au stade actuel, on pouvait raisonnablement considérer les messages comme un simple signe d'affolement.

De retour dans son bureau, il décida qu'il allait attendre un peu avant d'entreprendre quoi que ce soit. Attendre et rester vigilant. Il n'avait par contre aucune raison de renoncer à la recherche sur Internet, sans rien dire à Emmy. Après tout, les messages ne concernaient que lui.

C'est en été, le soir, qu'on appréciait le mieux le domaine de Beaumarais, avec son parc, ses roseraies et son patio. Riley avait engagé une baby-sitter pour garder Alanna, qui n'était pas complètement rétablie. De toute façon, lui et Emmy avaient besoin de passer une soirée entre adultes avec leurs amis. De grands flambeaux, parfumés à la citronnelle, étaient plantés le long du lac pour chasser les moustiques, qui proliféraient à la fin de la saison des pluies.

Riley, un verre de bière à la main, tenait compagnie à Jed, qui s'occupait du barbecue. Tous les deux étaient vêtus d'un short kaki et d'un pull-over en coton bleu marine. De vrais jumeaux, les taquina Gwen en passant.

— C'est dommage que nous ne fassions pas ça plus souvent, regretta Jed. Il fut un temps où nous arrivions à faire passer le plaisir avant le travail et les contraintes quotidiennes.

— C'est vrai, reconnut Riley en s'appuyant sur le muret qui séparait le patio du jardin, que les fleurs embaumaient.

— Je n'arrête pas de retourner dans ma tête cette histoire de meurtre, confia Jed. Pourtant, je ne devrais pas y être impliqué autrement qu'en tant que membre de la famille de la victime… membre officieux, bien sûr. A propos, Gwen m'a raconté qu'Emmy était sur les traces de trente petites filles nées dans la région au même moment qu'elle ?

— Exact, confirma Riley en dirigeant un regard morose vers le patio où les deux femmes, sous un parasol, bavardaient gaiement, attablées devant deux verres de vin.

— Tu as donc réussi à identifier tous les bébés ? demanda Gwen en mettant la bouteille au frais dans un seau en terre cuite. Et ces femmes, tu les as retrouvées ?

— Oui. Pour certaines, je leur ai parlé de vive voix, pour d'autres j'ai rencontré des gens qui savaient où elles habitaient.

— Bravo ! Tu m'avais dit aussi que tu irais interroger Joleen Berber à propos de la perle caddo et de la fameuse broche incrustée d'émeraudes.

— J'ai dû remettre ma visite à plus tard. Riley m'a dit qu'elle avait attrapé cette saleté de grippe. Ce doit être Marge qui lui a dit. Cette femme sait tout sur tout le monde. Sauf sur moi, hélas.

— Le problème, je suppose, dit Gwen, c'est qu'il faut avoir quelques données pour démarrer. Or toi, tu n'as presque rien. A ce propos, l'armée ne nous a pas répondu. Donc on ne sait toujours pas si Will s'est engagé ou non.

— Rien ne marche, décidément, soupira Emmy. En ce qui concerne la broche, je l'ai reproduite à partir de la description que Frannie m'en avait faite. Riley va photocopier mon dessin et l'envoyer à toutes les bijouteries entre ici et Canton. Bon, parlons d'autre chose… Tu sais, Gwen, je me suis aperçue que je m'attachais chaque jour un peu plus à Alanna.

Elle fit une petite pause durant laquelle elle examina ses ongles.

— Sans parler de Riley…

— Tous les deux t'adorent, ça crève les yeux. Moi, je ne connais pas Riley depuis longtemps mais, d'après Jed, cela fait des années qu'il n'a pas été aussi heureux. Ce ne sont pas mes affaires, mais… Vous pourriez vous marier et continuer à chercher tes parents ensemble, non ?

— Il m'a proposé la même chose, avoua Emmy en repoussant une mèche de cheveux.

Elle laissa son regard mélancolique errer vers le muret contre lequel Riley était appuyé.

— Il m'a fait clairement savoir qu'il voulait qu'Alanna ait des frères et sœurs.

Puis elle se tourna vers Gwen. Son expression trahissait une profonde anxiété.

— J'aime trop Riley pour lui faire courir le risque de vivre avec quelqu'un dont l'histoire comporte autant de zones d'ombre. Regarde tout ce que la famille de sa première femme lui a fait subir. La mienne pourrait être encore pire.

— Tu racontes n'importe quoi, protesta Gwen avec véhémence.

— Et si ma mère était une prostituée et mon père un type peu recommandable, tu crois que cela n'aurait aucune répercussion sur la carrière de Riley ? Et si l'un de mes parents était atteint d'une maladie mentale ou d'une infirmité ou d'une maladie héréditaire ? Et si ma mère avait été victime d'un violeur ? Si elle avait été condamnée ? Qui peut garantir que personne ne prendrait un malin plaisir à en informer Alanna à l'école ?

— Mes parents sont pleins aux as et font partie du Gotha de la finance, mais ils sont froids, insensibles, sans morale. Eh bien, figure-toi que je crois avoir tiré des leçons de ce que j'ai vu et que cela m'a rendue meilleure. Quand on décidera d'avoir un enfant, avec Jed, je ne me poserai pas une seule seconde la question de savoir s'il tiendra de ses grands-parents.

Pendant toute la tirade de Gwen, Emmy n'avait pas cessé de secouer la tête.

— L'argent permet de passer l'éponge sur bien des vices.

— Non, je ne trouve pas. Mais c'est ta vie, Emmy. C'est à toi de la prendre en main. Il y a des gens qui ne comprennent pas comment j'ai pu épouser Jed, alors qu'il était soupçonné de meurtre.

— Ça, c'est différent. Il est innocent et tu le sais.

— Tout ce que je sais, c'est que je l'aimais trop pour attendre, des années, peut-être, que cette malheureuse affaire soit éclaircie. Tu imagines le temps qu'on aurait perdu !

De nouveau, Emmy dirigea son regard vers Riley. Elle était amoureuse de lui depuis qu'ils étaient gamins. La seule idée que ses recherches pourraient durer des années lui brisait le cœur.

— La vie n'est vraiment pas juste, finit-elle par dire d'une voix étranglée.

— Tu crois ? La vie n'est-elle pas plutôt ce qu'on en fait ?

Emmy décela chez Gwen, malgré son ton léger, une volonté de fer. Cette femme, qui n'avait pas hésité à rester aux côtés de Jed, était décidément d'une force et d'un courage admirables, songea Emmy avec lucidité.

Leur conversation s'arrêta là, car les deux hommes approchèrent avec les victuailles. Gwen courut chercher la salade qu'Emmy avait apportée. Ils parlèrent de choses et d'autres : du tournage de Gwen à Austin, des retrouvailles entre Riley et sa sœur, de la prochaine visite de Neva. Ils évitèrent les sujets épineux comme l'enquête de Fielder ou le peu de résultats obtenus par Emmy.

Quand ils eurent mangé et débarrassé, Gwen profita d'un moment de silence pour annoncer nonchalamment :

— June a confectionné une génoise avec une sauce au chocolat. Un vrai péché. J'espère que tout le monde a gardé une petite place…

Jed saisit une mèche des cheveux auburn de sa femme et attira son visage vers lui en riant, pour lui déposer un rapide baiser sur les lèvres.

— Le chocolat, c'est le point faible de Gwen. Le seul qu'elle ait d'ailleurs, à part moi, les informa-t-il avec un clin d'œil. Je la soupçonne d'avoir attendu que nous soyons rassasiés pour nous révéler l'existence de cette merveille au chocolat, afin d'en avoir davantage pour elle.

Elle lui repoussa la main.

— Honte à toi, Jed Louis. Tu as très bien vu June mettre le dessert dans le Frigidaire. L'accro au chocolat, dans la famille, c'est lui.

Emmy se dégagea du bras que Riley lui avait négligemment posé sur les épaules.

— Eh bien, mon vieux Jed ! Elle te connaît par cœur, ta femme ! Je me rappelle que ça me rendait folle de voir que tu pouvais avaler une plaquette de chocolat par jour sans prendre un gramme. Moi, chaque fois que je mangeais un malheureux petit carré, je prenais cinq cents grammes et mon visage se couvrait de boutons. Alors, j'ai préféré m'abstenir.

Jed fit soudain une drôle de moue.

— Ce n'est pas toi qui dévalisais régulièrement ma réserve de bonbons ?

Emmy poussa des hauts cris.

— Mince alors ! C'était donc ce faux-jeton de Will. Il m'a juré que c'était toi.

— Vous n'avez pas changé tous les deux, commenta Riley. Peut-être que Will a été puni et qu'il est gros et chauve maintenant.

— Ça m'étonnerait beaucoup ! s'exclama Emmy en direction de Gwen. Will avait le genre de tignasse blonde qui fait se pâmer les filles. Il adorait les exercices physiques et il s'entraînait comme un fou. Will était solidement bâti. C'était un costaud qui…

Emmy s'aperçut soudain qu'elle se laissait emporter et elle rougit. Riley se redressa sur sa chaise.

— Dis donc, je croyais que tu étais la seule fille en ville à ne pas avoir le béguin pour Will McClain. Je me demande si je ne devrais pas faire une petite prière pour que la lettre que Gwen a envoyée à l'armée reste sans réponse.

— Je n'ai jamais eu le béguin pour Will, espèce d'idiot ! se rebiffa Emmy. A l'instant où il a mis le pied dans la maison, je l'ai considéré comme mon frère. Et cela vaut aussi pour Jed. Il faut quand même reconnaître qu'ils étaient les garçons les plus séduisants de toute l'école. Après toi, bien sûr. Et crois-moi, j'en ai tiré parti. Des filles qui, jusqu'alors, m'avaient ignorée, se mettaient tout à coup à venir rôder autour de moi. J'étais ravie chaque fois que Jed ou Will refusait de sortir avec une de ces pimbêches.

— Je me rappelle que tu en avais après Amanda, dit Riley en lui caressant l'arête du nez. Tu profitais souvent des leçons de fléchettes pour me raconter en long et en large le plaisir que tu éprouverais à lui arranger son joli minois.

— Justement. Elle n'est pas jolie ! Je ne sais pas ce que vous lui trouviez tous les trois.

— Demande à Jed. Il a été son chevalier servant pour le bal de fin d'année, dit Gwen en se tournant vers son mari.

— On est tous plus ou moins sortis avec elle, y compris Riley, se défendit Jed.

— Au moins, il n'est pas hypocrite, commenta Emmy. Peut-être que tu arriveras à lui faire dire pourquoi Amanda les attirait comme ça, demanda Emmy à Gwen.

Riley et Jed échangèrent un rapide sourire de complicité masculine que Gwen et Emmy punirent d'une tape bien sentie.

— Vous n'éprouvez pas un peu de compassion pour Amanda, mesdames ? demanda Riley d'un air parfaitement angélique. Elle a fait trois mariages malheureux et depuis son dernier divorce elle ne sort qu'avec des minables. Elle a notre âge et, pourtant, elle est retournée chez papa maman.

Emmy se leva.

— De la compassion pour Amanda ! Non, mais je rêve ! explosa Emmy. De toute façon, il faut qu'on rentre. Si on est en retard, l'agence va tripler le prix de la baby-sitter.

— La prochaine fois, demande à Cassie Morris, ex-Ames, conseilla Jed à Riley et Emmy. Elle est serveuse au café. Sa fille aînée fait du baby-sitting.

— J'aime bien Cassie, dit Emmy. Mais quelle commère ! Moins il y aura de gens qui sauront que… euh… que Riley et moi on se fréquente, mieux ce sera.

— C'est un secret ? demanda Jed dans un froncement de sourcils.

— Non, répondit Riley.

— Oui, répondit Emmy en même temps.

Les regards interrogateurs de Gwen et Jed allèrent de l'un à l'autre. Un silence embarrassé s'installa, que Riley brisa en remerciant chaleureusement le couple pour la soirée. Emmy fit de même et tous deux se dirigèrent vers la décapotable.

Ils n'échangèrent pas un mot pendant le trajet. Ce n'est que lorsqu'ils furent presque arrivés chez eux que Riley se tourna vers Emmy avec un air solennel.

— Cela m'est complètement égal qu'on sache que nous sortons ensemble.

— On ne se contente pas vraiment de… sortir ensemble. Je croyais qu'on était d'accord pour qu'Alanna ne s'aperçoive pas que nous partageons le même lit. Si des bruits commencent à courir, elle finira par l'apprendre.

— Bon sang, Emmy ! C'est là que tu ne tournes pas rond ! Je suis prêt à t'épouser, là, maintenant, et peu m'importe si tout le monde sait que nous sommes amants. Même Alanna peut le savoir.

Emmy posa sa main sur son bras musclé.

— Ne commençons pas à nous disputer, Riley. La soirée avec Jed et Gwen a été si agréable. Ne la gâchons pas avec cette querelle qui n'en finit pas.

— Finira-t-elle un jour ? soupira Riley, découragé.

Emmy s'était posée la même question quand elle avait parlé avec Gwen. Elle retira sa main du bras de Riley et s'écarta de lui. Dès qu'ils furent garés, Emmy sortit de la voiture sans attendre que Riley vienne lui ouvrir la portière.

— Ta mère arrive la semaine prochaine. Je ferais mieux de retourner dormir dans mon lit. Je passerai demain chez toi pour mettre les draps à la machine. Je nettoierai la salle de bains aussi.

Riley ouvrit la bouche pour protester, mais renonça devant le visage buté d'Emmy. D'après Marge, à la banque, les conversations des employées tournaient autour de la question de savoir à quel stade en était leur relation. Devait-il le dire à Emmy ? A bien y réfléchir, non. La connaissant, il était sûr qu'elle s'y rendrait sur-le-champ pour mettre les choses au point avec fermeté, pour ne pas dire plus.

Ah ! Si seulement il pouvait trouver des éléments permettant à Emmy de progresser dans sa quête ! Après avoir entendu les ragots rapportés par Marge, il avait filé à la banque pour voir si une des caissières avait l'âge d'être la mère d'Emmy. Elles étaient toutes trop jeunes. Une impasse de plus. Mais un jour, c'est sûr, quelqu'un se trahirait. Ce jour-là, Emmy trouverait-elle encore des excuses pour ne pas l'épouser ?

14.

A peine Emmy fut-elle arrivée dans sa chambre que le télé-phone sonna. Elle décrocha, un peu inquiète. C'était Riley ! Ils venaient tout juste de se séparer pourtant, et en mauvais termes qui plus est.

— Je ne veux pas me fâcher avec toi, dit-il aussitôt. Si je promets de ne plus te harceler pour qu'on se marie, accepterais-tu de faire la paix ?

— Ce n'est pas que je ne veux pas t'épouser, Riley, au contraire. Tu le sais très bien d'ailleurs, du moins je l'espère. Mais je ne peux pas renoncer à ce qui me paraît juste uniquement pour satisfaire mon plaisir. Toi et Alanna m'êtes trop chers.

— C'est à son sujet aussi que j'appelle si tard. Elle était sûre que tu rentrerais avec moi et elle attendait que tu viennes lui dire bonne nuit. Apparemment la baby-sitter lui a appris à représenter des objets avec une ficelle et elle mourait d'envie de nous épater. Je n'ai pas réfléchi, ajouta-t-il d'une voix contrite, et je lui ai dit qu'elle pourrait te montrer ce qu'elle savait faire demain. En plus, elle compte que tu nous accompagnes, vendredi, pour aller chercher sa grand-mère à la descente du car. Apparemment, cette rencontre l'inquiète.

— Dis-lui que j'irai. J'ai très envie de revoir Neva. Elle m'ac-cueillait toujours bien quand j'allais chez vous. Je me rappelle que dans cette famille où j'avais été placée, à Houston, je me sentais tellement rejetée, que je passais des nuits entières, allongée sur mon lit, à me remémorer en détail la maison de maman Frannie et la tienne. Et en particulier la cuisine de ta mère. Ces souvenirs me rassuraient. Ils étaient mon seul repère.

— Oh Emmy ! Comme je regrette que Jed, Will et moi n'ayons pas contraint les services sociaux à nous révéler où ils t'avaient envoyée ! A quoi cela rimait-il donc de t'arracher à tes seuls amis ?

— A l'époque, j'avais trouvé que c'était de la cruauté pure. Mais, avec du recul, je me dis que les services sociaux avaient espéré qu'une rupture brutale faciliterait mon adaptation. Peut-être que si j'avais été plus petite…

Elle n'alla pas au bout de sa pensée.

— Je donnerais tout ce que j'ai pour effacer ces années.

— Je sais, dit-elle avec douceur. Tu es quelqu'un de bien, Riley. Tous les matins, je croise les doigts pour qu'arrive enfin le jour où nous découvrirons que je peux me marier sans crainte.

Elle entendit Riley hésiter à l'autre bout du fil.

— J'ai promis de ne plus t'embêter, Emmy, mais un jour, je te rappellerai cette conversation. Ecoute-moi. Tu es parfaite telle que tu es. Mets-toi ça dans la tête, dit-il d'une voix suppliante, enrouée par l'émotion.

Emmy retint son souffle. Dans le silence qui suivit, le déclic du téléphone de Riley lui parut assourdissant.

Elle dormit étonnamment bien cette nuit-là.

Le vendredi suivant, lors des retrouvailles entre Alanna et sa grand-mère, Emmy ne put retenir des larmes d'émotion. Le visage rond et radieux de Neva Gray Wolf était aussi bienveillant qu'autrefois. Malgré la patte d'oie qui s'était un peu creusée autour de ses yeux noirs rieurs et les quelques cheveux gris qui striaient ses tresses noires enroulées en macarons, elle dégageait la même chaleur et la même générosité. Et Emmy ressentit encore plus douloureusement la perte de Frannie.

Neva avait apporté des poupées semblables à celles qu'Alanna avait admirées chez sa tante et elle leur donna vie en racontant des légendes Caddo. La petite, captivée, libérée de toute inquiétude, s'assit à côté d'elle sur un banc de la gare routière, pendant que Riley chargeait les bagages de sa mère dans le coffre. Il semblait content, constata Emmy.

— Nous avions pensé t'emmener manger quelque part avant d'aller à la maison, dit-il quand ils quittèrent la gare. Tu as une préférence ?

— Depuis ce matin, je salive en pensant aux *tamales* mexicaines de Carlita Santiago. Et puis, j'aimerais bien bavarder un peu avec elle pour savoir ce que tous ses enfants sont devenus.

— Ça tombe bien, jubila Riley. Emmy et moi avions l'intention de dîner chez Santiago un jour ou l'autre. Comme je m'occupe un peu des affaires de Carlita, je la vois de temps en temps, et ses filles aussi. Quant à Rico, depuis qu'il a repris le cabinet médical, il passe son temps à travailler. Leïla aussi. La direction de la marina occupe tout son temps.

— Je me rappelle que Rico Santiago et Will McClain étaient toujours à préparer quelque mauvais coup, raconta la mère de Riley avec un petit rire réjoui. A eux deux, ils en valaient dix. Quand on pense qu'il est médecin, maintenant.

Elle se tourna alors avec un air sombre vers Emmy, qui était assise à l'arrière de la voiture à côté d'Alanna.

— Josey m'a téléphoné quand cette archéologue a découvert Frannie. Je suis navrée, Emerald. En plus, ce doit être affreux pour toi et Will de savoir que Jed est soupçonné du meurtre.

— Personne n'a de nouvelles de Will, et Jed est innocent, répondit Emmy avec un mouvement d'humeur qu'elle regretta aussitôt.

— Merci pour vos condoléances, reprit-elle avec douceur. Je les transmettrai à Jed. On attend avec impatience que le shérif nous autorise à enterrer Frannie convenablement.

— Ça, j'imagine !

Mme Gray Wolf voulut ajouter quelque chose, mais Riley l'interrompit.

— Je me demande si Jed a pensé à demander à Rico s'il avait des nouvelles de Will. Ils étaient très copains. Peut-êtres ont-ils gardé contact.

— Pourquoi est-ce que Will téléphonerait ou écrirait à Rico et pas à Jed ? demanda Emmy d'un ton sec. C'est absurde.

— Je ne dis pas qu'il l'a fait, Emmy. Pour le moment, on ne peut négliger aucune hypothèse.

— Où en sont tes recherches, Emerald ? demanda Neva.

— Au point mort. Je voulais vous laisser un peu de temps avec Riley et Alanna avant de vous bombarder de questions. Je sais que vous avez habité à Uncertain au moins aussi longtemps que Frannie. Est-ce que vous vous rappelez avoir entendu des histoires sur moi ?

— Tu n'es pas obligée de répondre tout de suite, intervint Riley. D'abord, il faudrait mettre maman au courant de l'avancement de nos recherches. Tu ne crois pas Emmy ?

Puis, sans attendre la réponse, il se mit à dresser la liste des problèmes.

— Emmy n'est pas sûre de sa date de naissance. Nous ignorons si elle a été baptisée. Elle ne sait pas si ses parents étaient mariés ou si leur relation était adultère. Elle n'a pas une seule tache de naissance ou signe distinctif sur le corps.

Riley s'aperçut un peu tard qu'il avait prononcé cette dernière phrase avec trop de passion pour ne pas éveiller les soupçons de sa mère. En effet, Neva leva un sourcil.

Emmy se réjouit de voir Riley qui, quelques secondes plus tôt pérorait comme un avocat à la barre, perdre contenance devant la réaction de sa mère.

— Il me semble que tu oublies de parler à ta mère de mes tatouages.

C'est avec un sourire faussement innocent qu'Emmy affronta le regard abasourdi de Riley dans le rétroviseur. Tandis qu'il bredouillait quelque explication, Alanna bomba le torse en montrant du doigt sa poitrine plate.

— Emmy a un joli petit arc-en-ciel juste là, grand-mère.

— Mon Dieu ! s'exclama Mme Gray Wolf en tapant sur la fenêtre de sa portière. C'est incroyable comme le restaurant de Santiago s'est agrandi ! Et il est beaucoup plus beau. Carlita doit être contente. C'était son rêve.

Riley se dépêcha de faire sortir tout son petit monde de la voiture. A peine avaient-ils pénétré dans le restaurant bondé, que la propriétaire accourut vers eux, les bras ouverts.

Riley profita de ce que les deux vieilles amies échangeaient leurs souvenirs pour dire à voix basse à Emmy :

— Tu ne perds rien pour attendre.

— Tu étais assommant avec tes airs pompeux. Et puis ce n'est pas la peine d'insister sur tout ce qui nous manque. Tu crois que la grippe de Joleen est terminée ? Le retour de Neva serait une bonne excuse pour lui rendre visite. Elles bavardaient, toutes les deux, à l'occasion, non ?

— Laisse-lui encore quelques jours pour se rétablir. Elle n'était franchement pas bien.

— D'accord. Mais je ne sais plus dans quelle direction aller. Mon enquête sur les petites filles nées en même temps que moi n'a rien donné.

— J'ai épluché le logiciel pour trouver d'autres pistes. Mercredi, j'ai mis une petite annonce dans tous les journaux qui sont distribués à Canton et dans les environs, décrivant comment et quand tu avais été trouvée. J'ai fait allusion à la broche, sans donner de détails. J'ai donné mon numéro de téléphone au bureau et sur mon portable et j'ai promis une récompense à toute personne qui fournirait des renseignements. J'espère que tu ne m'en veux pas.

Riley avait été tellement désemparé en apprenant que le laboratoire n'avait décelé aucune empreinte, qu'il avait été pris d'un besoin frénétique d'agir. Bien sûr, il n'en souffla mot à Emmy.

— T'en vouloir ? Riley, tu es tout simplement génial ! Tout le monde sait que l'argent délie les langues.

— Ne t'emballe pas trop vite. Attendons de voir si quelqu'un appelle.

Leur discussion tourna court quand Carlita apprit qui était la femme qui accompagnait Riley. La Mexicaine la serra dans ses bras.

— Laisse-moi te regarder, *chica*. Ça fait si longtemps que tu es partie. Jed doit être ravi. *Por favor, es Will…* ?

Riley posa une main dans le creux des reins d'Emmy et intervint.

— Ni Emmy ni Jed n'ont gardé le contact avec Will. Jed et Gwen, sa femme, essayent de savoir où il est et nous nous demandions si Rico avait des nouvelles de lui.

— *Nada*. Si je vois ce vilain garçon, je lui tire les oreilles. Maintenant, vous mangez.

Elle se hâta alors vers la cuisine en criant des ordres en espagnol.

— Elle n'a pas demandé ce qu'on voulait manger, ronchonna Alanna.

Riley tira gentiment sur une de ses tresses.

— Elle prépare un festin royal en l'honneur de ta grand-mère et d'Emmy. Elle va apporter un assortiment de tous les meilleurs plats de la carte.

Effectivement. Ils eurent droit à de la soupe à la tortilla, à du poulet à la sauce au chocolat, à des crêpes Ensenada, à des *tamales* et à bien d'autres mets encore jusqu'à ce que tous les convives déclarent ne plus pouvoir avaler une bouchée. Carlita ayant refusé de leur donner la note, Riley laissa sur la table une généreuse somme d'argent. Puis ils quittèrent le restaurant, non sans avoir adressé force félicitations au cuisinier.

— Il faut que je fasse une sieste, annonça Neva. Vous n'avez qu'à me laisser à la maison après m'avoir montré ma chambre.

— Je te la montrerai, moi, grand-mère, proposa Alanna. Est-ce que les grands-mères font la sieste ? Je croyais que c'étaient seulement les bébés.

— Ah ! Tu as beaucoup à apprendre sur les grands-mères, lui dit Neva.

La vieille femme, ses yeux noirs embués de larmes, regarda furtivement son fils, avant de s'adresser de nouveau à Alanna avec un large sourire.

— Mais j'ai la chance de pouvoir enfin te l'apprendre.

— C'est grâce à Emmy, dit-il sur un ton crispé.

— Non ! C'est Marge qu'il faut remercier, s'écria-t-elle aussitôt. C'est elle qui s'est chargée de faire la morale à Riley.

— En aucun cas elle ne m'a donné de leçon de morale. Elle a tiré sur moi à boulets rouges.

— Peu importe ce qui a poussé mon fils à changer d'attitude, dit Neva à voix basse. Mes prières ont été exaucées. Emerald, je te trouve beaucoup trop modeste. Riley avait toujours une petite lueur dans les yeux quand tu venais à la maison.

Neva scruta alors son fils et fut satisfaite de son examen.

— C'est toujours le cas. Alors, est-ce que vous allez combler mes vieux jours ? Est-ce que je peux acheter une robe pour le mariage de mon fils ?

Avec un sourire vengeur, Riley laissa Emmy se débrouiller pour répondre. Elle vira au rouge cramoisi, toussota, bégaya, commença mille phrases…

— Euh… non, finit-elle par répondre d'une voix à peine audible.

Riley ne vint à son aide qu'une fois qu'ils furent garés devant chez lui. Si on pouvait parler d'aide…

— Maman, c'est la première fois que je l'entends refuser aussi mollement. Je t'autorise à revenir à la charge.

Emmy le bourra de coups.

— Ce n'est pas le moment, Riley. Ta mère veut aller se reposer et moi je dois aller faire des courses pour le barbecue de ce soir.

Devant son air désorienté, elle ajouta.

— Ne me dis pas que tu as tellement mangé chez Santiago que tu as oublié que nous avions invité Josey, Cleon, Jed et Gwen à 6 heures ?

Emmy comprit à sa mimique que cette invitation lui était sortie de la tête.

— Laisse-moi le temps de rentrer les bagages et d'installer maman et Alanna. J'en ai pour une minute. Après je t'accompagne. Je porterai les sacs.

Emmy se sentit défaillir. Elle allait faire les courses avec Riley ! Comme s'ils étaient mariés. Attention ! Elle ne devait pas faiblir. Nul besoin d'être mariés pour former un couple !

— Entendu, finit-elle par dire. Klaxonne quand tu es prêt.

Ils firent leurs achats sans incidents. Lorsqu'ils parvinrent à la caisse, le téléphone de Riley sonna et il sortit pour prendre la communication. Il venait de raccrocher quand Emmy arriva avec son chariot.

— Tu as un drôle d'air. Il y a un problème à la maison ?

— Non. C'était une femme qui m'appelait au sujet de la petite annonce. Une assistante sociale à la retraite qui travaillait à l'accueil le jour où Joleen s'est présentée avec toi. Elle ne veut pas de la récompense, bien qu'elle m'ait donné deux renseignements très intéressants. Joleen s'occupait de toi avec une dextérité surprenante pour une célibataire sans enfants. Remarque, elle était infirmière quand même. La deuxième chose, c'est que Joleen semblait anormalement attachée à toi. A tel point qu'elle a fait un esclandre quand on lui a dit que tu ne serais pas nécessairement placée chez Frannie.

— Qu'est-ce que tu en penses, Riley ?

— Qu'il faut retourner interroger Joleen. Tant pis si elle est encore malade. Je suis curieux de l'entendre.

— Moi aussi. Sauf qu'elle a déjà dit que l'état dépressif de Frannie causé par la mort de son mari, l'inquiétait. Douterais-tu de l'amitié de Joleen pour Frannie ?

— Non, pas vraiment. Présenté comme ça, ce qu'elle a fait paraît logique.

Malgré tout, Riley démarra et prit la direction de chez Joleen.

— Vous ne pouvez pas me laisser tranquille à la fin ! grogna Joleen.

— Pourquoi ? demanda Emmy avec fougue. Je vous laisserai tranquille si vous avouez que vous êtes ma mère !

Ce soupçon, qui rongeait Emmy depuis toujours, lui avait échappé malgré elle. Joleen eut le souffle coupé. Elle devint écarlate.

— Qui t'a mis cette idée grotesque dans la tête ?

Riley lui expliqua ce qu'il avait appris, sans citer sa source. Joleen, visiblement encore bouleversée, écouta en hochant la tête.

— C'est vrai, confessa-t-elle, j'ai fait pression sur les services sociaux pour qu'ils te placent chez Frannie. Frannie voulait suivre son mari dans la tombe. J'avais beau essayer de lui remonter le moral, rien n'y faisait. Et puis, je t'ai trouvée. Un don du ciel.

Emmy se décomposa.

— Ce qui veut dire que, désormais, je ne peux plus avoir l'espoir que Frannie soit ma mère.

— Elle voulait des enfants. Mais elle ne pouvait pas — à cause d'une endométriose. Tu peux vérifier auprès du fils du Dr Barr. Il est gynécologue-obstétricien et a repris le cabinet de son père.

Riley attira Emmy vers lui pour la réconforter après cette nouvelle déception.

Joleen lança des coups d'œil furtifs des deux côtés de la rue. Elle recula rapidement et saisit la poignée de la porte.

— Frannie t'aimait comme sa propre fille, déclara-t-elle. Cela devrait te suffire.

Là-dessus, elle claqua la porte sans qu'Emmy ou Riley aient le temps d'ajouter un mot.

— Viens, insista Riley en poussant gentiment Emmy vers la voiture. Même si elle sait autre chose, on ne tirera rien de plus d'elle.

— Elle semblait terrifiée. Comme si elle craignait qu'on lui fasse du mal.

— Joleen est une vieille femme paranoïaque.

— Tu dois avoir raison.

Emmy jeta un dernier regard à la maison et s'installa dans la voiture. Le papier d'aluminium des fenêtres, sous les rayons du soleil, renvoyait des éclats sinistres. « Des secrets se cachent derrière ces vitres », pensa Emmy.

Pendant le barbecue chez Riley, ce soir-là, Emmy ne participa pas aux conversations, auxquelles elle prêta une oreille distraite. Jed finit par s'en apercevoir et vint s'asseoir à côté d'elle, dans une chaise longue.

— Tu es bien silencieuse, Emmy-M. Vous vous êtes disputés avec Riley ?

— Non.

D'un ton neutre, elle raconta à Jed son entrevue avec Joleen. Jed fit rouler sa bouteille de bière entre ses mains.

— J'ai toujours trouvé que Joleen était un drôle d'oiseau. Frannie la laissait agir à sa guise à la maison. Tu sais qu'un jour, Will l'a surprise dans notre chambre, en train de fouiller dans les tiroirs ? Tu croyais que les verrous qu'on avait posés étaient à ton intention. On ne t'avait pas détrompée parce qu'on n'avait pas osé avouer à Frannie que c'était à cause de sa meilleure amie. Comme Joleen n'avait jamais fait confiance à Will, il avait pensé qu'elle espérait trouver de la drogue.

— Aussi loin que remontent mes souvenirs, elle avait toujours semblé chez elle, à la maison.

— Heureusement qu'elle ne travaillait pas qu'à l'hôpital. Si elle avait été moins occupée, on l'aurait eue encore plus sur le dos.

— Je ne savais pas qu'elle faisait autre chose. Je la voyais presque toujours avec son uniforme d'infirmière.

— Le week-end, et aussi quelques soirs par semaine, elle travaillait au S.A.M.U. social de Tyler, je crois. Je sais en tout cas que Frannie s'inquiétait parce que Joleen était en contact avec une faune pas très recommandable.

— Je suppose qu'elle voyait beaucoup de drogués, ce qui explique sûrement pourquoi elle avait fouillé dans les affaires de Will. Elle avait dû le surprendre à fumer et craignait que ce ne soit de l'herbe.

— C'est possible, admit Jed avec un haussement d'épaules. Frannie n'avait pas de famille. Joleen était comme une sœur pour elle.

— Hé ! Un peu de silence ! J'ai quelque chose à vous dire.

Jed et Emmy levèrent la tête et s'aperçurent que Josey était debout et tapait dans ses mains pour attirer l'attention de l'assemblée.

Quand tout le monde se fut tu, elle courut vers Cleon, qui était assis à côté de Neva, et le tira par la main pour qu'il vienne à côté d'elle.

— Ce soir, nous avons quelque chose à fêter. En sortant du travail, mercredi, nous sommes passés à la mairie et… nous nous sommes mariés.

Ce fut la stupeur dans l'assistance. Emmy se ressaisit la première.

— Mariés ? Mais… la semaine dernière tu as dit…

— C'est à la suite de votre visite que Cleon s'est mis à réfléchir, expliqua Josey, soudain intimidée. Il s'est dit que Riley avait raison et que je comptais plus pour lui que n'importe quel héritage. Euh… Voilà.

Elle sortit de sa poche une bague étincelante et la tendit à Cleon. Avec des yeux énamourés, il la passa lentement au majeur gauche de Josey.

Riley exprima toute sa joie en gratifiant le mari de sa sœur de plusieurs bourrades dans le dos. Alanna se mit à danser autour de Gwen, qui s'était précipitée pour féliciter l'heureux couple. Jed et Neva se joignirent à elle.

Emmy, elle, se montra moins enthousiaste. Si elle se réjouissait sincèrement pour ses amis, elle ne pouvait malgré tout étouffer une pointe de jalousie. Le jour où elle se sentirait enfin libre d'épouser Riley arriverait-il jamais ? songea-t-elle avec désespoir tandis que la soirée, au fil des heures, prenait des allures de noce.

Pendant sept jours, Emmy dut essuyer les attaques répétées de Neva sur la question du mariage en général et de celui de Riley en particulier. Le dimanche de son départ, à la gare routière, profitant de ce que son fils avait emmené Alanna assister au chargement des bagages dans les cars, la vieille femme lança une ultime charge.

— Je rêve d'organiser un beau mariage, d'aller acheter des robes, des fleurs, d'envoyer des invitations. Josey m'a privée de cette chance. Comme tu n'as pas de maman, je me ferais un plaisir de t'aider.

Emmy était maintenant habituée à ces remarques et se contenta de changer gentiment de sujet de conversation.

— Riley m'a dit qu'il vous avait demandé d'emménager chez lui pour garder Alanna.

— C'est vrai et rien ne me ferait plus plaisir. Malheureusement, mon frère ne va pas bien et je lui serai plus utile qu'à Riley. Mon fils a besoin d'une femme, Emerald, et Alanna d'une mère.

Emmy esquiva ce nouvel assaut comme elle put.

— Riley ne parle jamais du jour de ses noces avec Lani.

— Oh ! Celle-là ! répondit Neva sur un ton amer. Je n'aime pas dire du mal des morts, mais elle était trop sous la coupe de son oncle, qui est un homme d'un autre siècle. Il a organisé un rituel matrimonial à sa façon. D'ailleurs leur mariage a bien failli n'avoir aucune valeur légale.

— Peu importe. Alanna serait quand même là. Neva, si je devais un jour épouser Riley… Ne vous faites pas trop d'illusions… Mais si je devais le faire… il faut que vous sachiez que moi non plus je n'aime pas beaucoup les cérémonies fastueuses.

Le retour de Riley épargna à Emmy un sermon. Alanna courut vers sa grand-mère et lui entoura la taille de ses petits bras.

— Ton car vient d'arriver, grand-mère. C'est dommage que tu doives repartir. Personne ne reste jamais avec moi. Si tu ne me quittes pas, je te promets d'être très gentille, sanglota la petite.

Emmy oublia aussitôt ses soucis pour aller consoler la fillette éplorée que Riley et Neva essayaient eux aussi de rassurer. Elle aurait préféré que Riley et Neva utilisent d'autres arguments.

— Tu n'a rien à craindre, Alanna. Emerald t'aimera toujours et elle ne s'en va nulle part, affirma Neva.

Emmy sentit son cœur se serrer davantage encore quand Alanna se sépara de sa grand-mère et vint mettre sa menotte dans sa main en la regardant avec une totale confiance. Comment expliquer la panique qui la saisit alors ? Avaît-elle peur de rester, jusqu'à la fin de ses jours, une vagabonde sans famille ? Ou bien redoutait-elle de ne pas être à la hauteur, de ne pas savoir répondre aux attentes d'un enfant ? Ou d'un mari…

Elle resta en retrait, laissant Riley et Alanna accompagner Neva à son car.

Après le départ de la mère de Riley, ils allèrent tous les trois dîner dans un petit restaurant en bordure du lac, puis rentrèrent chez eux. Un peu avant d'arriver, Riley se pencha vers Emmy et lui glissa discrètement à l'oreille.

— Viens passer la nuit avec moi. S'il te plaît.

Emmy décela dans sa voix un mélange d'amour et de désespoir. Ce même désespoir qu'elle éprouvait elle-même. Eh bien oui ! Elle profiterait sans retenue des moments de bonheur qu'elle pourrait partager avec l'homme qu'elle aimait, chaque fois que l'occasion se présenterait.

Malgré leur impatience, ils ne se précipitèrent pas directement dans la chambre de Riley. Emmy fit couler un bain à Alanna. Ensuite, tous trois s'assirent sur le lit de la petite et Riley lui raconta une histoire.

Même une fois qu'Alanna fut endormie, ils ne cédèrent pas aussitôt à leur passion. Rien de tel pour aiguiser les sens.

— Un verre de champagne ? demanda Riley.

— En quel honneur ?

Il la prit dans ses bras et l'embrassa langoureusement.

— En notre honneur à nous, murmura-t-il en lui mordillant le lobe de l'oreille. Tu sais depuis combien de jours je ne t'ai pas eue pour moi tout seul ?

Pour la première fois depuis le départ de Neva, Emmy commença à se détendre.

— C'est vrai que ça a été la cavalcade cette semaine, admit-elle avec un sourire. Je ne savais pas que ta mère était une telle adepte du lèche-vitrine.

— Je n'ai pas envie de parler de ma mère.

— Comme tu voudras.

Sans se départir de son sourire, elle enleva son pull-over. Sa masse de boucles blondes virevolta et ses seins apparurent. Ils étaient nus. Quel délice de voir le désir intensifier le noir des yeux de Riley et alourdir ses paupières !

— Au diable le champagne !

Avec un grognement rauque, il souleva Emmy de terre et en trois grandes enjambées, l'amena dans sa chambre. Encore deux pas et il la déposa au milieu du lit.

— Je voulais discuter sérieusement avec toi de ton enquête et de la stratégie que l'on devrait mettre au point, dit-il sur un ton faussement contrarié, à travers son chandail, qu'il était en train d'enlever tout en sautant sur un pied pour se défaire de son jean.

Pendant ce temps, Emmy avait envoyé promener son corsaire et sa minuscule culotte en dentelle. Elle tendit les bras vers Riley et il se laissa happer par la douceur de sa compagne. S'il continua à envisager des stratégies possibles, autres qu'amoureuses, il n'en souffla mot.

Quelques heures plus tard, rassasiés d'amour et de tendresse, ils s'endormirent dans les bras l'un de l'autre.

Emmy se réveilla en sursaut. Elle se dégagea avec précaution de l'étreinte de Riley et s'assit sur le bord du lit, le temps que se dissipe la torpeur qui l'engourdissait encore. Une brise légère pénétra dans la pièce par la fenêtre ouverte, faisant bruisser les voilages, minces remparts contre les ténèbres extérieures. Soudain, elle crut entendre la portière d'une voiture claquer et elle se leva sans faire de bruit.

A la lueur de la veilleuse de la salle de bains, elle enfila rapidement ses vêtements avant de se précipiter à la fenêtre. Si des gamins rôdaient autour de la décapotable, elle réveillerait Riley.

Mais non. Il n'y avait rien d'anormal autour de la voiture. Ni autour de son pick-up. Elle allait s'éloigner quand… Mais oui ! Là-bas, au bout de la petite route, des phares venaient de s'allumer. Une grosse voiture sombre fit demi-tour dans un léger crissement de pneus et fila en direction de la ville. Emmy ne parvint pas à relever le numéro d'immatriculation. Par contre, elle eut le temps d'apercevoir, dans le faisceau des phares, un carré de papier accroché à sa porte-moustiquaire.

Le réveil posé sur la table de chevet de Riley indiquait presque 5 heures. Elle devait rentrer chez elle de toute façon si elle ne voulait pas qu'Alanna les surprenne au lit.

Sans faire de bruit, elle enfila ses chaussures, descendit l'escalier sur la pointe des pieds et sortit.

Elle détacha la feuille de la porte, se dirigea vers la cuisine, alluma et se mit à lire le message. Et c'est alors seulement qu'elle comprit. C'était une sorte d'avertissement à ne pas pousser plus avant ses recherches. Ecrit avec les caractères autocollants que vendent les papeteries ou les boutiques de travaux manuels.

« Arrête ça tout de suite. Tu risques de faire du mal à ceux qui te sont chers. »

Ses mains se mirent à trembler. « Tu risques de faire du mal »… Comme ce qui était arrivé à Frannie, songea Emmy. Tenant toujours la feuille, elle la serra dans ses mains contre sa poitrine. Elle avait du mal à respirer. Elle aimait tellement Riley et Alanna ! Et Jed, et Will et Gwen ! Et Josey ! Et qui sait si ses parents eux-mêmes ne cherchaient pas à lui faire savoir, par cet avertissement, qu'ils ne souhaitaient pas du tout qu'elle les connaisse ? Que cela les ferait souffrir, eux aussi, d'être découverts ou de la rencontrer ?

Si tous ces gens auxquels elle tenait devaient être malheureux par sa faute, mieux valait renoncer à savoir qui l'avait conçue et abandonnée !

Prise de sueurs froides et elle courut jusqu'à sa chambre. Elle allait rassembler quelques habits, prendre son chat et quitter la ville. Il n'y avait pas d'autre solution, se dit-elle dans son affolement. Cela éloignerait aussi la menace qui visaient les êtres qu'elle aimait, ou qui avaient de l'importance à ses yeux. Ravalant des sanglots, elle jeta au hasard dans son précieux couffin quelques chemisiers et quelques paires de jeans.

Ce ne fut que lorsqu'elle eut chargé son pick-up qu'elle se raisonna. Elle qui avait tellement souffert de voir des êtres chers disparaître sans prévenir, allait-elle infliger le même tourment à ses proches ? Jed ! Elle dirait à Jed et à Gwen qu'elle partait. Ils n'avaient pas besoin de savoir pourquoi. Ils croiraient qu'elle s'était disputée avec Riley, voilà tout.

Oui. C'était la bonne solution. Jed répandrait la nouvelle qu'elle avait abandonné l'idée de retrouver ses parents naturels. Riley et Alanna seraient ainsi mis à l'abri de tout. Et c'est tout ce qui comptait. Elle allait se séparer d'eux — c'était un déchirement ! C'était inhumain !

Emmy essuya avec désespoir les larmes qui ruisselaient sur ses joues. Des larmes qui lui brûlaient les paupières et l'aveuglaient. Tout en manœuvrant son pick-up, pour la deuxième fois de sa vie, elle fit des adieux silencieux au seul homme qu'elle ait jamais aimé. Et à l'enfant qu'elle considérait comme la petite fille qu'elle n'aurait jamais.

15.

Les rayons du soleil levant n'avaient pas encore réussi à percer la brume qui enveloppait le lac quand Emmy franchit les grilles du domaine de Beaumarais. Pourtant, des lumières étaient allumées dans la demeure.

Jed en personne ouvrit la porte. Il était déjà habillé : jean noir et bottes de cow-boy assorties.

— Emmy ! Quelle bonne surprise ! Gwen et moi sommes en train de prendre le petit déjeuner. Viens donc te joindre à nous, dit-il en la conduisant vers la petite salle à manger.

— Gwen, tu veux bien aller chercher une assiette et des couverts pour Emmy, s'il te plaît ? Je lui verse une tasse de café en attendant. Tu prends du sucre, n'est-ce pas ?

Emmy tenta de faire comme si son arrivée inopinée aux premières heures du jour était tout à fait naturelle. Mais Gwen ne fut pas dupe.

— Attends, Jed. Regarde les yeux d'Emmy. Elle a pleuré, chuchota-t-elle en saisissant le poignet de son mari.

— Je n'ai pas faim, merci. Il faut que je vous parle.

Le visage radieux de Jed s'assombrit. Il reposa la cafetière, puis tira doucement Emmy par la main pour la forcer à s'asseoir à côté de Gwen, dans un fauteuil en osier.

— Qu'est-ce qui t'arrive, Emmy-M ?

— Je pars. Là. Tout de suite.

Elle se mit à enrouler nerveusement une mèche de cheveux autour de son doigt pour ne pas affronter le regard de Jed et Gwen.

— En me réveillant tout à l'heure, je me suis brusquement rendu compte que je perdais mon temps et celui des autres. Cela fait trente-deux ans que je vis sans connaître ma vraie identité. Je peux très bien continuer comme ça. De toute façon, je suis dans une impasse. J'abandonne. Je quitte le coin… J'ai pensé que vous pourriez faire circuler la nouvelle de mon départ.

— Tu pars comme ça ? Et pour aller où ? s'étonna Jed en échangeant avec sa femme un regard perplexe.

Gwen posa devant Emmy une tasse de café et poussa vers elle le sucrier. Emmy, en voulant se verser une cuillérée de sucre en poudre, la renversa par terre tellement sa main tremblait. Gwen se leva aussitôt pour passer un bras autour des épaules d'Emmy, qui s'était recroquevillée.

— C'est parce que vous vous êtes disputés avec Riley que tu t'en vas ? Je n'arrive pas à croire, qu'en discutant calmement, vous n'arriviez pas à surmonter votre différend. Riley t'adore.

— Je vais lui téléphoner.

— Non ! s'écria Emmy en se levant d'un bond pour prendre des mains de Jed le téléphone portable. Laisse moi rouler une heure avant de prévenir Riley. S'il te plaît.

Ses yeux implorants débordaient de larmes, qui coulaient sur ses joues et sur son corsage sans qu'elle fasse un geste pour les essuyer.

— Ce n'est pas une simple querelle qui a pu te causer un tel chagrin, déclara Gwen. Tu ferais mieux de nous dire la vérité, Emmy.

Jed lui reprit de force le téléphone qu'elle serrait convulsivement.

— Gwen a raison. De toute façon, il est hors de question que tu prennes le volant dans l'état de tristesse et de nervosité où tu es. Et ne me raconte pas de salades, ajouta-t-il d'un ton sans réplique.

Quand tu étais petite, tu tortillais toujours tes cheveux comme ça quand tu essayais de nous faire avaler des couleuvres.

— D'accord, soupira Emmy, vaincue.

Elle tira de sa poche le message tout froissé. Gwen et Jed s'approchèrent pour le lire.

— Vous comprenez, maintenant ? leur demanda Emmy. Je pense que mes parents *veulent* rester anonymes. A tout jamais. Je connais Riley. Il n'est pas seulement têtu. Il est obstiné. Il ne lâchera pas prise tant qu'il n'aura pas déniché l'auteur de ce message et je n'ose imaginer ce qu'il ferait s'il lui mettait la main dessus. Je ne veux pas courir le risque. Tu le prendrais, toi ? demanda-t-elle en regardant Gwen droit dans les yeux.

— Non, dit Gwen de la tête en étreignant Emmy.

Jed tenait toujours entre ses mains la sinistre missive.

— Si j'étais sûr qu'il s'agissait seulement de t'effrayer, je ferais comme Riley. Mais ce qui me chiffonne, c'est que la formule est vague : on ne sait combien de personnes sont concernées par ce « ceux qui te sont chers »… J'ai un très mauvais pressentiment. J'ai bien envie d'en parler à Thorny. D'ailleurs, je vais l'appeler.

Gwen porta une main à sa bouche. Les deux femmes, serrées l'une contre l'autre, les yeux écarquillés, regardèrent en silence Jed composer le numéro de l'avocat, qui décrocha aussitôt. Durant toute la conversation, Jed arpenta la petite salle à manger.

— Oui, j'ai la feuille. Il y a les empreintes d'Emmy, et maintenant les miennes. Est-ce que le message rappelle celui que Riley a reçu ?… De quoi voulez-vous parler ?

Jed fit volte-face et leva un sourcil interrogateur vers Emmy qui répondit par un haussement d'épaules d'incompréhension. Jed lança alors une rafale de questions. Quand il finit par raccrocher, il se laissa tomber dans un fauteuil et, le regard vide, résuma sa conversation aux deux femmes.

— Apparemment, Riley a reçu deux avertissements analogues, qu'il a confiés à un laboratoire d'analyses. Thorny pense comme nous que ce n'est pas à prendre à la légère. L'auteur des messages n'est peut-être pas étranger à la mort de Frannie. Il aimerait s'entretenir avec toi, Emmy. Je suis chargé d'organiser une réunion à 10 heures ce matin dans la salle de conférences de Riley.

Emmy se décomposa.

— Si Riley a reçu des menaces, pourquoi ne m'en a-t-il pas parlé ?

— Pour les mêmes raisons que toi, dit Gwen. Il n'a pas voulu t'inquiéter. Tu as dit toi-même qu'il était très protecteur.

— Sauf que lui ne peut pas mettre un terme à cette affaire ridicule. Moi, si. Il me suffit de disparaître. Vous ne voyez donc pas que je n'ai pas d'autre solution que de quitter Uncertain ?

— Non. Que cela te plaise ou pas, Emmy, je téléphone à Riley. Manifestement, ces messages le tracassent, insista Jed en composant le numéro de son ami. Sinon, pourquoi aurait-il tenu à s'adresser à un laboratoire extérieur à Uncertain ?

Emmy porta ses mains tremblantes à ses lèvres. Il était inutile de protester : Riley était déjà à l'autre bout du fil.

— Pharaon est enfermé dans mon pick-up. Je peux l'amener ici ? demanda Emmy à Gwen. Honnêtement, je n'ai pas très envie de retourner chez moi toute seule. Peut-être que quelqu'un surveille ma maison ? Ou celle de Riley ? Ou la vôtre ?

— Je vais demander au mari de June d'aller chercher Pharaon.

Là-dessus, Gwen se leva et quitta la pièce. Elle revint alors que Jed raccrochait.

— Il arrive. Le pauvre ! Il dormait profondément. Il avait oublié de mettre son réveil.

Il glissa un regard en coin vers Emmy.

— Il était complètement éberlué d'apprendre que tu étais ici, avec nous. J'ai vraiment eu l'impression qu'il s'attendait à te trouver endormie dans son lit… Boucles d'Or.

Emmy essaya, sans succès, de trouver une réponse adéquate. Un quart d'heure plus tard, elle était toujours en train de bafouiller d'embarras, quand elle vit Riley entrer en trombe dans la maison, la chemise boutonnée de travers, les lacets des chaussures défaits et les cheveux hirsutes. Il portait Alanna, encore ensommeillée et en pyjama.

— Emmy, qu'est-ce que c'est que cette lettre de menace dont m'a parlé Jed ? Et pourquoi des cartons de déménagement sont-ils entassés à l'arrière de ton pick-up ?

Ses yeux noirs brillaient de fureur et de dépit. Il se sentait trahi.

Gwen tendit les bras vers Alanna.

— Tu veux que je te serve un bol de céréales, ma puce ?

Avec un bâillement, la petite se pencha pour que Gwen la prenne. Emmy attendit qu'elles soient suffisamment loin pour expliquer en détail à Riley les événements de la fin de la nuit.

— C'était une voiture de quelle marque ? demanda Jed, quand Emmy se tut.

— Je n'en ai pas la moindre idée. C'était une grosse voiture. Elle était bleue, ou verte, ou noire. Il faisait nuit et je n'étais pas complètement réveillée. Riley, pourquoi tu ne m'as pas dit que tu avais reçu des messages inquiétants ?

Riley, qui était en train d'examiner la missive reçue par Emmy, fit volte-face et faillit renverser la tasse de café que Jed essayait de lui donner et qu'il refusa d'un geste. De son pouce droit, il tenta d'enlever les traces de sel laissées par les larmes sur les joues d'Emmy.

— Je savais combien cette quête compte pour toi, ma douce, et je pensais que si je te parlais de ces messages, tu serais trop anxieuse pour vouloir continuer. Quant à moi, je tenais autant que toi, peut-être même plus, à avoir des réponses à tes questions, puisque notre mariage en dépend.

Emmy, prise de frissons, croisa les bras.

— Tu vois que mes craintes étaient justifiées. Un de mes deux parents est visiblement dérangé.

— Et voilà que tu recommences à affirmer des choses impossibles à prouver.

Il leva les bras au ciel et se tourna vers Jed pour le prendre à témoin.

— Dans toutes les familles, il y a des secrets. Pas vrai, Jed ?

Il voulait être sûr du soutien de son ami avant de poursuivre la discussion avec Emmy.

— Regarde, moi, ou bien Riley, on ne s'en est pas mal sortis. Sans parler de Gwen, ajouta Jed. Pourtant, on ne peut pas dire que sa famille soit un modèle…

Jed s'interrompit en voyant sa femme et Alanna entrer dans la pièce. Gwen portait un bol de céréales et un verre de lait froid, Alanna une cuillère et plusieurs serviettes en papier.

— Alanna veut manger ici, annonça Gwen. On n'a qu'à remettre cette conversation à plus tard et terminer le petit déjeuner, non ? June vient d'arriver. Je vais lui demander de préparer du café frais.

D'un mouvement de tête, Emmy rejeta ses cheveux en arrière.

— Inutile d'essayer de me prouver à tout prix que vous venez tous de familles à problèmes. J'arrête mon enquête. Je veux que ce soit absolument clair pour tout le monde. Dites à Marge et Cassie de répandre le bruit dans leur cercle de commères. Le malveillant qui a écrit ce message ne doit pas croire que je vais poursuivre mon enquête à distance.

Emmy redressa les épaules et confirma de la tête.

— Je ne sais pas si mes ancêtres avaient des tares, mais une chose est sûre : je ne suis pas du genre à m'entêter au risque que les personnes que j'aime souffrent à cause de moi.

Riley sentit la joie lui gonfler le cœur. Il attira Emmy contre lui et l'embrassa passionnément.

— Frannie Granger était ta vraie mère, dit-il, parce que c'est *elle* qui a formé ta personnalité. L'homme et la femme sans visage qui t'ont conçue et n'ont pas pu t'accompagner dans la vie ne sont que tes parents biologiques. Et puis, n'imagine pas que je vais te laisser partir, maintenant que je t'ai retrouvée : quelle sorte d'homme deviendrais-je, si je ne pouvais avoir près de moi ma fille et la femme que j'aime ?

Il la força à s'asseoir puis, prenant tout le monde à témoin, il mit un genou en terre devant elle et déclara d'une voix pleine d'amour.

— Reste, Emmy. Formons une famille. Que la personne qui ose menacer notre bonheur et ce que nous partageons ensemble aille au diable. Epouse-moi.

Alanna se retourna, ses lèvres ourlées d'une moustache blanche étirées en un large sourire.

— Grand-mère m'a dit que si tu te maries avec papa, tu seras ma maman, Emmy. Dis oui. S'il te plaît.

Elle se précipita pour se pendre au cou d'Emmy, qui sentit de nouveau les larmes lui monter aux yeux. Cette fois-ci, elle les refoula. Tout en peignant de ses doigts la chevelure noire d'Alanna, elle répondit doucement.

— Oui… J'accepte d'être ta maman, ma beauté. Et de t'épouser, Riley. A une seule condition. Je veux que tout le monde sache que mon passé ne m'intéresse plus. Emerald Monday n'existera plus. Je serai dorénavant Emmy Gray.

— Pourquoi pas Gray Wolf ? demanda Riley en enveloppant Emmy et Alanna de ses bras. Emmy, tu m'as aidé à ouvrir les yeux sur mon identité. Ma vie a basculé quand mon père est mort. J'étais petit et je ne comprenais pas bien. Une chose est sûre : je lui en voulais tellement de ne pas revenir à la maison, que j'avais juré de trouver le moyen de ne plus être son fils. J'avais décidé de devenir comme Jed et Will. Grâce à toi, parce que tu m'as poussé à faire la paix avec ma mère et ma sœur, je suis maintenant en mesure d'apprécier l'héritage Caddo que mon père m'a laissé.

Emmy effleura de ses doigts son beau visage bronzé.

— Tu peux être fier, Riley. Ta famille est faite de gens forts, réfléchis et talentueux. Comme toi.

— « Réfléchi », je ne suis pas sûr. Je crois, qu'inconsciemment, mon ultime acte de rébellion a été d'épouser Lani pour prouver que, elle aussi, je pourrais la changer. Je regrette cette décision. En reprenant mon vrai nom, je fais un pas dans la bonne direction. La prochaine étape est… que je demande ma réintégration dans la tribu. Tu ne crois pas qu'il est temps d'abandonner les faux-fuyants ? Surtout si, tous les deux, nous voulons commencer un nouveau chapitre de notre vie.

— Oh ! Je t'aime tellement, Riley, dit-elle le visage illuminé par un sourire qui venait du plus profond de son être.

Jed et Gwen s'étaient rapprochés l'un de l'autre et se tenaient par le bras. Gwen donna un coup de coude à son mari.

— On devrait organiser le mariage ici. Qu'en penses-tu, Jed ?

— Excellent idée ! Beaumarais est splendide à cette époque de l'année.

Il regarda sa femme amoureusement, avant d'ajouter.

— C'est Gwen qui connaît les bonnes adresses. Je suis encore ébahi de la façon dont elle avait prévu les moindres détails pour notre mariage. Est-ce que cela vous convient, si le vôtre a lieu ici ?

Alanna était ravie qu'on lui demande son avis.

— Emmy et Mlle Gwen pourront m'aider à choisir une autre robe.

— Je te remercie, Jed. Si je peux émettre un souhait, c'est que le mariage ait lieu le plus tôt possible, déclara Riley. A compter d'aujourd'hui, je ne laisserai plus Emmy coucher toute seule dans la maison de Frannie.

Emmy rougit.

— Qu'est-ce qu'il y a ? demanda-t-il d'un air ingénu.

— Ta date sera la nôtre, dit Emmy à Gwen pour changer de sujet. La mère de Riley meurt d'envie de préparer un beau mariage. Personnellement, je préférerais que ce soit une petite réception sans histoires.

— Ce n'est pas contradictoire.

Gwen se dégagea de Jed pour aller fouiller dans le buffet à la recherche d'un carnet et d'un stylo.

— Il nous reste un peu de temps avant le rendez-vous avec Thorny au cabinet de Riley. Pourquoi ne pas en profiter pour dresser la liste des invités ?

Les deux couples proposèrent des noms. L'opération se révéla difficile à cause de Riley qui ne s'intéressait qu'à une seule chose : embrasser Emmy.

— Bon, eh bien voilà. On est d'accord ? demanda Gwen au bout d'une vingtaine de minutes en tendant un double de la liste à Riley et Emmy.

Emmy vérifia, avec Riley et Jed qui regardaient par-dessus son épaule.

— Si tu n'as personne d'autre en vue, je serais très honoré de jouer le rôle du père de la mariée, dit Jed en se frottant le menton d'un air songeur. Quel dommage que nous n'ayons pas pu mettre la main sur Will ! Tu te rends compte si on pouvait tous les deux te mener à l'autel ?

— Oh, Jed ! Rien ne me ferait plus plaisir que d'être à ton bras. Pour ce qui est de Will, j'ai bien peur qu'on l'ait perdu à tout jamais.

— Hé ! les rabroua Riley. Cela n'empêchera pas notre fête d'être un moment unique. Interdiction de faire la tête. Gwen, tu n'as qu'un mot à dire et un membre de la famille Gray… Gray Wolf se chargera de faire ce que tu veux. Pour le moment, cependant, il faut qu'Emmy et moi passions à la maison pour habiller Alanna. Si le rendez-vous avec Thorny tient toujours.

— Bien sûr que oui, s'écria Gwen. Pharaon peut rester ici en attendant.

— Pas la peine. J'emporte tout le lot : Emmy, son chat et la litière, déclara Riley avec un air tellement résolu que personne n'osa discuter.

— Dans ce cas, dit Gwen avec un sourire espiègle, tu pourrais peut-être remettre le panneau « à louer » à la fenêtre de la maison de Frannie. Qu'est-ce que vous diriez de samedi prochain, pour le mariage ? Tout ce que tu auras à faire, Riley, c'est de trouver un endroit romantique pour la lune de miel.

— Pas trop romantique, intervint Emmy. Il faut qu'il convienne aussi aux enfants. Je vais peut-être vous paraître bizarre, mais maintenant que j'ai trouvé une famille, je ne veux pas qu'on se sépare.

Riley la gratifia d'un baiser si long et si fougueux que tout le monde en fut gêné. Quand ils s'écartèrent enfin, Riley approuva d'une voix rauque la proposition d'Emmy.

— Il y a Arlington qui n'est pas très loin, suggéra Gwen. Juste à côté vous trouverez un parc d'attractions et un parc aquatique.

Riley haussa un sourcil d'un air amusé et dirigea sa couvée vers la porte d'entrée. Il s'arrêta sur le seuil et tourna la tête vers Gwen et Jed.

— Je crois que j'ai suffisamment d'imagination pour combiner romantisme et amusement. En fait, j'ai reçu récemment une brochure sur La Nouvelle-Orléans qui propose un séjour de quatre jours et trois nuits. Cela te sied-il, Gwen ?

Elle poussa Jed du coude.

— Pour un ami, c'est un ami, hein, Jed ? Tu te rends compte que Riley nous invite à sa lune de miel ?

Riley lui fit un pied de nez. Gwen partit d'un grand éclat de rire et eut le temps de lui adresser un signe de félicitations avant qu'Emmy lui saisisse le bras et le tire vers l'extérieur.

A l'abri d'un chapiteau de location planté sur la douce pente herbue à l'arrière de Beaumarais, étaient groupées huit tables rondes chargées de nourriture. Au centre de chacune, sur la nappe d'un blanc immaculé, un bouquet de roses du jardin formait une tache de couleur.

Emmy se serait contentée d'assiettes en carton et de ballons de baudruche. Mais Gwen et Neva Gray Wolf avaient eu des projets plus grandioses. Gwen avait sorti sa vaisselle en porcelaine, ses couverts en argent et ses flûtes à champagne en cristal de Bohème. Elle portait une robe de couleur pêche qui mettait en valeur les reflets roux de ses cheveux. Alanna avait l'air d'une princesse dans sa robe vaporeuse en organdi bleu que sa grand-mère s'était fait un plaisir de lui acheter. Neva elle-même était majestueuse dans une robe beige brodée de perles, qui lui arrivait au-dessous du genou.

Emmy n'avait voulu ni tenue blanche ni fanfreluches. Elle avait opté pour une robe courte, de couleur crème, au décolleté en forme de cœur, qui soulignait la sveltesse de sa silhouette et son joli bronzage doré. Elle ne put s'empêcher de s'admirer, en voyant son reflet dans un miroir. Neva s'était levée tôt pour lui faire des tresses indiennes, à elle et à Alanna aussi.

Emmy posa sur ses cheveux un chapeau tissé par Josey et orné d'une voilette, qui ne dissimulait pas le sourire radieux qui lui éclairait le visage. Jed se glissa derrière elle et lui tendit le bouquet de la mariée.

— Prête ? demanda-t-il en lui soulevant le menton. Quel dommage que Frannie et Will ne puissent te voir ! dit-il d'une voix qui trahissait sa nervosité. Tu as l'air épanouie, Emmy. Tu es vraiment superbe.

— Arrête ! l'avertit-elle. Gwen va nous tuer si tu me fais pleurer avant la cérémonie. Elle a passé une heure à me maquiller ! Toi aussi, tu es plutôt pas mal, ajouta-t-elle en lui ajustant sa cravate, qui n'en avait nul besoin.

Puis, tout à coup, elle changea de ton.

— Jed, j'ai peur. Je ne peux pas m'empêcher de penser que l'auteur des lettres anonymes va faire irruption ici et révéler des horreurs sur mes parents. La dernière fois que j'ai été vraiment heureuse, comme aujourd'hui, maman Frannie a disparu et ma vie s'est effondrée, murmura-t-elle en laissant tomber sa tête contre la large poitrine de Jed.

— Allons, allons ! Rien ne va mal se passer, Emmy-M. Hé ! Je ne peux plus t'appeler comme ça. Et Emmy-G-W, ça ne sonne pas très bien !

La plaisanterie de Jed permit à Emmy de reprendre contenance.

— Viens ! J'entends la musique, dit-il. C'est à nous. Il faut sourire maintenant. Riley attend. Si ça peut te consoler, je pense qu'il est deux fois plus nerveux que toi.

Quand Emmy, du pas de la porte, vit Riley, dans son élégant smoking, se tourner vers elle et la regarder avec amour, les yeux rivés sur elle et elle seule, elle eut la certitude d'avoir pris la bonne décision. C'est l'esprit libéré de toute crainte qu'elle prononça le « oui » rituel.

Par la suite non plus, prise par l'excitation de la fête, elle ne laissa aucune pensée venir la contrarier. A tel point qu'elle ne remarqua rien quand Jed, Riley et Thorny s'éclipsèrent dans un coin tranquille du parc.

— Ecoutez, dit Riley, je sais que l'imbécile qui a écrit ces messages habite probablement à Uncertain, mais j'ai promis à

Emmy d'abandonner l'enquête et il est hors de question que je commence mon mariage par un mensonge.

— Bien évidemment, approuva Thorny en posant la main sur l'épaule de Riley pour le rassurer. Nous avons pensé avec Jed que, s'il existe réellement un lien entre ces lettres et la disparition de Frannie, vous pourriez nous aider à innocenter Jed en m'envoyant le logiciel ainsi qu'une liste de toutes les démarches que vous avez faites jusqu'à présent.

Jed vint à la rescousse.

— C'est moi qui paierai Thorny pour qu'il continue les recherches. Toi et Emmy vous êtes hors du coup à partir de maintenant. Qu'en penses-tu, Riley ? Si ces messages ont quelque chose à voir avec la mort de Frannie, je suis sûr qu'Emmy changera de discours.

— Peut-être, admit Riley.

Les mains enfoncées dans les poches, il se mit à jouer nerveusement avec son trousseau de clés.

— D'accord. Mais d'une, je veux que personne, même pas Marge, ne soupçonne ce que vous trafiquez. Et de deux, je pars en voyage de noces dans moins de deux heures.

Il sortit les clés de sa poche et en détacha deux qu'il mit dans la main de Thorny.

— Tout ce qu'on a trouvé jusqu'à présent est rassemblé dans un dossier, dans le tiroir du bas de mon bureau, à droite. Il y a aussi un double du dessin qu'Emmy a fait de sa broche et que j'ai envoyé aux bijouteries de la région. J'ai eu deux réponses. Négatives.

— Et si d'autres arrivent pendant ton absence ? s'inquiéta Jed.

— Je suis désolé, Jed. Il va falloir que tu appelles les magasins qui sont sur ma liste pour leur signaler le changement d'adresse. Dorénavant, Emmy et moi sommes retirés des affaires.

Thorny donna une bourrade amicale à son jeune collègue.

— Je comprends votre souci de préserver votre famille. Et si je déterre quelque renseignement susceptible de mettre Emmy sur la piste de ses parents naturels, vous serez, bien sûr, averti en premier.

— Non. Je n'ai pas besoin de savoir. Rien dans l'histoire d'Emmy ne pourra changer mes sentiments pour elle. Et si le malveillant qui a écrit ces messages fait partie de sa famille, autant qu'elle ne le sache pas. Au début, j'étais sûr que Joleen Berber était à l'origine des menaces. Mais je ne le crois plus : Joleen était clouée au lit et malade comme un chien le jour où j'ai reçu le premier avertissement.

— Ça vaudrait la peine de vérifier une nouvelle fois, dit Thorny. Je prendrai contact avec vous, Riley, si je trouve quelque chose. Juste pour voir si vous n'avez pas changé d'avis. En attendant, je vous souhaite beaucoup de bonheur dans votre mariage.

— Je crois que je ne pourrais pas être plus heureux. Sauf si on avait la preuve de l'innocence de Jed.

— Je l'apporterai, déclara l'avocat avec assurance. Ne pensez plus à toute cette affaire, Riley. Savourez votre bonheur, à La Nouvelle-Orléans.

— Comptez sur moi. Je suis sur un nuage : l'autre jour, Alanna a demandé si elle pouvait appeler Emmy « maman ». Emmy était aux anges ! Un peu plus tard, elle m'a avoué que pendant toute sa vie elle avait cru manquer de fondations solides sur lesquelles construire sa vie. Elle venait de s'apercevoir que c'était faux. Frannie, Jed, Will et moi avions toujours constitué, à son insu, les piliers sur lesquels elle avait pu s'appuyer.

Riley regarda de l'autre côté de la pièce, là où se tenait sa femme, en compagnie des autres êtres qui lui étaient chers. Il croisa alors ses beaux yeux et, dans ce moment d'intimité et de complicité, se concentrèrent dix-neuf ans d'amour. Oui, dix-neuf ans exactement, songea-t-il, éperdu et heureux. Le visage d'Emmy exprimait une plénitude absolue. Elle semblait lui dire : « Dorénavant, plus rien ne me manque, dans la vie, puisque je vous ai, Alanna et toi. » Elle était comblée.

Chère lectrice,

Vous nous êtes fidèle depuis longtemps?
Vous venez de faire notre connaissance?

C'est pour votre plaisir que nous avons
imaginé un rendez-vous chaque mois
avec vos auteurs préférés, vos
AUTEURS VEDETTE dans les
collections Azur et Horizon.

Les **AUTEURS VEDETTE** vous
donneront rendez-vous pour de
nouveaux livres vedette.

Pour les reconnaître, cherchez
l'étoile... Elle vous guidera!

Éditions Harlequin

HARLEQUIN

LE FORUM DES LECTEURS ET LECTRICES

CHERS(ES) LECTEURS ET LECTRICES,

VOUS NOUS ETES FIDÈLES DEPUIS LONGTEMPS?

VOUS VENEZ DE FAIRE NOTRE CONNAISSANCE?

SI VOUS AVEZ DES COMMENTAIRES, DES CRITIQUES À
FORMULER, DES SUGGESTIONS À OFFRIR, N'HÉSITEZ
PAS… ÉCRIVEZ-NOUS À:
LES ENTERPRISES HARLEQUIN LTÉE.
498 RUE ODILE
FABREVILLE, LAVAL, QUÉBEC.
H7R 5X1

C'EST AVEC VOS PRÉCIEUX COMMENTAIRES QUE NOUS
ALLONS POUVOIR MIEUX VOUS SERVIR.

DE PLUS, SI VOUS DÉSIREZ RECEVOIR UNE OU
PLUSIEURS DE VOS SÉRIES HARLEQUIN PRÉFÉRÉE(S)
À VOTRE DOMICILE, NE TARDEZ PAS À CONTACTER LE
SERVICE D'ABONNEMENT; EN APPELANT AU
(514) 875-4444 (RÉGION DE MONTRÉAL) OU 1-800-667-4444
(EXTÉRIEUR DE MONTRÉAL) OU TÉLÉCOPIEUR
(514) 523-4444 OU COURRIER ELECTRONIQUE:
AQCOURRIER@ABONNEMENT.QC.CA OU EN ÉCRIVANT À:
ABONNEMENT QUÉBEC
525 RUE LOUIS-PASTEUR
BOUCHERVILLE, QUÉBEC
J4B 8E7

MERCI, À L'AVANCE, DE VOTRE COOPÉRATION.

BONNE LECTURE.

HARLEQUIN.

VOTRE PASSEPORT POUR LE MONDE DE L'AMOUR.

<u>COLLECTION</u>
<u>HORIZON</u>

Des histoires d'amour romantiques qui vous mènent au bout du monde!

Découvrez la passion et les vives émotions qu'apportent à la Collection Horizon des auteurs de renommée internationale!

Captivantes, voire irrésistibles, ces histoires d'amour vous iront assurément droit au coeur.

Surveillez nos trois nouveaux titres chaque mois!

ROUGE PASSION

De fiévreuses histoires d'amour sensuelles!

De provocantes histoires d'amour passionnées et romantiques qu'on lit d'une seule traite. Aventureuses, parfois humoristiques, et sensuelles, elles mettent en vedette des hommes et des femmes d'aujourd'hui.

ROUGE PASSION...
trois nouveaux titres
chaque mois.

GEN-RP-R

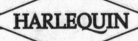

♉ ♊ ♋ ♌

69 ♍ L'ASTROLOGIE EN DIRECT ♎
TOUT AU LONG
DE L'ANNÉE. ♏

(France métropolitaine uniquement)
Par téléphone 08.92.68.41.01
0,34 € la minute (Serveur SCESI).

Composé et édité par les
*éditions*Harlequin
Achevé d'imprimer en juin 2005

BUSSIÈRE
GROUPE CPI

à Saint-Amand-Montrond (Cher)
Dépôt légal : juillet 2005
N° d'imprimeur : 51304 — N° d'éditeur : 11426

Imprimé en France